中国当代少数民族文学研究话语考察

ZHONGGUO DANGDAI SHAOSHUMINZU WENXUE
YANJIU HUAYU KAOCHA

张普安 ○著

西南大学出版社
国家一级出版社 全国百佳图书出版单位

图书在版编目(CIP)数据

中国当代少数民族文学研究话语考察/张普安著
. -- 重庆：西南大学出版社,2022.7
ISBN 978-7-5697-1478-4

Ⅰ.①中… Ⅱ.①张… Ⅲ.①少数民族文学—文学研究—中国—当代 Ⅳ.①I207.9

中国版本图书馆CIP数据核字(2022)第089499号

中国当代少数民族文学研究话语考察
ZHONGGUO DANGDAI SHAOSHUMINZU WENXUE YANJIU HUAYU KAOCHA

张普安 著

责任编辑：	杜珍辉
责任校对：	张 丽
照 排：	王 兴
出版发行：	西南大学出版社(原西南师范大学出版社)
	网 址:http://www.xdcbs.com
	地 址:重庆市北碚区天生路1号
	邮 编:400715
	电 话:023-68868624
经 销：	新华书店
印 刷：	重庆市圣立印刷有限公司
幅面尺寸：	170 mm×240 mm
印 张：	13
字 数：	205千字
版 次：	2022年7月 第1版
印 次：	2022年7月 第1次印刷
书 号：	ISBN 978-7-5697-1478-4
定 价：	42.00元

目录

绪论：中国当代少数民族文学研究的语境之变　　1

本体论：中国当代少数民族文学研究的理论话语　　9
 一、"少数民族文学"的界定　　12
 二、少数民族文学的"民族性"　　22
 三、多民族文学史观　　30
 四、少数民族文学的"现代性"话语　　40
 五、少数民族文学中的国家认同、民族认同　　49
 六、少数民族口承文学　　57
 七、中国少数民族母语、双语、杂语文学　　68
 八、少数民族文学"民间"话语　　77
 九、中国多民族文学关系　　86
 十、少数民族文学与世界文学　　96

方法论：中国当代少数民族文学研究的批评话语　　111
 一、少数民族文学审美研究　　113
 二、少数民族文学社会学研究　　124
 三、少数民族文学文化学研究　　133
 四、少数民族文学比较研究　　143
 五、少数民族文学传播学研究　　154
 六、少数民族女性主义文学研究　　167
 七、少数民族文学人类学研究　　177
 八、少数民族文学生态美学研究　　187

后记　　201

绪论:中国当代少数民族文学研究的语境之变

我国的少数民族文学研究和其他文学研究一样,虽然都是古已有之,但真正比较成体系、具备一定规模的研究还是在新中国成立之后才开始的。少数民族文学研究自新中国开始真正的学术建构,一代代学人在民族、国家、世界的相互激发中,不断探索新路、开拓生机,经过七十多年的发展,已经成为中国文学不可缺少的重要组成部分。迄今为止,许多研究者从民族、国家、世界的整体观出发,在不同的时期,试图从不同的角度对已有的少数民族文学研究做一个提纲挈领的把握,这样就形成了多种标准的不同分期。比较有代表性的如:按照20世纪50年代至60年代,50年代末80年代继之,80年代中期至今三个时间段,对少数民族文学的概念、范畴、特征、研究方法等进行宏观上的梳理;[1]有的从当代六十年的建构史中的文学身份界定,把少数民族文学划分成"社会主义民族文学"、"民族的民族文学"以及"后殖民弱势文学"[2]三类或三个阶段;也有学者以当代民族作家的文化身份/认同特征为标准,将其分为民族文化身份意识淡薄乃至丧失阶段、民族文化身份意识觉醒阶段和民族文化身份意识深化阶段;[3]有的则从最初的"一体化"规划,到八十年代以降的多元共生,再到新世纪头一个十年之后又出现了分化重组后的"合"的趋势来概括七十年来少数民族文学研究的发展。[4]等等划分,不一而足。

---

[1] 马学良等主编:《中国少数民族文学史》,中央民族学院出版社1992年版第922—923页。
[2] 姚新勇:《少数民族文学:身份话语与主体性生产》,《暨南学报》(哲学社会科学版)2014年第2期。
[3] 刘俐俐:《走近人道精神的民族文学中的文化身份意识》,《民族研究》2002年第4期。
[4] 刘大先:《中国少数民族文学研究七十年》,《东吴学术》2019年第5期。

文学是在语境中呈现,在语境中生成意义。反过来,在语境中获得定位的文学也就成了语境中的一个因素。旅美学者叶维廉先生曾说过,我们读诗时,读的不是一首诗,而是许多诗或声音的合奏与交响。这是很有哲理的。作为中国文学的重要组成部分,当代少数民族文学话语发生在一个错综复杂的文化语境中。研究当代少数民族文学,不考察历史和现实的语境的结论肯定是绝对或片面的。新中国成立以来的少数民族文学,在历史与现实语境中,经历了许多重要的转变。最为突出的就是少数民族文学的话语体系和知识谱系的当代建构,即可以称之为中国少数民族文学的现代转型。之所以仍叫现代转型,一是因为中国少数民族文学研究话语建构的相对滞后,二是诸多转变仍是在中国现代文学意义范畴内发生的,仍属现代性视野中的事件。"这一转型可以从现代文体的产生,作家队伍的形成,现代思想意识在少数民族文学作品中的弥漫,在不同的历史时期和不同的民族那里的不同的表现,跃过中国现代文学发展所经历的各个阶段而直接汇入当代文学发展的潮流中等多方面加以认识。"①如果要厘清当代少数民族文学研究的复杂语境,离开了社会与时代的关系去空谈,结果只能是无源之水,无本之木。任何一个时期的文学发展都是关系性地存在于历史与现实政治、经济、文化语境中,其研究也只有在时代语境或社会生态中才不会流于狭隘或浅陋。七十多年来,五十六个民族共同建设社会主义中国的历程,国际国内纷繁复杂的形势使得新生且在不断摸索前进的中国社会,在不同阶段表现出较为清晰的不同关注重点,反映到少数民族文学发展和研究中,一条以时间为线索的研究语境便逐渐清晰起来:1949—1976年的政治经济一体化,新时期的经济全球化,新世纪前后至今的文化多元化。

新中国成立之初,少数民族除了为数不多的几个民族有书面文学传统之外,真正现代意义的文学创作大多还处在草创阶段。1949年9月茅盾为《人民文学》创刊写的发刊词中首次提出"少数民族文学"概念:"开展国内各少数民族的文学活动,使新民主主义的内容与少数民族的文学形式相结合,各民族间互

---

① 陈祖君:《论中国少数民族文学的现代转型》,《宁夏社会科学》2009年第6期。

相交换经验,以促进新中国文学的多方面的发展。"①首次以国家的名义把促进少数民族文学发展的任务纳入到全国文协机关刊物的任务之中,少数民族文学研究也成为"人民文艺"构建工作中的重要组成部分。1954年9月20日通过的《中华人民共和国宪法》从根本上保证了各民族享有自由平等的政治权利:"中华人民共和国是统一的多民族国家。各民族一律平等。禁止对任何民族的歧视和压迫,禁止破坏各民族团结的行为。各民族都有使用和发展自己的语言文字的自由,都有保持或者改革自己的风俗习惯的自由。"②"少数民族文学"在发生学意义上与全国各族人民平等获得政治权利密切相关,当然也必然纳入社会主义改造和建设文化成果。鉴于当代一些少数民族作家由于多种原因在知识储备和文学修养方面具有不足之处,难以实现新民族国家对少数民族文学的话语想象,国家通过建立作家协会、创办民族文学刊物、组织培养少数民族骨干作家,对少数民族作家进行思想和艺术层面的引导,目的就是要促使他们尽快转到民族国家的文学想象的轨道上来。就像蒙古族作家玛拉沁夫所言:"我们提倡使用少数民族语言文字进行创作,重视少数民族作家的培养,鼓励反映少数民族人民的生活和斗争,都是从我国文学的多民族性这一实际情况出发的。但是,只谈到我国文学是多民族的,话还没有说完;应该说,它既是多民族的,又是社会主义的,是二者的统一。社会主义文学,这是我国五十六个民族的文学的共同旗帜。只有坚持文学的社会主义方向,我们各民族的文学才能健康地发展,它的艺术成果才能符合各民族人民的根本利益和长远利益。我们中华民族是富于凝聚力的。虽然存在着地区差别、民族差别,但是各民族人民的经历、命运、理想以及我们生活中的基本趋向、基本矛盾等却保持着基本的一致。社会主义就是我们的共同本质与特征。时代所赋予我们各民族文学的基调和主旋律,是基本一致的。"③为了求得多民族的差异性与社会主义追求的一致性之间的辩证统一,建设和发展多民族国家的文化事业,民族国家通过一系列的政策

---

① 茅盾:《人民文学·发刊词》,《人民文学》1949年10月创刊号。
② 中共中央文献研究室编:《建国以来重要文献选编》(第五册),中央文献出版社1993年版第522页。
③ 玛拉沁夫:《〈中国新文艺大系(1976—1982)少数民族文学集〉》(导言),见玛拉沁夫、吉狄马加主编《中国少数民族文学经典文库1949—1999——理论评论卷》,云南人民出版社1999年版第28页。

和措施,将多民族文学和作家集合在统一的社会主义旗帜下,构成了新中国少数民族文学研究的政治一体化语境。

在此语境之下,少数民族文学研究从无到有,从分散到初步谱系的建立,其成就表现在以下两个方面:一是对各民族的文学遗产尤其是口头文学的普查、搜集、整理、翻译与出版,建立起了完整、系统的认知。比如强调注明其所属民族、流传地点、口述者的相关情况、记录者、整理者等等。这一切可以视为以后少数民族资料库建设方法和理论的雏形。二是族别史的编写和文学概况的书写。从马克思主义世界观和认识论出发,在革命史观、古今比重、分期原则、叙述方法等方面,建立了较为严格的学术话语规范。而这些成就,一开始就作为文化多样性的因素加入到了社会主义新中国宏观的学术规划中。陈祖君曾这样评价少数民族文学的现代转型:"今天,谁也不能否认的是,中国共产党在少数民族聚居地区的政治实践给少数民族带来了一系列巨大的变革。这些巨大变革的实质是,原来不仅在地域上处于边缘而且在文化上也处于边缘的各少数民族,几乎是身不由己地一下子被拉进整个中华民族共同发展的轨道,加入到共同构建民族国家的现代性宏大叙事中。原来处于古代的时间和边远的空间中的诸少数民族以及其中的个体,随着民族地区的'解放'一夜之间被带进了一个新的时空,跟着整个民族国家机器的运转而运转;他们的整个生活以及对生活的体验在新的时空的构筑之中必然发生新变。这一切,自然会反映到文学中,而文学也自然会以自身的力量参加到民族国家现代性宏大叙事的构建中。"[1]我们不能无视变化——少数民族整体生活的变化和文学变化的事实本身。这是理解少数民族文学现代转型的一个关键。

到了20世纪70年代末,十一届三中全会强调把党和国家的工作重心转移到社会主义现代化建设上来。1987年中国共产党第十三次全国代表大会将其基本路线的核心内容概括为:"领导和团结全国各族人民,以经济建设为中心,坚持四项基本原则,坚持改革开放,自力更生,艰苦创业,为把我国建设成为富强、民主、文明的社会主义现代化强国而奋斗。"宏观上看,少数民族文学研究语

---

[1] 陈祖君:《论中国少数民族文学的现代转型》,《宁夏社会科学》2009年第6期。

境不可能脱离中国改革开放的政治一体化语境,国家主导性话语在其中仍显示出强韧的延续性,建构多民族中国形象,仍然是少数民族文学研究在新时期有待完成的任务。但"现代化建设""以经济建设为中心"的表述已经意味着少数民族文学研究语境的现代转向。1982年,哥伦比亚作家加西亚·马尔克斯获得诺贝尔文学奖,一个欠发达地区的拉美作家的"文学爆炸"行为,给处在1980年代的中国作家以极大的群体震惊和动力。很显然,在奔向现代化的旅途中,想要固守本民族的方寸土地,阻止族外或者域外的现代文明的侵入,是很难的。经济全球化正以澎湃汹涌之势逐渐成为席卷所有国家和民族无可逃避的现实图景。以魔幻现实主义为发轫,以文学寻根思潮为助力,全球化语境下的少数民族作家,开始了本民族的文化觉醒和民族身份建构。扎西达娃、乌热尔图、张承志等一批少数民族作家,重新发现和重视地域文化,试图建立一种"地方性知识",促使那些拥有丰富的民族文化资源的少数民族作家获得了重新认识本民族文化的自觉和信心,将本民族的文化经验化为一种更为广阔的现实生存启示,表达了少数民族作家对于普遍人性和生存的理性观照。创作的繁荣局面也带动了少数民族文学作品批评与研究的兴起,引发了少数民族文学主题性问题的思考。少数民族文学在中国文学中的地位、少数民族文学的归属、少数民族文学的民族性、少数民族文学的审美意识、少数民族文学创作如何取得突破等,一些具有学术生长意义的问题受到重视和反复讨论,民族语言、民族意识、民族特点等话题频繁出现。有别于之前文学中民族国家政治的高度认同和书写对象的同一,少数民族作家作品的差异性——民族性,在此期间得到强调。文学研究也转向审美自律和文学自主性的现代主义文学话语。

从少数民族文学研究成果来看,肇始于1950年代后期的少数民族文学史与文学概况的书写又在1980年代重新接续起来,从单一的族别史走向综合史的整体研究。随后,"比较"立场的介入,把少数民族文学置于中国各民族人民彼此交往、碰撞、融合的历史与现实语境中加以观照。形成了研究者的广泛认同:在中华民族文学发展进程中,各民族文学的发展是一个有机整体,中华民族文学宝库中的丰富遗产是各民族共同创造、共同奉献的。费孝通认为中华民族作为一个自觉的民族实体,是由许许多多分散孤立存在的民族单位,"经过接触、混杂、联结和融合,同时也有分裂和消亡,形成一个你来我去、我中有你、你中有我,而又各具个性的多元统一体"。①后来又提出"各美其美、美人之美、美美与共、天下大同"和"文化自觉"的思想,都在强调各民族文化的对话与包容,是具有相当思想高度的"中国经验"的总结。"多元一体"这个极具概括性的表述,伴随着市场经济的诞生、消费主义的兴起,成为20世纪90年代以后少数民族文学研究理论的根本起点。"90年代中国已历史地进入'全球化'时代。消费主义文化是资本全球化时代最流行的大众文化,这种具有意识形态性质的文化消解了精英文化的理想主义精神,并将诗性从日常生活中清扫出门,从而改变了人们的文化经验以及理解日常生活的观念方式。在此文化语境下,文学自身的生产与传播方式,以致文学的功能和风尚也必将发生影响深远的重大变化。"②可当主流文学在后现代消费文化观念的挤压下变得萎缩不堪时,少数民族文学在稳健中反而得到逐步发展。各民族文学研究方法和学术思路也由社会学、文化人类学、民俗学、心理学、语言学、结构主义、精神分析、阐释学、比较文学伸向后现代主义、解构主义、后殖民主义、后殖民女性主义等,让我们看到了一种基于自由主义观念的文化多元的端倪。1995年关纪新、朝戈金的《多重选择的世界——当代少数民族作家文学的理论描述》③(以下简称《多重选择的世界》)出版,搭建少数民族文学理论体系的核心基础工作已基本完成。"从理论形态来看,《多重选择的世界》已经较为接近经典美学样式,是对中国少数民族文学理论的体系性建构,这在中国少数民族文学界似乎是第一次且几乎是唯一的一次尝试,……《多重选择的世界》的确表现出相当可贵的理论创新性,但以理论范式的标准看,它所着力建构的'民族的民族文学'可能还算不上是新范式的开拓,而是传统社会主义少数民族文学理论范式内部的突破与创新。"④

---

① 费孝通:《中华民族的多元一体格局》,《费孝通文集》第11卷,群言出版社1999年版第381页。
② 向荣:《背景与空间:90年代中国文学的文化语境》,《社会科学研究》2000年第2期。
③ 关纪新、朝戈金:《多重选择的世界——当代少数民族作家文学的理论描述》,中央民族大学出版社1995年版。
④ 姚新勇:《少数民族文学:身份话语与主体性生产》,《暨南学报》(哲学社会科学版)2014年第2期。

少数民族文学研究批评视野必须向新的理论敞开,这种内在的要求恰恰契合了少数民族文学向新的理论范式敞开的多元化文化语境。

随着后现代主义对"中心"与"整体"的解构,个体的文化价值被放大,少数族群的文化权利也随之得到更多的重视。文化多元被强调,已成一种文化事实,更是表明一种时代观念。进入新世纪,少数民族文学研究进入一个快速发展的繁荣期。以非物质文化遗产保护为目的的文化多样性等话语,与1980年代后期提出的文化多元一体话语遥相呼应,形成少数民族文学研究的多元文化语境。很显然,"多元文化论是在人类面临诸多生存威胁的语境中逐步得到特别强调的,多元文化格局中的中国少数民族文学的走向和命运,乃是多元文化格局的一个重要部分。如今,保护民族文化已经成为中国学界和社会各界的共识,因为人们越来越意识到,它不仅是文学建设问题,而且是关涉到社会和谐发展的问题"①。如何在多元文化语境中,把"中华多民族文学史观"的理念,与构建和谐社会,实现中华民族的伟大复兴结合起来,是当前民族文学研究面临的具有挑战意味的问题。此语境下的少数民族文学研究,在国家政策的设计、扶持与民族文化的自觉阐释中,迈入一个快速发展而又话语纷呈的繁荣期。

其表现有以下几个方面:一是少数民族文学研究观念的变化。从2004年开始,中国社会科学院《民族文学研究》编辑部创办的"中国多民族文学论坛",有力推动了少数民族文学的理论思考,使得新中国成立以来的"少数民族文学"被"多民族文学"话语主张置换。这不仅仅是词语的游戏,"'多民族文学'不是少数民族内部的'多民族文学',而是指多民族国家的多民族文学的客观形态。因此,其不仅在于促进中国少数民族文学研究的理论转向,更在于立足多民族文学史观的理论基点,重新审视中国文学多民族、多历史、多传统、多形态、多语种的特征以及冲融交汇、多元并存、共同发展的历史规律,进而促进中国文学研究范式的根本转型和世界意义上的文学话语革故鼎新"②。其理念在于推动少数民族文学研究的跨学科对话,突破长期以来"中国多民族文学史观"建构时的

---

① 朝戈金:《多元文化格局中的中国少数民族文学》,《百色学院学报》2009年第2期。
② 刘大先:《中国少数民族文学研究七十年》,《东吴学术》2019年第5期。

思维定式。另外,少数民族文学地方性空间话语研究、少数民族女性文学研究、后殖民女性主义文学研究、少数民族文学传播研究等新的方法运用和网络文学研究、台湾少数民族文学研究,人口较少民族的文学研究视角的切入,也进入了多民族文学研究的学术视野。口头文学研究也有了方法上的创新和观念上的改变:回归到少数民族文学研究之初的"泛文学"观念,在现代技术的支撑下,利用媒介融合,摆脱书面记载的单一形态,重新让更为符合民族口头文学遗存样态的文本之外的图像、声音、表演等意义呈现出来,对少数民族口头文学进行更为科学的学科整合、演述视听经验表达和空间再现的活态保护,推进少数民族文学研究理论范式的更新。后殖民语境中当代民族文学面临的困境以及批评策略问题,当代少数民族文学的审美价值、角色定位和身份认同及发展机遇,当代少数民族文学中的文化意蕴、民间资源、母语写作问题等仍具有较大学术延展空间。

总之,中国少数民族文学研究从最初被纳入"一体化"意味的社会主义人民文学的国家文化建设,到新时期经济"全球化"语境中的民族身份意识的觉醒,民族认同的加强,再到始于新世纪前后一直到现在的"多元化"语境下的"多民族文学"观的建立,中国少数民族文学研究在不断变化的语境和民族、国家、世界三重话语的关系性消长中,审视多民族文学民间口头文学和作家创作中的族群记忆、身份认同、民族审美及深厚的地方性知识,致力于中国风格中国气派的多民族文学理论话语体系的构建,寻求民族文化多元性中的多民族文学共同价值,不断开拓中国多民族文学研究新境界。

本体论：

中国当代少数民族文学研究的理论话语

100多年来,中国少数民族文学研究经历了萌芽、产生、发展、繁荣的艰难历程。新中国成立后,一系列民族政策的颁布,让各少数民族人民获得了民族平等权利。少数民族文学从一开始便作为社会主义新文化建设的一个组成部分,纳入国家规划。在国家的政策扶持和社会主义新生活的激发、推动下,少数民族文学创作逐步繁荣起来,少数民族文学研究"从无到有,从零碎到系统,从浅显到深入,从单一到多层面,取得了重大进展"[①]。

70多年来,当代中国少数民族文学研究处于关系性存在的语境中,其理论话语建构都是基于多民族历史文化传承与现代社会变迁的观念之下的。那些来自血脉深处的种族基因、积淀深厚的文化记忆、边地山川的地貌制约以及全球一体化的现代性的困惑,必然反映于少数民族作家的文学创作中,研究它,自然也就必须将其放置到本民族的历史文化传统、现代世界观念中去审视、把握。

少数民族文学理论话语展开的逻辑在于民族性(个性)与人类性(共性)的关系认识,并由此展开少数民族本体论相关的系列理论话语。

每一个民族作家的民族身份必然会对其创作产生潜在的影响,它类似于集体无意识。传统文化浸透了他们的思维和习尚,本能的民族文化认同使其作品呈现出浓郁的民族性特征,但是处在不断发展和开放的社会之中,少数民族文学又必须走出传统,冲破地域限制,寻找传统与现代的契合,充分张扬本民族特有文化内涵,以开放的心态主动迎接现代。有人把这个少数民族文学现象用"乡土""身份""生存"三个关键词来作诠释:乡土书写意味着作家回望民族传统,身份书写意味着作家思考自我处境,生存书写意味着作家对人类根本的关注。[②]其中隐藏的关系逻辑,可谓拨云见日,极富启发性。

少数民族文学理论话语建构的总体框架或整体目标,是费孝通1988年提出的"多元一体"理论。系统化的文学理论建构,必须把各民族文学现象作为一个有机的整体加以探讨,而不是构成这一整体各部分的简单相加。考察中华民族文学发展的进程,各民族文学之间的频繁交流、碰撞、借鉴、融合、发展,已不

[①] 梁庭望:《20世纪的中国少数民族文学研究》,《中南民族学院学报》(人文社会科学版)2001年第1期。
[②] 杨建军、陈芬:《论新世纪少数民族文学》,《北方民族大学学报》(哲学社会科学版)2012年第5期。

以为疑,中华民族文学宝库中的丰富的遗产是各民族人民的共同创造。立足于民族认同与发展,汲取中国乃至世界各民族优秀的文化养分而不是排斥,彰显本民族的文化个性而不是泯灭,才可能以差异性在世界文学百花园里凸显其价值,才能形成多元性、丰富性、开放性的中华民族文学的多彩丰赡。

一、"少数民族文学"的界定

新中国少数民族文学,指的是1949年以来,非汉民族文学的集合体。围绕"少数民族文学"这一核心概念所展开的范畴内涵研究,是从事少数民族文学研究的逻辑起点。

我国历史上有过"兄弟民族""人口较少民族""非汉民族"等称谓。关于"少数民族"的概念,最早出现在1924年1月23日的《中国国民党第一次全国代表大会宣言》[①]中,同年在《三民主义》中,也使用了"少数民族"的概念。中国共产党最早使用这一称谓是在1926年"西北工作方针"中,其意义已经与当代相同。然而"少数民族文学"的概念当时并未出现。虽然有许多民族作家在30年代前后已有类似的理论探索和实践活动,但是"少数民族文学"概念迟迟没有提出。

"少数民族文学"的概念是什么时候由何人提出的呢?围绕这个概念曾有过许多讨论。长期从事民族文学教学与研究的何联华教授首先注意到费孝通先生发表于1951年《新建设》第4期的文章《发展为少数民族服务的文艺工作》,认为此文提出了"民族文学中带根本性的重要问题","是最早公开为民族文学在文艺领域中争取获得一席地位所作的理论呼喊"[②]。而语言学家张寿康第一次提出了"少数民族文艺"这个具有特定内涵的概念,而且在其题为《论研究少数民族文艺的方向》的"代序"中,首次明确提出了中国少数民族文艺的地位问题:"我们是一个多民族国家","少数民族的文艺,是中国文艺中不可缺少的一部分","中国的文学不仅仅是汉族的文学——也是全中华的文学"。[③]这些表

[①] 孙中山:《孙中山全集》第9卷,中华书局1986年版第119页。
[②] 何联华:《民族文学的腾飞》,四川民族出版社1996年版第18页。
[③] 张寿康:《论研究少数民族文艺的方向》,《少数民族文艺论集》代序,北京建业书局1951年版。

述,为我国的民族文学的新生和发展,打下了坚实的理论基础。

李鸿然先生考察了上述观点之后认为,在新中国文学发展史上,"少数民族文学"的概念,并不是1951年提出的,而是1949年提出的。使"少数民族文学""终于获得了自己的正式名称"的,不是别人,而是茅盾。他认为,一个重要的史料不能被忽略,那就是茅盾在1949年9月为《人民文学》创刊时所写的《发刊词》,其中在叙述刊物的六项任务的第四项时说道:"开展国内各少数民族的文学运动,使新民主主义的内容与少数民族的文学形式相结合,各民族间互相交换经验,以促进新中国文学的多方面的发展。"这才应该被认为是第一次提出的"少数民族文学"概念。作为全国文联副主席、全国文协主席、文化部部长,他如此及时而郑重地提出"少数民族文学"的概念,无疑是政治规划和文化诉求相互作用的产物,公开倡导"开展国内各少数民族的文学运动",其号召力和影响力,意义与作用,均不言而喻。它探索社会主义新主体和文学新样式,有力地构成了社会主义新文学的组成部分。茅盾尽管没有严格界定"少数民族文学"这个范畴,但从有关理论探讨和对创作实践的指导来看,他确定的基本标准至少有两条:第一,作者是少数民族;第二,作品的内容和形式具有少数民族的特点。①自茅盾以后,少数民族文学的概念范畴逐步得到了规定和延伸。

日本研究者西胁隆夫先生根据老舍先生1956年在中国作协第二次理事会会议(扩大)上发表的《关于兄弟民族文学工作的报告》和1960年在中国作协第三次理事会会议(扩大)上发表的《关于少数民族文学工作的报告》,提出了如下论断:他的报告题目,从"兄弟民族文学"变为"少数民族文学",反映了对少数民族文学的认识过程。大体上说,中国人到60年代以后,逐渐确定了"少数民族文学"这一概念。②西胁隆先生认为,1960年代以前中国文学界对少数民族文学的性质、特色、地位等还缺乏明确的认识。其实,50年代中期以后,中国文学界对少数民族文学的性质、特色、地位等已有相当明确的认识了。老舍代表中国作家协会在两次理事会上所作的报告,从理论和实践结合的高度上,对中国少

---

① 李鸿然:《中国当代少数民族文学史论》(上),云南教育出版社2004年版第6—7页。
② 西胁隆夫:《中国少数民族文学论序言》,何鸣雁节译,《民族文学》1985年第3期。

数民族文学的过去、现在和未来进行了总结或预判,为新中国少数民族文学制定了正确、科学而又切实可行的发展战略。而受苏联影响在第一次理事会上借用的"兄弟民族文学"这个称谓,虽能反映我国各民族的"兄弟关系",但因不十分准确严密,容易引起误解,而后换成了"少数民族文学"。其实报告中的"兄弟民族文学"也就是"少数民族文学",二者是同义的。因此说称谓的变化,"反映了对少数民族文学的认识过程",中国1960年代以后才"逐渐确定了"少数民族文学这一概念,不符合新中国少数民族文学发展的历史实际。

另外,"少数民族文学"是作为总体概念提出的。其范围既包括从古代到现当代的少数民族的民间文学和作家文学,又包括除汉族以外的所有民族的文学,客观上和汉族文学相对称。这个总体概念,既不否定每个民族的文化独特性,又概括了所有少数民族的价值共同性;既和我国其他领域的称谓相一致,又有明确的内涵;既便于制定国家层面的共同政策和发展规划,又不会限制束缚每个少数民族文学的独立自由发展;并且对于加强民族间的文化交流,特别是少数民族文学与汉族文学、世界文学的交流,增强少数民族文学的自尊心、自豪感和影响力,促进民族团结和繁荣发展,有着不可替代的重要作用。

何谓少数民族文学?我国当代民族文学理论家们在民族文学理论建设上筚路蓝缕,在民族文学界定标准上可谓是"百家争鸣"。围绕着"民族的语言"、"民族的题材"、"民族的意识"以及族籍对文学的"民族界限"划分的不同功能、价值定位和各元素间的不同排列组合等方面讨论,亦可谓"百花齐放"。徐其超归纳了三种代表性的主张,即:族籍标准唯一说,族籍、语言、题材三要素标准说,文化综合形态标准说,并对三种主张的合理性和存在的问题进行了详细的分析。①

族籍、语言、题材三要素说,即把作家是否具有少数民族身份,是否使用少数民族语言和是否反映少数民族生活作为划分少数民族文学的标准。1961年,何其芳在中国科学院文学研究所召开的少数民族文学史讨论会上指出:"判断

---

① 徐其超:《回到何其芳——少数民族文学界定标准之反思》,《西南民族大学学报》(人文社科版)2008年第12期。

作品所属民族一般只能以作者的民族成分为依据。作者无法考察的民间作品，可以在本民族中流传并有民族特色为依据。有些同志认为有作者可以考察的作品也不能只从作者的成分来判断，其他民族的作者写本民族生活作品，只要写得好，并且在本民族中有影响可作为本民族的作品写入文学史中。我觉得这是不适当的。不以作者的民族成分为依据，再另外订立一些标准，恐怕都是不科学的，其结果是许多民族的文学史对于作家和作品的讲述都会发生混乱和重复。"[1]其中关于"判断作品所属民族一般只能以作者的民族成分为依据"的观点发表后，被视为指导性意见。通过讨论会，与会者对确定具体作家或作品的族别归属问题归纳了几种意见：

一、认为"可以不分作家的民族成分，而从作品反映的内容是那个民族的生活，就应该写在那个民族的文学史里"，"这种看法是不妥当的"。

二、"从作品的语言、风格、接受本民族文化遗产等多方面联系起来"判定，"是有合理的一面，但不能只强调一面"，这样会把以他民族语言进行创作的作家，从少数民族文学或他所属的民族文学中排除出去。

三、"应根据作者的民族成分，结合作品的内容、语言、风格、接受本民族文化遗产等各方面进行鉴别。"

四、但是认为将蒲松龄、老舍这样的作家归入蒙古族、满族，"更会加强民族自信心，对该民族很大鼓舞"，这种观点不必要。因为"中国文学史本身包括少数民族文学史；强列在少数民族文学史里，由于作品反映内容、民族风格、心理特色、语言都不太吻合，可能产生不协调现象……我们在思想上必须明确，少数民族作家能列入中国文学史或者东方文学史里讲，是一件光荣的好事，应该欢迎。"

五、对"少数民族作家与汉族作家合写的作品"，"应该大书特书，因为它是各民族合作的结晶，是民族友好的表现"。

六、"其他民族，特别是汉族作品在少数民族地区流传，经过民间艺人整理加工或再创作而形成"的"少数民族的文学"，应该将它们看成是汉族与少数民族的合作

---

[1] 何其芳：《少数民族文学史编写中的问题——一九六一年四月十七日在中国科学院文学研究所召开的少数民族文学史讨论会上的发言》，《文学评论》1961年第5期。

产品,"也应该写入少数民族文学史中"。①

这六条意见实际已经提出了界定具体文学现象、族别归属的"民族成分"、"语言""题材"这三个要素。这些界定标准的提出,初步构建了少数民族文学界定和划分标准的框架结构,对以后的民族文学研究产生了持续的影响。

后来玛拉沁夫在《中国新文艺大系(1976—1982)少数民族文学集》的《导言》中认定:"作者的少数民族族属、作品的少数民族生活内容、作品使用的少数民族语言文字这三条,是界定少数民族文学范围的基本因素;但这三个因素并不是完全并列的,其中作者的少数民族族属应是前提。"②吴重阳也提出了基本相同的观点:"民族语言文字是少数民族文学民族特性的一个重要表征……但是,仅仅是语言文字,还不能决定文学成为民族的,即是说还不能把一个民族的文学的根本特性表现出来,因此也就不能成为划分民族文学的主要标准。""应该提倡少数民族作家写少数民族生活","但是不应该也不可能把作家的创作圈定在一个固定的题材范围内,因此,生活题材也就不能成为民族文学的根本标准"。"划分少数民族文学的归属的主要标志,是看作者的民族出身。换言之,无论使用的是什么文字,反映的是哪个民族的生活,凡属少数民族作家创作的作品,都应归于少数民族文学的范畴。"③但是民族文学识别"三要素"标准在逻辑上存在的一些问题也被一些研究者尖锐地指出,因为"每个要素独自无法周延地界定民族文学的外延,而它们的共同采纳则又不能很好地解决彼此之间的一定程度的相互排异性"④。

民族文化综合形态标准说的代表人物关纪新、朝戈金,代表了1990年代以降的一种学术热——文化研究的一翼。在《多重选择的世界》中,关纪新等指出:"判定民族文学,要从深度上把握其本质特征,从广度上概括其各种外在现

---

① 可集中参阅中国社会科学院少数民族文学研究所编:《中国少数民族文学史编写参考资料》,《少数民族文学史讨论会简报(七)》,1984年,第102—103页。
② 玛拉沁夫:《中国新文艺大系(1976—1982)少数民族文学集》(导言). 中国文联出版公司1985年版。
③ 参阅吴重阳:《中国当代民族文学概观》,中央民族学院出版社1986年版第7—20页。
④ 姚新勇:《追求的轨迹与困惑——"少数民族文学性"构建的反思》,《民族文学研究》2004第1期。

象。否则,任何关于它的界碑,都是可以随意地移来移去的。"①所谓"从深度上把握其基本本质特征,从广度上概括其各种外在的现象"就是从广义民族文化的综合形态构成特别是民族文化心理去考察、分析、研究和判断、识别。因为民族文化主导下的民族文学,必然会关联在文学作品从创作到接受的整个文学活动过程中,而文学作为民族生活的再现或表现,也必然会留下综合反映民族文化的印记。所以关纪新在文中推论说:既然民族的广义的文化集团特点构成了民族的特点,它也当然地构成民族文学的全部特点。何况文学作为审美地认识和表现世界的方式,它也必然全面反映出一个民族的多方面的文化成果。民族文化对于民族文学的决定作用就是显而易见的了。作为民族文学的识别标记,文化标准说在理论上是很站得住脚的,但在具体操作上仍然会陷入无边际性和随意性的两难境地。比如要对文学作品进行文化综合形态分析,并以此来判断其民族属性,那将是一个庞大、复杂而系统的问题,看似清楚实则难以把握。而且在全球化时代,随着多元文化交流的融汇、碰撞,很多作家的文化身份也处在不断构建过程中,他们的作品内涵往往是多元文化交织、"你""我""他"的文化元素融混在一起难解难分,有的甚至是"游离本源"的,题材、语言、表现手法到审美方式都与文坛上的大多数作品无二致。这个时候若立足于分析作品中反映出来的综合文化面貌,同时又在具体把握中根据实际情况而随时有所调整的话,标准的弹性和主观随意性就太大了。过宽过泛过软的边界,虽有利于学术上的"百家争鸣",但于民族文学概念本质界定和操作实践的困难也是显而易见的。

半个世纪的探索研究,学者们均试图去限定、确定"少数民族文学"的内涵,左冲右突作了很大的努力,研究广度和深度都有着前所未有的突破,到头来却再次发现前述的何其芳1961年不以作者的民族成分为依据,再另外订立一些标准,恐怕都是不科学的,其结果是许多民族的文学史对于作家和作品的讲述都会发生混乱和重复论断的重要价值。漫长的时间和研究历史检验了"判断作

---

① 关纪新、朝戈金:《多重选择的世界——当代少数民族作家文学的理论描述》,中央民族大学出版社1995年版第41页。

品所属民族一般只能以作者的民族成分为依据"的权威性。

少数民族文学,顾名思义,是少数民族人民创作的文学。作为少数民族人民的审美创造物,不由少数民族自己创作,而由它民族越俎代庖,是不可思议的,也是荒唐的。创作主体的"族籍",不仅揭示了少数民族文学之所以为少数民族文学的根本特征,而且深层次地蕴含着少数民族文学民族特性的一些重要表征,如前述的民族语言、民族题材,以及民族心理、民族审美意识等,它们是何其芳的"民族成分依据""民族身份标准"中的固有之义,应有之义。没有人否认,我们说某某作家是某少数民族作家,同时意味着他们血管里流淌的是该民族的血液,他们犹如肌体上的细胞,每个细胞里面都有其民族文化的"基因密码",他们创作的作品也必然会留下所属民族的文化"胎记"。族籍标准不仅概念的内涵明确,外延也是明确的,且能有效周延地适用于一切民族文学。在族籍独立使用上存在不存在非自洽性的问题呢?民族文学理论界虽有歧见,但民族身份标准普遍适用于民族文学,即使作者族籍不确定,也不能成为否定其外延有效周延的理由。

少数民族族籍标准说目前已为越来越多的民族文学理论家和文学史家所认同。李鸿然在其鸿篇巨制《中国少数民族文学史论》中说:"民族文学的划分,不能以作品是否使用了本民族语言或是否选择了本民族题材为标准,正确的标准只能是作者的民族成分。作者属于什么民族,其作品就是什么民族的文学;少数民族出身的作家创作的所有作品,不管使用哪种语言文字,反映哪个民族的生活,都属于少数民族文学。"[①]

随着研究的深入和西方相关理论的引进,有论者对中国少数民族文学建构史进行了反思,认为中国少数民族文学本身在不同的历史语境中被给予过哪些不同的身份(Identity)定位这一重要问题,被长期放逐。姚新勇以中国少数民族文学的"界定史"作为基本线索,围绕着身份/认同(Identity)的建构这一焦点,对中国少数民族文学这一概念进行了话语建构性的考察:在少数民族文学这一场域中,少数民族文学是被怎样定位的,少数民族的主体性是被怎样生产的,呈

---

① 李鸿然:《中国当代少数民族文学史论》(上),云南教育出版社2004年版第13页。

现出了怎样复杂的话语权力的历史纠葛。①他把少数民族文学身份的界定,大致分成社会主义民族文学、民族的民族文学、后殖民弱势文学三类或三个阶段。

文学的社会主义性质对民族文学的具体规约,在20世纪50年代末60年代初少数民族文学史的编撰工作中有过一次集中的体现。所涉及的焦点问题,就是如何对少数民族文学进行定位。中国社科院少数民族文学研究所编印的《中国少数民族文学史编写参考资料》,提到两类与少数民族文学定位相关的问题。第一类就是怎样更为准确地确定具体作家或作品的族别归属问题,当时提出的六条指导性参考意见,前文已作说明。而第二类原则性、方向性的问题,就是周扬谈的四方面:文学史的古今比例,文学史的分期,民间文学中有无两种文化斗争,作家作品评价等。以后的主要争论多集中在古今关系、人民性、阶级性、宗教与文学、民族关系等原则性问题上,生搬硬套政治标准第一,艺术标准第二所带来的作家作品评价问题,也有了更为具体的表现。

这些关系到少数民族文学的基本性质、基本方向的原则性问题,才真正决定了怎样定位少数民族文学,怎样发现、整理、处理、评价、取舍少数民族文学的材料。说到底,就是少数民族文学应该以何种方式或以何种身份特征被呈现出来。如果说当年的民族识别工作给予了各少数族裔"族别身份",那么文学艺术的表现形态,则为他们提供了国家族群关系谱系中的"政治—文化特征"。

"文革"结束后,少数民族文学发展进入了新的发展阶段,中国少数民族文化身份建构形态发生变化,即由阶级性、社会主义性、国家性为本位身份的少数民族文学,开始转向以族群文化身份为本位的"民族的民族文学"建构。这恰与当时少数民族文学、文化发展的方向是一致的。到了1986年的《民族特质 时代观念 艺术追求——对少数民族文学创作理论的几点理解》(以下简称《民族特质》),民族特质、民族特质的主体性就成了少数民族文学最重要、最基本的属性。

在中国文学的大范畴内,少数民族文学是与汉族文学相区别的概念。这一区别,反映出少数民族文学的突出之点——民族属性。可以说,少数民族文学是以其

---

① 姚新勇:《少数民族文学:身份话语与主体性生产》,《暨南学报》(哲学社会科学版)2014年第2期。

含纳和表现着不同的民族特质为区别于汉族文学的显著标志的,而各少数民族文学之间这一民族文学区别于他一民族文学的根本标志,亦在于其含纳和表现的这种民族特质。没有民族特质,便没有少数民族文学。民族特质,既是少数民族文学赖以存在的条件,又是少数民族文学赖以辨识的胎记。民族特质,赋予少数民族文学以质的规定性。唯因如此,少数民族作家,才把在作品中含纳和表现民族特质,认作是自己的天职。①

文学作品要具备民族特质,是少数民族作家的任务。神圣的民族使命感,促使着少数民族作家理论家去建构明确的主体性话语。《民族特质》这种接近"民族本位性"的少数民族文学第一属性的立场,成了对于先前少数民族文学属性规范的修正或改造。

到1995年的《多重选择的世界——当代少数民族作家文学的理论描述》②,关纪新、朝戈金对将存有争议的民族识别结果移用为界定少数民族文学族别归属的基本标准进行了深入思考,然后用"以血统意识和先祖意识为核心"的集"民族成员"与"文化集团"双重性于一体的民族自我意识标准取而代之。由此,那些已经远离了本民族文化传统之根的作家,尽管在具体现实中难免处于被排除于少数民族文学之外的困窘,但将他们定位于"游离本源—文化他附"③类型的民族作家,已经预先将他们与传统不可分割地联系在了一起。至此,长期困扰少数民族文学作家作品族别身份归属的问题也就被消解了,或代之以所有的少数民族作家与其民族文化传统、民族集团文化心理、民族自我意识距离远近测量的问题。

至此,《多重选择的世界》以其可贵的理论创新,基本完成了对中国少数民族文学理论的体系性建构。它建立起了一套初具规模的民族文学美学样态的表述方式。

---

① 《民族文学研究》《民族文学》评论员:《民族特质 时代观念 艺术追求——对少数民族文学创作理论的几点理解》,《民族文学研究》1986年第4期。
② 关纪新、朝戈金:《多重选择的世界——当代少数民族作家文学的理论描述》,中央民族大学出版社1995年版。
③ 《多重选择的世界——当代少数民族作家文学的理论描述》第三章("少数民族作家与民族文化传统")区分了三种类型的少数民族作家:"本源派生-文化自律型""借腹怀胎-认祖归宗型""游离本源-文化他附型"。

20世纪后期,全球化步伐急剧加速,一体化的时代来临。全球化向发展中国家的民族文学发出了挑战。打破传统的民族界限,产生文化趋同倾向,而这种趋同化是以强势文化冲击淘汰弱势文化为代价的。这种状况被赛义德称为"后殖民主义"。后殖民理论在1990年代中后期进入中国少数民族文学研究,给中国少数民族文学基本性质的定位以及相关问题带来了新的思考。在后殖民批评范式中,少数民族文学在中国、中国文学中地位的理论预设就发生了重大的变化。在此基础上,原先的一系列理论问题,也就具有了不同的性质,不同的思考及表达方式。比如20世纪五六十年代的民间文学以及与作家文学的关系问题,就由调查、搜集与整理的问题,变成了对中国民间文学建构历史的整体反思和个案性解构批判;"母语写作"作为少数族裔文学的新标准,也变成事关民族文化的根基与血脉的根本问题;而早已经明确失去了重要性的题材问题,在新的理论框架下,又具有了划分是非族裔文学的重要功能。

大家根据对后殖民理论的理解,试图建立新的、更具生命力的民族文学理论增长点。有的试图在全球化语境中,在少数民族文学与中国文学的同一性、各族群文学间的和谐关系的框架下,引入后殖民理论主流／边缘的批评视角,为少数民族文学发出更强的声音。

当代中国少数民族文学演化到此,在类后殖民理论的视角下,显现了相对于主流文学的"少数的""弱势"文学的性质。从另一个角度看,少数民族身份认同或主体性建构的不断变化,也恰好说明了它是一个生产主体性的话语实践过程。但是,无论是在民族的民族文学还是在类后殖民文学的少数民族文学范畴中,少数民族文学(或××族裔的文学)重返民族(或本民族)文化传统的潮流,重建独立、自在、自主主体性的运动,因为都处在整体性中国社会转型的组织之中,只有从话语生产的角度来理解少数民族文学及相关问题,才能摆脱或弱化二元对立的思维模式,从而促进少数民族文学的发展,建构多元一体的中华民族和谐文化生态。

二、少数民族文学的"民族性"

在关于民族文学定义的研究中,最重要的理论课题是确定民族文学的特征,也就是文学的民族性问题。这是少数民族文学理论建设中的根本性课题之一。

随着研究的深入,新语境中的少数民族文学研究理论被注入了许多新的研究元素,在众多的元素中,全球化语境无疑是民族文学研究不容忽视且影响最大的。什么是"全球化"语境呢?王一川《当前文学的全球民族性问题》一文的相关讨论,就是在"全球化语境"中展开的。文章首先分析了20世纪90年代以来被赋予的三种不同的含义而形成的三种理论形态:全球一体化、世界体系论、社会转型论。然后他认为,全球化无论有多少种看法、涉及多少层面,归根到底是人类群体及个体的一种现代生存体验。也就是说,"全球化"体现出的是一种共生、互动性,它往往同时包含人的"实在与精神、制度与心理、情感与理智、意识与无意识、感知与想象、欲望与幻想等多种要素或过程"。而"全球化语境",是人们看待现实生存问题时的全球性思考方式,反过来也是一种从全球多样文化的互动中考察单一民族问题的思考方式。"每一种地区变化,往往并不简单地取决于这一地区,而是同遥远的世界其他地区或世界整体发生这样或那样、直接或间接的关联。"[1]

了解了全球化语境,再来讨论文学的民族性问题就具有了深广的背景和视野。要理解文学的民族性,首先要了解一般的民族性。美国学者本尼迪克特·安德森对民族作如下的界定:"它是一种想象的政治共同体——并且,它是被想象为本质上有限的(limited),同时也享有主权的共同体。"[2]也就是说,"民族性"来自人们对于特定民族的独特生活方式的"想象",一个人或一个群体的民族性,不仅在于其血缘、地理关系,而且在于其想象性关系——通过幻想或联想而对自身属性的认同。这样,民族性意味着他或他们与本民族的"想象的共同体"实现认同。由此看来,无论是一般的民族性还是文学的民族性,都与本民族共

---

[1] 王一川:《当前文学的全球民族性问题》,《求索》2002年第4期。
[2] 本尼迪克特·安德森:《想象的共同体——民族主义的起源与散布》,吴叡人译,上海人民出版社2016年版第6页。

同体的想象无法分离,甚至就是这种文化想象的"制造物"。"民族性,既是实在的又是想象的;既有社会民族性、政体民族性和文化民族性,又有语言民族性、艺术民族性和审美民族性等。"而文学的民族性正生成于上述种种民族性相互交融的地带,属于语言形式中凝聚和想象的民族的生活方式及其特性。文学的民族性是指文学所显示的特定共同体的生活方式的特性。文学的生产与消费、传播媒介、语言、形象及意蕴等方面,都可能体现出这种特定的民族性内涵。

了解了"民族性"以后,在"世界文学(全球化)—中国文学—少数民族文学"的逻辑中,下面要探讨的,不是世界各民族的文学特色或中华民族文学的整体特色,而只是探索构成中华民族文学多样性特色中的当代少数民族文学创作如何表现自己的特色亦即"民族性"问题,包括民族语言、民族表现形式和手法、民族生活、民族题材、人物形象所体现的民族心理素质亦即民族性格特色等等。现实生活中的民族特色只是文学作品中民族特色的源泉,如何把现实生活中的民族特色转化为文学作品中的民族特色,这是需要少数民族作家、理论家认真探索和努力实践的。

相对而言,在众多对少数民族文学民族性的研究、讨论、阐释中,龙长顺更为关注少数民族文学创作本身的"民族性"。他说:"十九世纪四十年代的俄国,'民族性'几乎成了衡量一切文学作品的价值以及一切诗歌荣誉的最高标准和试金石。我国现代文学史上,大规模地讨论过文学的'民族形式'问题。我在这里探讨的,不是总论世界各个民族的文学特色或中华民族文学的整体特色,而只是探索构成中华民族文学多样统一的整体特色中的那个局部,即当代民族文学创作中如何表现少数民族特色的问题。"[①]他设计了几条实现少数民族文学民族性的具体路径,其论述应该是较为全面而准确的。

首先,他认为"描写少数民族地区的山水动植既是地方特色的内容,又是民族特色的一部分"。他引用了黑格尔、孟德斯鸠、丹纳等关于地理环境与民族特点关系的论述,认为地理环境和气候特点通过人的心理性格长期地、执着地影响着民族的文学艺术。文学的民族特色与地方特色的联系,不但表现在民族特

---

① 龙长顺:《试论当代少数民族文学的民族特色》,《民族文学研究》1985年第1期。

色最终可以在地方特色上找到渊源,更重要的是地方性的特殊事物,直接丰富了民族性的特殊色彩,成为民族特色的组成部分。而且,文学创作要从山水动植物的特殊性上获得民族特色,尤其要从地理环境与民族性格的联系中去获得民族特色。

其次,他认为描写民族风俗习惯,是表现民族特色的重要手段。各个民族在长期的历史发展中,形成了在衣着、饮食、居住、生产、婚姻、养丧、礼仪等物质文化生活方面广泛流行的喜好、禁忌和风气习尚等各不相同的风俗习惯。文学创作首先就是要把事件的展开与民族风俗结合起来,不仅要"掺进时代生活的新内容才有美学价值",还应当"写出它的历史承传性和现实变异性",而这样,也只是民族特色中外在的部分,要真正表现民族特色,还需要把研究引向纵深,即:"集中刻画民族心理和性格,是表现民族特色的核心"。每一个民族都有自己的民族性格。民族心理性格,是民族成员千百年繁衍生息过程中,奋斗、挣扎所培养的,是世代相沿的生产方式中形成的,虽具有相对的稳定性,但并非僵死的一成不变,随着时代的发展在不断丰富、发展。难能可贵的是,论者特别提到作家的审美意趣是民族性格得以表现的重要方面。

另外,他提出少数民族的创作,要"从时代生活的变化中表现活生生的民族特色"。如果抓住了民族特色与时代生活的联系,把民族性格和时代精神结合起来,就找到了深层次描写民族特色的源泉。同时,他觉得"描写重大事件和家庭生活,是表现民族特色的沃土"。别林斯基说过,要了解一个民族,应该是研究他的家庭和家庭生活。通过家庭生活来折射重大事件会更丰富、更细腻、更有实感,因为家是构成社会的基本单位,家庭生活是民族性保存最完善、最丰富的地方。最后,他阐述了"提炼富有民族色彩的语言,使作品的民族特色更加浓郁"。民族语言,沉淀着民族丰富的历史文化信息,理所当然地是文学民族性的重要因素。长期的交往过程,各民族不仅形成了语音、语法和词汇方面各自的固有特点,构成了各不相同的语言风貌,而且由于各民族的语言与本民族的生活特点、思维方式紧密相连,使用本民族的语言往往可以极为直接而有效地传达出该民族特有的心理性格。

作品的民族性是一个民族的文学区别于其他民族文学的重要特征,除上面提到的之外还有众多相似的论述,有些人同样也提醒大家,追求民族性绝不等于被民族性所束缚。优秀的少数民族作家应当在创作心态上克服"文化自恋"的心态和"民族自卑"意识,警惕少数族裔文学中的"反智主义"倾向,既能深入于自己所熟悉的民族生活之中,又能超越狭隘的民族观的束缚。用清醒的现代思想观念、先进的哲学理念来提升作品的品位。优秀的少数民族文学作品应该根植于对本民族的传统文化底蕴深刻挖掘的土壤之中,生动地记录时代大潮中民族文化传统和文化心理与其他多元文化的碰撞、冲突、融合。只有深层熔铸民族文化性格和时代精神,传达出一种并非单纯、外在的民族特点,而是本质的、具有美学意味的民族精魂,才能逐步实现民族文学的超越,而且,传统的民族特性只有参与到与现实性对话之中才有可持续发展的空间。

在关于民族文学定义的研究中,最重要的理论课题是民族文学的特征或文学的民族性问题。这也是民族文学理论建设中的根本性课题之一。民族文学的特征或文学的民族性问题,不是单纯的、孤立的文学现象。要真正理解民族文学的特征或文学的民族性,仅仅从文学作品出发,是远远不够的。也就是说,在民族文学的民族性问题研究上,仅仅注意作品的地理环境、风俗习惯、民族心理性格、时代生活内容以及语言等方面是不够的,因为它还和特定民族作家对于文学本体性的独特理解有关。譬如真实性问题、形象性问题,文学体裁、题材的独特追求以及作品结构、情节的独特处理方式,等等。民族性既然是文学的一个基本属性,它就不可避免地要与文学的其他属性建立联系。具体到理论领域,它同样也会与文学理论框架内的各种元素建立广泛而复杂的联系。民族文学理论就是以民族文学的民族性问题为核心,参照民族学、人类学、文化学等原理,在文学的一般性和民族文学的特殊性关系的框架下开拓、建构出来的新的理论形态。

民族文学的民族性,来源于民族的现实生活和历史传统,是民族的现实生活和文化特征在文学中的具体表现,或者说是民族特征在文学中的具体表现。因此,要从理论上探讨民族文学的民族性,还有必要研究民族的特征,研究二者之间的关系。而且,民族文学的民族性,从来就是一个历史的动态过程,是一个产生、发展、不断变化和最终逐步消亡的过程。这种过程,以其形式的多样性和质的变化性,与民族生活发展、民族特征发展的过程紧密联系在一起。如果死守古老的生活框架,将民族文学的民族性视为一种僵化不变的事物,寄希望于民族的古代文学、近代文学和现代文学中抽象出的某种共同模式,很容易导致忽视民族文学民族性的全部丰富性,使它成为一种极其单调、干瘪事物的结果。[①]同时,民族文学民族性的这种动态特征,也为我们从理论上研究它带来了艰巨性和复杂性。文学的民族性既是一个具有丰富内涵的理论课题,又是一个备受时代影响而不断发展变化的实践课题。要真正科学和全面地把握这一课题的复杂内涵,对新时期各少数民族文学的发展有所裨益,反映民族社会生活和使用民族的语言,当然是最重要的。但这也仅仅是这一课题的基础部分。仅仅停留于基础部分的阐述是远远不够的,还应该对许多更为具体的课题作专门的深入探讨,然后针对各少数民族文学的具体情况作具体的说明、纠正和补充。但是,确认这个根基却是具有关键意义的一步。民族性的其他具体课题,归根结底都要从这个根基出发去加以探讨才能阐明清楚,并且也必然是这个根基的具体存在形式,丰富着、反映着这个根基的内容及其变化。否定了这个根基,或者将这根基置于从属的地位,那就无异于抽掉了民族文学的筋骨——正如抽掉了一座大厦的地基,整个大厦就只能是空中楼阁,正如将一株大树倒植下去,它就必然要死亡。全球化语境使得中国学者注意到了自身国家文化的多样性,因此在文学领域提出了多民族文学史观的概念。但在建立过程中不难发现,汉语文学史的表达方式和评价机制,某些程度上遮蔽了少数民族文学的民族性。而作家民族文化身份的迷失,为了迎合时代主流文化或流行时尚潮流,追"新"逐"后",使丰富的族群历史文化、宗教、道德、价值等"民族性"特征元素逐步弱化或消失。在文学批评方面,简单套用汉文学理论或西方文论,对少数民族文学现象仅作一般性评价,因而远离了少数民族审美文化。所以,民族性还原就成

[①] 扎拉嘎:《马克思主义文艺学与民族学原理的结合——关于民族文学理论研究的思考》,《民族文学研究》1989年第5期。

了多民族文学史建立以及少数民族文学批评要解决的主要问题。许多人很早就意识到了民族性弱化的问题,并也有一定程度、范围的讨论,但作为一个问题提出而且进行深入的现象分析并指出解决途径,何圣伦的观点①无疑是最具代表性的。他指出,族裔文化群体在主流文化面前要承受巨大的文化同化压力,如果选择放弃,文学艺术也会失去多样性和丰富性。

他首先提出中国多民族文学概念应体现多民族审美文化和价值评价的良好生态关系。他认为,要建设真正意义上的少数民族文学,一是要追求各民族审美文化的平衡,正视长期以来各民族文化之间既保持独立又相互容纳的文化生态关系,有效回避以汉文化来定义、想象各少数民族文学的失重状态。二是要重视中国少数民族作家文化身份的还原,唤起少数民族作家在创作上的文化自觉。他认为中国少数民族作家民族文化身份的自觉性不够,在很大程度上影响了我国少数民族文学构建,所以,真正意义上的少数民族文学的创作是离不开作家民族文化身份还原的。

在这个基础上,他认为"少数民族文学创作的民族性还原是中国多民族文学建设的重要基础,少数民族文学创作的民族性还原不是对少数民族作家创作题材的一种限制,而是对少数民族作家民族文化自觉意识的一种提醒"。如果作家仅具族缘关系,没有民族文化自觉意识,进入少数民族文学行列,民族的独特性和民族性又何在呢?所以民族身份和文化认同的态度是少数民族文学创作的必要条件。他还谈到了那些非汉语创作或以口传、仪式方式存在的原生态民族文学艺术的民族性还原问题,"还原原生态少数民族文学艺术发生的背景,还原原生态文学艺术的过程",才有可能还原少数民族审美文化,还原少数民族文学艺术的辉煌魅力和民族性。

然后,他指出一些相关研究论著,"在对文学艺术对情感表达、道德内容、文化彰显、社会关注等功能意义方面的讨论没有完全表现出其民族性特点,没有在根本上凸显出民族审美文化的内容,反而表现了同一时期汉文学理论的痕

---

① 何圣伦:《民族审美文化与中国少数民族文学的民族性还原》,《文艺争鸣》2013年第3期。

迹"。因此提出,"文学批评的民族性还原是中国多民族文学建设的指导方针,其导向性意义甚至比作家民族文化身份的还原和作品创作的还原还要突出"。少数民族文学批评的还原首先要实现研究对象的还原,要有明确的条件来确立研究范围,不要只论族缘关系,要在他的创作中去判断他的民族文化身份,要关注少数民族作家具有民族性的作品。当然,即便不是少数民族的作家,只要在作品中清晰地表达了某少数民族的生活内容、情感道德、审美文化,也可以成为研究的对象。其次,对少数民族文学研究视角的认识也与少数民族文学批评的民族性还原有关。少数民族文学作品的研究,不能仅限于一般历史文化研究模式中,如果说研究方法应该有其独特性的话,少数民族审美文化必须是其最基本的出发点。因为现实的状况是,在中国现当代文学批评史的表达中,经常混淆对民族作家作品一般性的批评和民族性的批评。在少数民族文学理论及其批评实践建设中,从作家族缘关系回归到民族文化特质,从作品中简单的民族文化背景设置回归到民族审美经验,是实现其民族性还原的主要途径。

另外他还认为,"少数民族文学批评价值目标的民族性还原也非常重要"。每一个民族的文化特质,决定了不同民族文学的自我表达、叙事方式、语义编码等等。各民族的生理基础(血统、体质、气质等)和生存环境,以及人们的生产生活方式决定了一个民族特殊的文化——心理结构,决定了他们对世界的认识和自我表达方式个性的存在。所以无论是作家创作还是原生态文学遗产,都需要更具民族性的批评方式。如果只限于文学性去谈少数民族文学,就会掩盖其本身丰富的价值内涵,影响少数民族文学批评的民族性的还原。

在全球化浪潮高涨的今天,文学的"民族"属性呈现减弱的趋势,全球化语境导致人类活动半径大幅度增加,交流更加频繁、强势文化整合效应增强,文学理论批评界在主流文化的笼罩下,更多的是只关注公共话语,忽略民族话题,避而不谈现代化与民族文化之间的冲突,理论跟风、术语移植、问题模仿,甚至将民族性视为本土文学生长的障碍,"祛除民族性""追求普适性"成为一种潮流,少数民族个体或群体民族属性逐渐削弱,民族身份越来越难以从众多身份认同的多维尺度中显现出来。因此,保存民族文学持续发展的培养基,保存可以提供激活"民族性"理论作用的活性因子,才能使少数民族文学批评理论的多元倡导物化成文学"民族性"存在的多样形态。

无独有偶,2014年,张江、朝戈金、张清华、阿来、阎晶明等几个作家学者开展了一次关于文学民族性的对话,再次以民族性重建问题为主题。[①]文学的民族性是文学固有的属性,是文学身份的标识,中国文学靠鲜明的民族性融入世界等观点是大家一致的共识。他们还讨论了文学民族性的民间资源问题。阿来认为鲜活的民族性在民间生活当中。做文学,做文学研究的人,不能总深陷在文本当中,忘记丰富的民间生活和民间传统。习惯于把民间生活看成一种写作题材,而不是从民间资源中汲取丰富的营养,包括看待生活的眼光、讲述故事的方式等等,结果可能会使文学日渐淡化大众性与民间性,最后变成纯粹的知识分子的智力活动而失却鲜活,所以,他认为重建文学的民族性,民间资源是需要我们发现和重新审视的重要领域。除此以外,特别值得一提的是,有人还从文学接受的角度阐述了重建文学"民族性"的重要。议论虽围绕相对于世界文学的中国文学展开,但中国少数民族文学自然也是应有之义。

张江认为文学受众的阅读,具有定向性期待。这种隐藏的期待,主要由他们的生活经验和审美经验构成。而这两种经验都建立于民族性之上。民族的生活经验结构并定型了民族的审美经验。对大多数受众而言,离开了这个经验,文学作品很难被接受和传播。文学作为一种精神产品,以接受和传播为指向,只有凭借民族性的元素,巩固并扩大民族的生活和审美经验,才能为本民族的大众接纳和认可,文学作品才能存活和流传。

而文学作品是作家和读者之间的灵魂对话,文学作品要让对话成为可能,进而被读者接受,他们之间必定形成一种相近的联系。张清华把这种联系叫作气息或气味。这种气息或气味是一种神奇的黏合剂,一经相遇,便将两者紧紧地吸附在一起。"民族性"就是作家和读者之间相近气息或气味的构成要素之一。他列举了朱自清的《背影》,散文里中国式含蓄内敛的父子情与西方那种热烈、奔放、外露的情感表达方式非常不同,这种不同就是一种独特的民族性表

---

① 参见张江、朝戈金、阿来等:《重建文学的民族性》,《人民日报》2014年4月29日14版。

征。朱自清准确地把握住了这一点。也正因为如此,中国读者在阅读过程中才会产生强烈的审美认同乃至民族认同。同样是这篇散文,如果拿给西方读者阅读,其精妙未必能够被理解。因为我们在民族传统文化的浸润下,已经形成了稳定的民族化审美趣味。作为接受者,对富含民族文化元素的作品表现出强烈的亲近感,并产生情感共鸣,符合文学接受规律。虽然我们不否认不同民族之间的文学是可以相互接受的,而且可以产生很大影响。但从审美和语言意义上讲,不同民族文学文本之间的相互转换是有一定间隔的,既难以将原著本土的文化精髓准确传达,也难以用本土民众接受的方式准确表达。这样就造成了转换过程中民族文化因子无法避免的损耗。因此可以说任何一个民族,长久流传下来并内化为民族精神底蕴的文学经典,从来都是本民族的文学精品。这一点,即便在全球化语境的今天也依然如此,这同样佐证了"民族性"对文学接受的重要意义。

三、多民族文学史观

中华民族光辉灿烂的文学艺术,是我国各族人民在长期的历史发展中共同创造的。研究中国文学发展史,少数民族文学无疑是其中不可或缺的重要组成部分。"因此,当我们研究中国文学发展史时,只有充分肯定我国各少数民族文学在中国文学发展史上的地位和作用,认真研究我国少数民族宝贵的文学遗产,才是尊重我国文学发展的客观历史事实的唯物主义态度。"[1]中国少数民族文学史的系统建构始于20世纪50年代中后期,至今已是硕果累累。检视过往的著述各异、风格不同的少数民族文学史以及各类史学观念,我们仍能看到一条清晰的发展线索。

1961年,刘澍德在《编写少数民族文学史的几个问题》一文中,谈到各民族之间关系时说道,"我们在文学史中,有必要对这种相互影响的现象加以研究和总结,找出其政治的、经济的和文化上的原因","力求运用历史唯物主义的观点

---

[1] 陶立璠、吴重阳:《论少数民族文学对中国文学史的贡献》,《中南民族学院学报》(哲学社会科学版)1981年复刊号。

和阶级分析的方法,探索出各民族文学发展的脉络,研究出民族文学的特点、传统风格及其演变的规律等"。然后还根据各少数民族文学发展不均衡的现象,提出"以时代为经,文学为纬",根据民族的社会的发展与文学本身的发展情况,力求使文学史分期与历史发展阶段相适应的分期办法。①这种观点,在稍后何其芳发表的讲话中有了更加全面的阐释,成为影响后来少数民族文学研究的历史观。

同年4月,何其芳在中国科学院文学研究所召开的少数民族文学史讨论会上,发表了题为《少数民族文学史编写中的问题》的讲话,"讲话"充分肯定了编写少数民族文学史的意义,"这是我国过去从来不曾进行过的工作","这些工作的直接意义首先是丰富了我们祖国的文学宝库,很有利于我国社会主义文学的发展","必然将更大地加强我们的民族自豪感","可以有力地增进相互的了解尊重和团结"。同时也指出了问题所在,"直到现在为止,所有的中国文学史都实际不过是中国汉语文学史,不过是汉族文学再加上一部分少数民族作家用汉语写出的文学的历史。这就是说,都是名实不完全相符的,都是不能比较完全地反映我国多民族的文学成就和文学发展的情况的"②。因此,他提出今后编写少数民族文学史或文学概况工作中的中心问题是进一步提高我们著作的"科学性",包括少数民族文学作品的搜集、整理和翻译,编写文学史或文学概况的基本要求,文学史的分期断代,一直到对作家和作品的评价等方面。为了进一步提高科学性,首先要有科学的态度、科学的方法,而"'详细地占有材料,在马克思列宁主义一般原理的指导下,从这些材料引出正确的结论',这就是我们的根本方法"。

关于少数民族文学作品入史范围,他谈了几点意见。第一,既然我们编写的是文学史,内容范围就应该以文学史需要讲述到的为限。并非一切作家作品和文学现象都可入史。第二,既然我们编写的不但是文学史,而且是各少数民族的文学史,正式叙述的作家、作品和其他文学现象就应该以本民族的为限。

---

① 刘谢德:《编写少数民族文学史的几个问题》,《文学评论》1961年第3期。
② 何其芳:《少数民族文学史编写中的问题——一九六一年四月十七日在中国科学院文学研究所召开的少数民族文学史讨论会上的发言》,《文学评论》1961年第5期。

针对编写少数民族文学史或文学概况的基本要求和指导原则,提不提"厚古薄今"口号,有没有"两种文化的斗争",要不要强调民族文学的"共同性"和"特点"等问题争论,何其芳提出了指导性意见:古今比例"应该根据各民族文学的实际情况去适当确定,不应该也不可能强求一律"。关于两种文化的斗争问题,他认为民间文学里面的和整个社会上的两种对立阶级的文化斗争有所不同,要根据历史事实和现有材料,不要"强调贯串而勉强去写"。另外,他认为写文学史或文学概况要有助于我国各民族走向自然融合,应该强调各民族文学的共同性,同时也要重视并发展各民族文学的特点,以此来丰富今天和将来的我国各民族的文学的共性。

总之,在何其芳的讲话之后,马克思主义唯物史观和马克思主义文艺理论,客观上成了少数民族文学史编写工作的指导思想。

1980年代,大规模编写中国少数民族文学史形成了新中国成立以来的第二个文学高潮。1984年11月,中国社会科学院少数民族文学研究所在北京主持召开了第四次全国少数民族文学史编写工作座谈会。会上讨论并通过了关于编辑出版"中国少数民族文学史、文学概况丛书"和《中国少数民族文学资料汇编》的计划。

这次会议之后,张文勋发文[①],较为系统地重新阐释了1961年何其芳曾提出的编写少数民族文学史的"科学性"问题。他认为,少数民族文学史的编写不但应该遵循少数民族文学史的编写三原则,即"从实际出发""多样化,不拘一格""真实性和客观性"原则,还要体现出"历史""民族""文学"等三个方面的鲜明特点,而且必须具备三个方面的价值,即"理论价值""史料价值""审美价值"。特别是在少数民族文学史编写中的几个重要话题上做了清晰的解说。他认为"没有民族特色,也就没有民族文学史",一部民族文学史,在书写社会历史发展以及社会生活,在民族心理、性格、风习、审美趣味,在文学的式样、体裁、风格等方面应该有自己鲜明的特点。而且,因为少数民族文学涉及历史学、民族学、社会学、人类学、宗教学等多种学科,因此要处理好它们之间的关系,突出"文学的

---

① 张文勋:《努力提高少数民族文学史编写的科学性》,《民族文学研究》1985年第1期。

特点及其主导地位",重视它本身的"多学科的理论价值",特别是"精选思想性和艺术性都比较高的代表作入史",注意其艺术审美价值。很显然,在他的论述中,我们看到了除了之前关注的民族性问题之外,文学特点及审美价值等本体性问题得到了应有的强调。

同时期,郑谦连续发文①,对过去的文学史编写的理论问题做了较为细致的梳理,强调要针对少数民族文学及其发展的种种特殊性(从它与汉文学史相比较的角度看)进行宏观研究与微观研究。既要有"全局、整体的宏观视野",把每一个少数民族的文学史放在中华民族、中国文学史这个大背景下来写,又要具体微观地剖析,最后达到对文学发展规律的由表及里、由此及彼的深刻认识。论述表现出既重视整体联系又不忽视少数民族文学史民族特色和文化个性的系统观以及可贵的辩证思想。

随着研究的深入,到了90年代,黄修己在已有研究的基础上,把视角伸向我国少数民族现代文学史领域,提出对于少数民族"'现代文学'应作何规定,是否要与汉族文学完全一致,这是应加以研究的课题"②。这种研究思路,一定程度上使少数民族现代文学史理论更加严谨和完善。

新世纪之初,吕微则提出了少数民族文学史编写中的"现代意识形态问题"。③他认为:"中国少数民族文学史的写作主要是一种以本土化的'启蒙现代性'即'革命现代性'意识形态和话语形式为主导的政府官方学术行为,但这并未彻底排除民族群体和学者个人在其中的意愿表达。'写作'在象征的层面转述了'中华民族'这一民族国家现代性方案的实质内容,其中包括:如何实现民族传统与现代国家意识形态的理性整合,以及国家、民族、个人之间的权力关系。"它总结了我国半个多世纪的主流文学史编写历程及取得的可观成绩,"这是一次用现代思想对民族遗产所作的空前规模的整理,也就是将民族遗产纳入到一个现代方案的历史框架中重新予以定位和解说(批判地继承),使之成为现代民

---

① 郑谦:《关于编写少数民族文学史的一些理论问题》,《思想战线》1985年第2、4期。
② 黄修己:《谈我国少数民族现代文学史的编纂》,《民族文学研究》1994年第3期。
③ 吕微:《中国少数民族文学史编写中的学科问题与现代性意识形态》,《民族文学研究》2001年第1期。

族国家所能理解和接受的历史前提"。从此种说法中我们不难发现理论界不断探索的学术新意。

早在1989年,费孝通先生的《中华民族多元一体格局》①一书就为中华多民族文学研究开启了一个新的境界,为"中华多民族文学史观"的探讨提供了一种新的思考范式。从2004年之后,历次的"中华多民族文学论坛"研讨会,众多学者对"中华""文学""多民族""史观"等关键词都展开过深入的讨论(也许就是因此动因)。从2007年起,《民族文学研究》杂志社设立"创建'中华多民族文学史观'笔谈"专栏,开始了"中华多民族文学史观"的理论构建。此后多年,学者们对这个命题的缘起、含义、诉求,践行的可行性路径与困境进行了省察,并进行了在此命题引领下的个案研究。关纪新在首期上的专栏文章里说,"中华民族多元一体格局"学说,从"多元"和"一体"两个侧面及其相互关联上,诠释了我国民族历史发展和现实存在的本质。其中强调"多元"是指各兄弟民族各有起源、形成、发展的历史,其文化、社会也各具特点而区别于另外的民族;"一体"则是指各民族的发展相互关联、相互补充、相互依存,与整体有着不可分割的内在联系和共同的民族利益。这一学说认为,中国文化不是单质板块,而是一个由多元多层次组成的网络体系","在这个民族实体里,所有归属的成分都已具有高一层次的民族认同意识,即共休戚、共存亡、共荣辱、共命运的感情和道义"。他认为"中华民族多元一体格局"学说的创建,势必会提供一方坚实的思想基石,积极地作用以至有效地垫高包括中国文学研究在内的诸多相关人文学科的学术建设基准。②真正显示了"希藉此群言广益、集腋成裘,既摈弃先前单一民族文学史观的彰显,亦力求克服出于'政策考量'而出现的多元点缀,真正从观念的嬗变上、科学的阐发上面解决问题,为中华多民族文学史的完善书写,略尽绵薄"③的诚心宏愿。

稍后,朝戈金也发文表达自己对"中华多民族文学史观"的理解,他认为"中华多民族文学史观不仅是文学史撰写的指导原则,更是一种阐释中国各民族文

---
① 费孝通等:《中华民族多元一体格局》,中央民族学院出版社1989年版。
② 关纪新:《创建并确立中华多民族文学史观》,《民族文学研究》2007年第2期。
③ "创建'中华多民族文学史观'笔谈"专栏的"编者按",《民族文学研究》2007年第2期。

学互动发展历程的新视角。少数民族文学中很大部分为民间口传文学,它与文人的书面创作形成互动的关系,不应该处于中国文学史之外。对于文学现象和不同文学传统之间的关系,应该在地方性知识和普适性学理之间营造出具有张力的认识论域"[1]。

梁庭望以费孝通的"中华文化多元一体格局"理论和考古学成果,参考西方文化圈、文化区概念以及比较文学研究成果,从地理环境、经济生活、民族分布、文化特征四个方面进行综合考察,得出四大文化板块的结论:"中华文化是由中原旱地农业文化圈、北方森林草原狩猎游牧文化圈、西南高原农牧文化圈、江南稻作文化圈构成的,以中原旱地农业文化圈的汉族文化为中华文化的主体,其他三个分布少数民族的文化圈呈'匚'形围绕在中原文化圈周围。由于相邻文化区之间都有重合部分,遂使11个文化区呈链形勾连,在时空上环环相扣。各文化圈、文化区之间的文化互相辐射,并由经济纽带、政治纽带、文化纽带和血缘纽带连在一起,从而使中华文化呈现出多元一体格局。正是这一格局,构成了中华文学的历史背景,使汉文学和少数民族文学之间你中有我,我中有你。因此,中华文学是由汉文学和少数民族文学构成的,中华文学史应当是以汉文学为主体的多民族文学史",少数民族文学与汉文学之间是"互相补充""互相传播""互相吸收""互相借鉴""互相融合"[2]的关系,大小民族一律平等的观念,应该在中华文学史中得到体现,这才符合当代民族观的精神实质和时代要求。

席扬以出版于20世纪80年代的四部中国文学史中关于"当代中国少数民族文学"的历史叙述处理方式切入,从"中国当代少数民族文学"在整体的中国当代文学中的"历史叙述"中的一些微妙变化上表达了自己的关注。他发现,20世纪50、60年代,"阶级认同"的一致性弱化了民族记忆,普遍表现出对少数民族文学创作及其文学成就的重视与宽容性的价值体认,对于代表性作家的认定和少数民族文学经典的提炼与阐释有很大的趋同性。到了80年代中后期至新世纪以来,中国当代文学史中关于少数民族文学的历史叙述,从"有意"到"有

---

[1] 朝戈金:《"中华多民族文学史观"三题》,《民族文学研究》2007年第4期。
[2] 梁庭望:《中华文化板块结构和多民族文学史观》,《民族文学研究》2008年第3期。

限",从"差异性叙述"到最后的"零叙述",叙述分量的持续性"弱化"与"减量",具体表现为"以新时期少数民族文学成就叙述"替代整体的60年中国当代文学中少数民族文学叙述。①中国当代少数民族文学在中国文学史中的历史叙述的"边缘化""非主流化""孤独化"必须引起足够的注意。同时他也清醒地表示,如何把当代各民族文学融为一体,建立一种"等量齐观"的中国当代文学史的理想叙述,一直都是中国当代文学史界意欲破解的难题。

在所有的研究话语当中,王菊的切入视野无疑是具有新意的。她认为以中华多民族文学史观来观照中华多民族文学发展历史,就必须充分认识和明晰民族文学中对自己生存的现实空间的表述和再现,标识自我(表征空间),而且要深入表征之下去挖掘民族文化心理机制,发现自我,在自我与他者的互释与同构中形成中华多民族文学史的新书写(阐释空间),还要注意文学、民族文学与其他文化之间相互作为参照、互相影响而形成广泛的互动空间交流来彰显自我。她的《"中华多民族文学史观"的空间性思考》②为我们提供了另外一种少数民族文学史的视角和思考方式。

"中华多民族文学史观"提出以后,围绕此史观展开研讨的情况并不乐观。两年以后,王瑜较为细致地检讨了"中华多民族文学史观"的研讨局限。他认为,首先"诸多研讨者对此史观的探讨多集中在民族学、民族文学或少数民族文学的范围内,没能从史家应具有的宏阔视野来对此史观加以审视,使此史观研讨走入了一个'误区'。诸多研讨文章的主要着眼点是少数民族文学的入史问题,而不是如何更合理地书写中国文学史"。其次的问题是,"没能就此史观的'文学'史意义加以展开"。文学史的本体不像其他史的本体那样,其他史的书写中极力追求的"真",在文学史书写中只是要关注的原则之一。"由于文学创作在关注'真'之外,还要关注'善'和'美',因而导致文学史的书写也要传递出'善'和'美'的价值倾向。从这个意义上看,文学艺术的特殊性决定了文学史的书写必然要恪守自身的独特性。"文学本应关注的人的心灵和精神世界,而现有

---

① 席扬:《关于中国当代文学史中"少数民族文学"的"历史叙述"问题》,《民族文学研究》2011年第2期。
② 王菊:《"中华多民族文学史观"的空间性思考》,《民族文学研究》2009年第2期。

的书写和史观建构,往往是按照社会学的方法来书写的,丧失了学科自身应有的独特性。"当诸多研讨者一再强调少数民族文学没能得到中国文学史应有的重视时,他们的理由更多地来自民族构成,而不是民族文学的审美特质和民族文学的独特艺术风貌。""各民族文学和少数民族文学在中国文学史中应占有多大的地位,应有优秀的作家作品来说话,而不能因为一个民族存在了就要给它多大的文学史书写'份额'。"在此基础上,王瑜对相关的研讨做了几个方面的反思。他坦言,诸多的研讨文章,只着眼于"中华多民族文学史观"构建之必须,缺乏对其深层审视。绕不过去的首要问题就是民族文学是否具有成为中国文学史建构"基石"的可能性,他认为"中华多民族文学史观"的提出,有扩大和夸大民族视角的潜在倾向。"只看到'差异'和'分歧',而没有从更大的视角注意到民族间的相互交流与相互融合,是'中华多民族文学史观'的研讨要走出的'困境'。"其次,有关"中华多民族文学史观"的研讨多是在民族、民族学上加以展开的。那么,民族、民族学的研究是否与此史观研讨者的表述相一致呢?能不能真正给"中华多民族文学史观"的建设提供理论资源和话语支撑点呢?在诸多民族学基本问题没有得到基本解决的情形下,围绕民族学对"中华多民族文学史观"展开的阐述,缺乏民族学研究层面上的审视和考察。再者是对"中华多民族文学史观"研讨中遭遇问题的审视。民族文学研究者的研讨大都集中在民族的视角上,看不到作为"史"的书写应关注的哲学、史学、社会学等诸多层面的联系。如果真正建构"中华多民族文学史观",就应该拿出足以包容此史观的气度来,走出自身的研究"圈子"和思维定式,将着眼点放在整个中国文学创作上。因此,文学史的编写如何摆脱社会学的直接影响建构出人文特性,文学史如何摆脱单纯的知识传递恢复其人文精神的传递角色以及文学史哲学层面的审视等,都是当前文学史学研究中亟待解决的问题。[①]多民族文学史观的现有讨论尽管还存在很多的不足之处,但作为新世纪少数民族文学研究领域一个新的学术增长点,它确实为当代少数民族文学界带来一些新气象,但这种不同声音的

[①] 王瑜:《"中华多民族文学史观"研讨的局限与反思》,《北方民族大学学报》(哲学社会科学版)2009年第3期。

出现,除了体现出学术上的自由争鸣,在一定程度上,也会促使少数民族文学史研究者的研究更为理性、全面和科学。

从少数民族文学史书写的层面,颜水生在总结新中国成立后少数民族文学史书写的历史、成就与意义以后,从历时性和共时性角度也反思了一些不可回避的问题。那么如何正确认识"十七年"时期少数民族文学史研究以及正确处理它与改革开放以后少数民族文学史的书写关系,如何正确认识少数民族文学史书写暴露出来的一些值得反思的结构性问题?他认为:"近60年来的少数民族文学史书写具有连贯性,'十七年'时期的少数民族文学史书写的宝贵经验为改革开放以后的少数民族文学史书写的繁荣奠定了基础,改革开放以后的少数民族文学史书写是'十七年'时期的历史延续与发展。""去政治化"否认"十七年"或者"纯学术化"高度评价改革开放以后的少数民族文学史书写的成就都是不符合历史事实的。只有正确认识少数民族文学史书写中的政治性与学术性的辩证统一,才能真正实现少数民族文学史学的现代性建构。[1]另外,文中表现出来的求真务实的学术品质与学术建设上的忧患意识,同样值得文学史著者们的尊重。

杨毅对关注的问题的切入方式和席扬有些相似,他从已有的几部"中国文学史"中看到"少数民族文学史的缺失情况不仅仅见于显性的文本空间,更是深刻地表现在价值体现、表达视角、思想传统和文本形式的'汉化'与'现代化'"。少数民族文学的主体性一定程度上被消解是事实。1997年张炯、邓绍基、樊骏主编的《中华文学通史》和2003年张炯主编的《中华文学发展史》的内容,涵盖了中华各民族的文学史,"该书不仅仅是在价值立场和关注视角上切实对民族文学史进行关注,而且也从内容和篇幅上对民族文学史的蓝图进行了清晰的勾画,实现了中华文学史的'全面'抒写",少数民族文学史似乎已经具备了主体性地位,但是"主流文学"和"少数民族文学","两张皮"相互割裂,两块内容自成体系,仍然缺乏必要的沟通和融合。因此他提出必须注重经典文本评析、注重审美主体身份与文本的美学历史高度,运用比较诗学的角度以及注重历史性空间

---

[1] 颜水生:《少数民族文学史书写的问题及其跨越》,《贵州民族大学学报》(哲学社会科学版)2012年第6期。

性的文学整合等融合途径,以"平等"的眼光、"反思"的态度与现代性的价值立场与取向,才能最终通达多元汇通的多民族文学史的建构。①

从全球化语境下来看,我国"多民族文学史观"的探讨,一开始的话语模式依然显得陈旧。随着"后现代""后殖民"等"后理论"的兴起,拉美少数族裔文学渐渐弱化"民族性"导向而致力于超越民族性的书写。而我国缺少对于怎样能进入中华文学史的少数民族文学的现代性意义的引导。因此,在所有的"中华多民族文学史观"的反思中,李长中的"检讨"就显得尤为可贵。他试图从少数民族文学的公共性与"多民族文学史观"的关系上寻找到制约少数民族文学批评和文学史书写进程的原因。

李长中认为,少数民族文学作为多元一体格局中的创作,无疑具有公共性身份特质。这种公共性体现在两个方面。一是少数民族文学表达着现代文化观念(意识),这些观念(意识)对构建社会主义公共文化体系价值具有价值参与或引导功能。二是少数民族文学具有现代性审美价值。这些艺术或审美价值对中国文学史书写具有充实或完善功能。各民族之间的"差异性"恰是其参与公共性建构的文化资本。因此,他注意到"中华多民族文学史观"这一话题的讨论中,大家往往极力强调少数民族文学的地方性知识特征或"民族特色",很少触及少数民族文学的公共性特征的事实。而现在的少数民族文学创作,越来越呈现出跨族别、跨文化、超越民族性的书写,特别是一些优秀的少数民族作家,他们关注人类的普遍性及人类共同命运问题,其作品往往在民族叙事中透露出强烈的人类意识,在此状况下,若还是以民族性书写为评价标准,很可能会遮蔽甚至阉割文本内涵的多元价值,潜在地制约少数民族文学公共性的表达,阻碍少数民族文学入史的进程。同时,对于作为少数民族文学公共性的文学审美价值这一话语,往往又缺乏深入探讨,忽视少数民族文学根本属性。需要明白的是,少数民族文学在文学性表述方面(即公共性)能达到或超越一般性文学的要求,才是少数民族文学民族性表述的根基或核心。②

---

① 杨毅:《少数民族文学史的话语缺失与价值重构》,《河池学院学报》2013年第4期。
② 李长中:《少数民族文学的公共性与"多民族文学史观"之检讨》,《学术论坛》2013年第11期。

总之,少数民族文学史的写作牵涉的元素千头万绪,是一个理论和实践相结合的十分复杂的问题,一方面需要深入探讨,厘清概念,另一方面需要考察现象,吸纳学界的研究成果,积累经验,不断实践,真正从观念的嬗变上、科学的阐发上面解决问题,才能逐步达到中华多民族文学史的完善书写。

四、少数民族文学的"现代性"话语

"现代性"是20世纪90年代以后中国文学阐释的关键词。

对于20世纪的中国文学来说,在国家意识形态主旋律影响下,丰富多元的观念与文学的主题始终是在等同于"现代化""现代国家"的现代性影响下曲折前行的。在少数民族文学创作和批评中,此种意义上的现代性也是根深蒂固的。欧阳可惺由此确认:"现代性是一个国家走向政治上独立统一的时代要求,现代性是国家经济强大、社会发展复兴的必由之路。对某一具体的少数民族作家、批评家而言,他们在整个20世纪中国社会现代化进程中的写作就始终与国家意识形态保持了或隐或显的内在联系。这是由于'当代国家的意识形态作为一种本土化的现代性方案与民族性的现代性冲动,甚至与学者对现代性的个人化理解在深层思想方法上的一致,也就是说,现代性的思想方法是三者共同深层规定。因此,无论民族和个人诉求如何与国家的具体表达之间发生过怎样的冲突,前者如何抵制后者的强制规范,民族和个人都无法从根本处超越自身对于现代性所做出的承诺,因而民族和个人也就不会最终站在国家意识形态的对立立场,相反却自觉或不自觉地与之保持了一定张力下的一致'"[1]。但是他认为这样对现代性的理解是不够的,因为它忽略了现代意义内涵的确定,必须重新审视现代性本身的特征,并由此展开了对于现代性内涵的溯源与探讨。

现代性概念的内涵,从历史上看,是一个时间概念,是对于"过去—现时—将来"的时间链条中"现时"这一时间段的特点的概括。在普遍认为的上承文艺复兴,始于五四启蒙时代以来的新的世界体系生成,现代民族国家一系列价值

---

[1] 欧阳可惺:《现代性意义与中国少数民族文学批评》,《民族文学研究》2003年第3期。

理念构建过程中,表现出的对传统的叛逆、否定、批判的精神或者说本身具有的发展性、开放性、世界性等"静止的不可能性""不断运动"(齐格蒙·鲍曼语)的时态,才构成了现代性本质特征的内涵。而这些内涵中的一些基本精神共同性,构成了现代性的基本意义。理解这些基本意义,对于少数民族文学批评无疑是大有裨益的。李怡对中国文学理论批评界的这个关键词做了梳理,随后也肯定了"现代性"对于中国文学的意义:"'现代性'概念及其知识体系的出现使得我们对于20世纪中国文学的理解找到了一个更具有整合能力的阐释平台,改变了以前那种单凭'走向世界'的激情而从不同知识概念体系中任意支取话语的状况。'现代'而到'现代性',虽然是一字之差,却包含着对于一种知识话语的自觉的追问和清理。通过知识的清理,我们过去关于'现代'、'现代性'、'现代化'的或零散或随意或飘忽的认识都第一次被纳入到了一个完整清晰的系统当中,并且寻找到了在人类精神发展流程里的准确的位置。"[1]

对于以现代民族国家现代机制构建为前提的民族国家的文学"现代性"生成,已有的研究表现出大致相同的观点。五四新文化运动对于中国文学来说,不仅传播了西方现代文学思想,也改革了中国传统文学。随后陈独秀倡导建立"国民文学""社会文学",鲁迅倡导启蒙主义的文学,周作人倡导"人的文学",都是文学"现代性"的应有内涵和使命。他们以进化论为思想武器,把西方文化理解为现代化的同义词,认为与西方文学接轨是中国文学走向现代化的唯一途径。随着对现代西方文学观念的不断接受,以及对西方现代多种文学思潮思想资源的借鉴,中国文学走出古典,"现代性"文学发生,并且加入到世界文学的行列中,创造了辉煌的中国现代文学。

20世纪80年代的新时期文学,在其思想渊源及内涵上延续五四时期的"启蒙",被称为新启蒙主义。它打破了五六十年代革命古典主义的封闭性,再次向现代西方文学开放,吸取西方人道主义的思想资源,批判中国传统文化中的封建主义,表现出强烈的"现代性"焦虑。到了被称为后新时期的90年代,文学继续向世界开放,文化多元影响因素以及作家更为理性的现代性追求,使中国文

---

[1] 李怡:《多重概念的歧义与中国文学"现代性"阐释的艰难》,《社会科学研究》2005年第5期。

学进一步融入世界文学的潮流之中。对于五四之后一直到"文革"结束这一段时间里出现的一些特殊文学现象,早在新千年伊始,就有学者做过全面的论述。论者把"个人"与"阶级"、"启蒙"与"救亡","民族国家文学"、"启蒙文学"与"左翼文学"、"延安文学"、"十七年文学"乃至"'文革'文学"置于历史事实和时代背景中进行梳理、考察,认为,如果将它们对立起来,实际上是过于狭隘地理解了"五四文学"乃至"启蒙"的真正意义。"启蒙"不仅是"个人"的觉醒。"救亡"是"启蒙"的一个基本环节,"个人"始终是民族国家中或是"阶级"中的"个人",我们有充分的理由将它们视为"二十世纪中国文学"这一现代性范畴不可或缺的组成部分。[1]进入21世纪,中国文学的现代性追求面对的依然是传统与现代、东方与西方、开放与发展、先锋性与经典性等基本命题。它在世界现代文学总体结构中追求着卓异的、富有主体精神和创造精神的文化对话。在与世界文学的多声部合奏中,终将或正在发出独具魅力、底气深厚、无以替代的声音。纵观整个中国文学现代性生成过程,虽然在认识上纠缠着一些内涵模糊、定位偏移、话语自赏等问题,但也正是在不断辨难的过程中,现代性观念已经深入人心,成了中华民族国家文学发展的推动力量。

至于现代民族文学现代性的生成机制,杨春时、肖建华具有历史性、全球化视野的研究结论是有见地的。"民族和民族文学都是现代性的产物。在现代性发生前,还没有自觉的、现代意义的民族和民族文学。在传统社会,民族还只是一个自然的族类,还没有成为自觉的人们共同体,没有形成民族国家。民族国家是现代性的政治载体。传统的国家是王朝国家,而不是民族国家,它不是以民族为主体,也不是作为民族利益的代表获得合法性,而是以所谓神意来获得合法性。这个时期还没有形成民族意识,民族的'想象'还没有发生。在欧洲文艺复兴以后,现代性发生,民族意识觉醒,开始了对民族国家的'想象',从而导致现代民族国家产生。"[2]那么,对于中国的少数民族来说,因其强烈的本土性和国家性,"中华民族""中华人民共和国"等现代民族、国家观念以及价值的认同

---

[1] 李杨:《中国当代文学史史学观念笔谈:没有"十七年文学"与"文革文学",何来"新时期文学"?》,《文学评论》2001年第2期。
[2] 杨春时、肖建华:《中国现代文学民族主义与世界主义的双重变奏》,《学习与探索》2007年第4期。

就成了少数民族文学"现代性"的逻辑起点。在少数民族文学创作和批评中,没有谁能够回避"现代性"的话语。从现有的创作实践和批评研究来看,现代性作为一种少数民族文学创作和批评的价值取向,已经被较为普遍的少数民族作家和批评家广泛地使用。现代性话语也因为具有较传统的审美分析,更为丰富、开阔的意蕴,推动和繁荣着少数民族的文学创作和批评。

中国少数民族文学基本没有像汉族文学那样经历五四文学、革命文学、左翼文学、国统区文学或解放区文学等阶段,没有经历这些概念所标志的现代文学意义的洗礼,也很少参加到这些概念所标志的意义建构中去,而多是直接汇入中国当代文学发展的潮流中。它是一个在当代才有意识构筑的话语体系和知识谱系。陈祖君把这一现代语境下完成的文学类型的转变称之为中国少数民族文学类型的现代转型。"这种在中国当代完成的转型之所以仍叫现代转型,是因为中国少数民族文学的诸般转变是在中国现代文学意义上的转变,如少数民族文学中的小说、报告文学等文学体裁的出现和作家这种职业或身份的产生或认同都可视为是在中国现代文学的意义范畴内发生的事件。也就是说,少数民族文学在当代发生的转变仍属现代性视野中的事件。"[①]他认为中国少数民族文学的现代转型的表征主要体现在三个方面。一是首先体现在文体的认识上。进入当代之后,少数民族文学内部格局发生了变化,最具本质意义的是从民间口头文学普遍向书面文学转变,出现了现代意义的小说、诗歌、散文、戏剧、电影等体裁。二是形成了一支庞大的少数民族作家队伍。少数民族作家这一过去没有的全新身份的出现即是少数民族文学在新的时代境遇中的转变。他们通过文学手段加入到本民族新生活的构建中,从而更进一步加入到整个国家的现代性宏大叙事中。三是在内容上体现为现代思想在少数民族文学作品中的弥漫、渗透和贯串。新中国的诞生赋予少数民族一种新的时间意识,对新生活的迷恋和赞颂,成为书写者现代视域内的经验意识或生命情感的主要内容。他强调,无论怎样判断少数民族文学的现代转型是否进步退步,少数民族整体生活变化和文学变化的事实本身,是理解少数民族文学现代转型的关键。

---

① 陈祖君:《论中国少数民族文学的现代转型》,《宁夏社会科学》2009年第6期。

而李胜清则认为:"随着现代性规划的日益展开,当下中国从总体性上已经呈现出现代性的状态或现代性的发展诉求。作为总体社会生活不可或缺的有机部分,少数民族生活也相应地调整着自己的价值身份与姿态,以便生成一种契合于现代性的物质生活方式与社会基础。"而作为这种现实生活的审美镜像,言说少数民族生活的现代性性状,提出事关这种现代性生活的问题意识或者为这些问题提供观念性的解决方案,澄明和阐发这些问题关联的关于少数民族现代性生活表征的社会学反思与文化学建构的深层义理,少数民族文学自然责无旁贷。而且,"当下中国的现代性目标是建构整体性的现代民族国家形象,这个民族并非任何单一意义上的民族,而是一个由少数民族与汉族共同建构的功能性民族关系结构,它意味着,少数民族文学及其生活形态与汉族文学及其生活形态都是现代性民族国家的题中应有之义,任何一种元素的缺席都只是现代性的残缺样式,任何一方脱离这样的关系语境都可能遭遇自身存在的合法化危机。因此,即便少数民族文学及其生活在经验形态上似乎仅仅关于本民族的问题,但是在本质上却因为指涉着现代民族国家的意义关联域而呈现为一种公共性的社会学文本。作为一种意识形态,少数民族文学的公共性功能既是对于其所由产生的特定民族生活的现代性价值表征,也是对于少数民族生活现代性诉求与整个民族国家现代性生活诉求之间关系的表征,或者说是从少数民族文学的角度对于国家总体现代性的审美表征"[①]。相对于世界文学的现代性,中国少数民族文学仍处在现代性未完成形态,这就决定了少数民族文学需要继续努力,以进取的意识、开放的心态,加速建构真正具有现代品格的文学形态。

除此之外,少数民族文学在文学史建构的历史过程中,本土化的"启蒙现代性"官方学术话语在象征层面转述"中华民族"这一民族国家现代性方案的实质内容,旨在整合民族传统与国家意识形态,将民族遗产纳入一个现代性框架中重新定位与解说。因此,在研究走向规范的层面上,文学史的编写应该被看成是少数民族文学"现代性"的表现,而少数民族文学对于中华文学史建构的现代性意义,也是不言而喻的。

---

① 李胜清:《当代少数民族文学的公共性意向发微》,《民族文学研究》2012年第6期。

少数民族文学要实现"现代性"的转变,在今天全球性多元文化语境下,必须正确处理民族性与现代性、民族文学与汉文学、民族文学与世界文学等的关系,其中,民族性与现代性关系的处理,更是影响当代民族文学走向的关键问题。因为随着民族文化身份/认同的觉醒,民族文学的民族性书写越来越成为一种对抗现代性、消解启蒙话语的工具,在有的人口极少的民族文学中还出现一种"反智主义"倾向,这是值得警惕的。民族性作为在历时性文化积累中形成的一种民族文化精神和独立品格,不仅意味着民族作家的作品要保持自身的地域风俗、生存方式、审美习惯的书写,也应该意味着摆脱话语的单一视角,站在现代性立场上重新审视和反省民族生存状态和精神风貌,在多元文化交汇、冲撞、融合的共时性语境中,把握民族群体的精神走向和生存境遇,颠覆认同式启蒙的具有理性批判意识的精神书写。传统的民族性只有参与到现代性对话中才有可持续发展的空间,二者对话融合的程度才是具有"现代性"的民族性在少数民族文学文本中的渗透程度。特别是在全球化后殖民主义时代,各民族文学交流日益频繁和深入。因此,李长中强调说:"当代民族文学要勇于超越自我的意识形态认同、超越自我的地域政治想象,审视自我对本民族行为方式、思维习惯及文化心理'传统'的建构,放弃回到传统纯正身份的梦想。如此,才能超越依照他者形成的经验模式规范自己丰富多彩的文学书写的空想,从现代性现实出发,在主动与他者碰撞、对话、交流中建构一个可以把握自己主体、表述自己意愿、并把自己写在这个共同架构中的世界文学场景。"[①]他的这番议论,让我们不得不细细打量民族文化精神的常与变,深刻认清民族片面性和封闭性日益成为不可能的事实。因此各民族文学只有以其独特性和差异性相互混杂、吸收、丰富直至超越,才能真正重塑"全球本土化"的现代性价值立场。

梳理从不同角度讨论少数民族文学现代性建构的众声喧哗的话语现场,模糊混乱中有些声音却越来越清晰,对于中国文学(当然也包含少数民族文学)卷入现代性构建的混响杂声,李怡引用王富仁先生的见解,提醒大家注意一个事

---

① 李长中:《当代民族文学启蒙叙事的现代性迷思——从新时期到新世纪的一个考察》,《北方民族大学学报》(哲学社会科学版)2011年第2期。

实:"中国现代文学之所以至今被当作外国文学的一个影子似的存在,不是因为中国现代文学就没有自己的独立性,而是我们概括中国现代文学现象的概念大都是在外国文学,特别是西方文学基础上建立起来的。"然后他在清理现代性多重歧义的基础上,提出了真正具有中国文学特色的现代性建构愿景:"当中国学术界不再以'紧跟'了西方学界的话语作为自我肯定的标准,当中国文学的阐释已经获得了属于自己文学现象的概念,当'现代性'不再是某种自信心的表达时,那中国文学的研究才真正步入了健康的轨道,而在这个时候,'现代性'才可能成为中国自己的'现代性'——如果真的存在那样一种文学的与生存的'性'的话。"[1]显然,这个目标实现的过程本身,就是中华各民族文学在世界文学格局中建构起来的最具"现代性"的话语。

在少数民族文学现代性构建讨论中,还有一种声音也不应该忽略。有文学人类学家用人类学的认知性质和知识结构中的非西方中心、非主流、非贵族化倾向,解构西方现代知识/学科所谓的普适性,重构以少数族裔和弱势话语为特色的、另类视角的全新知识系统。运用人类学的文化相对主义原则、文化多样性原则和地方性知识范式,确立后现代知识观,挑战和取代现代性知识观的学理基础。[2]叶舒宪从人类学立场出发,批判了文野二分的中国文化观和西方现代性文学观,试图突破多数与少数、主流与支流、正统与附属的二元对立模式,淡化中心叙事,显示出重建人类学"后现代"意义上的"通识"性中国文学的理论抱负。

总之,处在全球化多元杂陈甚至互相龃龉语境时代中的中国少数民族文学,在民族国家现代追求和启蒙现代性指引下,积极融入国家、族群、个人的现代性话语建构,探索话语言说的途径和方式,逐渐获得了主体性言说的自觉,构成了与主流文学话语对话多元化成分,其意义在于通过自我表述,成为西方现代性话语的"他者"对照,写就了中华民族文学中崭新的一页。当现代性知识和话语构成包括少数民族文学阐释在内的一股洪流,一切都被裹挟其中的时候,

---

[1] 李怡:《多重概念的歧义与中国文学"现代性"阐释的艰难》,《社会科学研究》2005年第5期。
[2] 叶舒宪:《中国文化的构成与"少数民族文学":人类学视角的后现代观照》,《民族文学研究》2009年第2期。

某些阐述在未经界定、似是而非的概念覆盖中反而变得暧昧不明了。"现代性"概念正因为被广泛地使用而呈现出令人担忧的状态。毋庸置疑的是,现代性问题发轫于西方,随着全球化进程的加快,它已经跨越民族国家的界限而成为一种世界文化现象,但由此而建立起来的内在逻辑引起了文学评论界的警惕。李怡在《多重概念的歧义与中国文学"现代性"阐释的艰难》一文中提醒:"现代中国的所有'问题'不过都是'全球化进程'的结果……而人类的'问题'似乎也不能各自出现与彼此交融,它必须服从冥冥中存在的'时间法则',首先明确进行理论表述的就拥有了理所当然的'话语权',而所有在'时间链条'中'后起者'就一定是对先在者的承袭与模仿。在这样的逻辑假设中,很可能被我们忽略的便是不同地域的人们所不可剥夺的生存与思维的主体性,还有他们各自面临的'问题'的独特性,无论我们可以在20世纪中国文学当中找出多少的西方文学影响,其实都还会发现,所有这些外来的文学因素都最终无法取代中国作家对自身生存的独立感知,对中国文学经验的自我积累。"[1]他还强调,现代性概念使用的差异,概念与文学创作本身的差异,都可能导致文学阐释的简单化与理念化,都可能付出牺牲文学自身的丰富性与复杂性的代价。

　　李长中则从文学公共性话语方面检讨了少数民族文学现代性建构中存在的问题。他认为作为多民族一体国家内的文学创作,少数民族文学无疑具有公共性身份特质。这种公共性主要体现在两个基本层面:一是民族文学表述特定的现代文化观念(意识),这些观念(意识)对构建社会公共文化体系价值具有价值参与或引导功能。二是民族文学蕴藏着现代性审美价值,这些文学或审美价值对中国文学史书写具有充实或完善功能。而学界多关注民族文学自身的独特性问题,对民族文学的公共性缺乏应有的重视,制约了民族文学批评及文学史书写现代性进程。[2]他阐述的文学公共性话语,实际上也有很多学者注意过,怎样处理少数民族文学现代性语境中的民族性与现代性的平衡关系问题,从文学公共性的角度切入,显然具有二者统筹并强调其均衡处理的理论意义。少数

---
[1] 李怡:《多重概念的歧义与中国文学"现代性"阐释的艰难》,《社会科学研究》2005年第5期。
[2] 李长中:《少数民族文学的公共性与"多民族文学史观"之检讨》,《学术论坛》2013年第11期。

民族文学研究者,藏族学人严秀英认为,当今中国文坛,少数民族作家是一支强劲不容忽视的创作队伍,可是相比主流文学,少数民族文学在许多时候依然是面目模糊的缺少主体独立性的存在,少数民族作家在社会转型时期,若不能正确处理民族性与现代性关系,无法真正融入主流文学,就难以完成文化转型和精神重建任务。她因此表达了自己的双重忧患,首先是褊狭静止的民族文化守护立场将导致少数民族文学现代性的缺失,因此提醒少数民族作家应该有清醒的认识:"现代性作为一种人类社会的普通境遇,任何一个民族一个群体,都不能对此采取简单的排斥、抵触、回避的态度,那样只能使自己族群的文化走向封闭和更加边缘,甚至'窒息'而亡。"然后,在读者和评论者诉求层面,她强调必须警惕主流文化陌生化期待视野以及居高临下的阐释、误读,以此改变少数民族文学背离现代性、缺乏当下性的症候,实现从遮蔽到澄明。[1]

还有学者对"现代性"和"后现代性"等批评话语进行了反思。张园在20世纪中国文学现代性反思的论述中,先对现代性的"激进"与"保守","后现代"、"后殖民"以及"现代性终结"话语进行反思和质疑,结尾对与现代性相伴相生的危机和裂痕发出一连串的追问:"现代性"是否已经终结?"后现代性"是否可能?我们是应当潇洒地将"现代性"弃置于历史的后景地,还是清醒地看到它的两面性,重振现代性,重建多元、开放、动态的"现代性"话语?要回答这些问题,只有在真诚、理智、宽容的文化对话中,才能得到答案。而且,后现代性在相当程度上是现代性的延伸和发展,而不是现代性精神的终结与衰落。周景雷做了较为具体的文本现代性梳理,他从当代几位少数民族作家创作的小说入手,以批判的视角,理性的态度,传达了现代性所带来的普遍现实:"现代性的诸种弊端并不在现代化或现代性本身,而在于现代性所带给人的现代体验改变了人与物的关系,改变了人与自然的关系,尤其是改变了人与自己的关系。一方面,人们懂得了如何追逐和如何占有、控制,如何无所顾忌地享受现代化所带来的身心愉悦和欲望的无限满足;另一方面,又不知身处何地,在充分享受之余,感到失落

---

[1] 严秀英:《论当下少数民族文学的民族性和现代性》,《民族文学研究》2010年第1期。

和不安。"①他从文学切入,阐发了更为普遍意义上的现代性给人带来的异化和困惑。

以上的研究表明,文学的现代性不仅仅是一个相对固定状态下的能指对象,而且是一个具有广泛灵活性的能指范畴和具有丰富多样性的审美意义的开放系统。从现代性的基本特征来观察,它是一个永远没有终点的历史。因此,随着民族国家建构过程丰富性话语的深入展开,在多数民族文学研究中,现代性话语还将注入新的内涵,以更具活力和前瞻性的姿态推动中华多民族文学的繁荣。

五、少数民族文学中的国家认同、民族认同

"认同"一词最先源于心理学范畴,是指"个人与他人、群体或模范人物在感情上、心理上趋同的过程"。②可以概括为社会成员对自己所属群体的感情依托和认知。埃里克森(Erikson)用这一术语来描述个体的心理活动,"判定个体生活中产生的既将其与周围的社会环境联系又将其区别开的自我意识"。埃里克森认为,考察个人认同必须和社会文化参与联系起来,因为社会文化为特定时期和特定群体提供了认同选择,而特定时期和特定群体的选择能在社会文化中发扬光大;认同是对我或他关系的认定,可以运用于群体或个体。③20世纪90年代,中国的人文研究中也开始使用"认同"这一术语。在民族研究领域中,"认同"的涵义基本上可以概括为:民族群体对本民族的归属认知和情感依附。具体到少数民族文学,认同牵涉到不同的民族,各少数民族中的社会阶层,文化的各个侧面。又因为书面的文学写作是个体进行的,所以认同问题也比较复杂。

有关民族认同的界定有狭义和广义两种解释。狭义的民族认同指:个体对本民族的信念、态度,以及对其民族身份的承认。它是社会成员对自己民族归属的认知和感情依附。广义的民族认同,费孝通把它界定为包括对中华民族统

---

① 周景雷:《民族身份的超越与现代性的救赎——近十年少数民族生活长篇小说论》,《当代作家评论》2011年第6期。
② 陈国强:《简明文化人类学词典》,浙江人民出版社,1990年版第68页。
③ 张海洋:《中国的多元文化与中国人的认同》,北京:民族出版社2006年版第39-40、249-251页.

一体的认同和组成中华民族统一体的中国各民族的认同。对于多民族国家而言,是各民族成员对自己既作为单一民族成员身份,同时也作为国家民族成员身份双重承认的和谐统一。"民族认同来自于一种根基性的情感联系(primordial attachments/ties),这是一种少数民族自我族群身份的固守心理。通过强调根、土地、祖国这些自然的比喻,民族认同不仅形成了植根的感觉,排斥感也同时产生,即只属于一棵民族的谱系树,它以与其他民族的差异性及相互的多元文化冲突为存在条件,同时也会因为这种差异性与多元文化冲突的压力增长而得以强化。"①在当今语境下,民族认同实际上指民族文化认同。对于中国少数民族文学研究来说,可将民族认同理解为民族成员特别是少数民族作家对于自己所属民族的民族身份指认、文化特质把握和民族感情归属。

国家认同是人民对自己国家成员身份的知悉和接受,是一个包括许多成分的复杂心理结构系统,这些成分可分为认知成分系统、情感成分系统。认知成分系统包括国家人群的分布地理和区域、历史传统、国民性格的了解和认同;情感成分系统包括人们对于自己国家和人群的情感和评价,如对自己国家身份的主观突出性、对自己国家和人民的依赖程度、归属感、民族自豪感和自尊心等。国家认同是在他国存在的语境下,人们建构一个属于某个"国家"的"身份感"。

人民对民族国家的服从与认同,存在国家强制与民众心理接受、认可之间关系的两个不同维度。"以民族为主体加以审视,可以发现,其民族群体对于主权国家的主观心理支持与认可程度,是在一个刚性的国家服从架构中得以表达与实现的。这种国家服从的架构,既是民族之国家认同产生的前提,又会因各民族在两种认同间的身份转换强化或消解这种服从的效度。并且,这种认同程度与政治认同在总体上趋向于一致,从而形成了国家与国民'强制—心理'二者之间的互动,而注入了少数民族之特殊的价值与文化因子后,在国家强制与民族心理、情感之间呈现出更为复杂的关系。"②

---

① 张英魁:《论当代中国少数民族的民族认同与国家认同——各自逻辑、内在张力与群际团结的实现策略》,《西南民族大学学报》(人文社会科学版)2016年第11期。
② 张英魁:《论当代中国少数民族的民族认同与国家认同——各自逻辑、内在张力与群际团结的实现策略》,《西南民族大学学报》(人文社会科学版)2016年第11期。

一般而言,在一个多民族国家内部,国家认同与民族认同是一体多元的关系。少数民族的民族认同与国家认同二者既存在着基于共同利益的总体一致性,也存在着基于每一少数民族独特性的内在张力。国家认同建设不仅要构建国家认同与民族认同的和谐,也要在强化国家认同的同时,努力构建各民族相互认同的和谐,从而为国家安全统一和民族团结奠定坚实的基础。我国既是一个多民族国家,又是一个在长期的历史发展中,形成了中华民族共同体和一体多元中华文化的国家。加强国家认同建设,必须高度重视文化认同建设,努力增强各族人民的中华民族共同体意识和对中华文化的高度认同。

对于民族国家政权之下的少数民族文学研究来说,必须正视和重视其民族认同的问题,这是民族文学研究的出发点之一。"民族认同不单是对民族属性的认同或接受,更主要的是对这个民族政权即国家的认同。国家认同是作家对于自己所处国家的认同,承认国家统治的合法性。这对于生活在民族政权下的作家来说尤为重要。作家往往可以拒绝民族认同,却不能拒绝国家认同。国家作为政治的最高表现,是作为个体的人生活的空间,它是不管你认同还是不认同而客观存在的。拒绝这种认同仅仅是一种姿态上的表示而已。"这也就是说,相较于国家认同,民族认同只是存在于观念上的东西或者只是一种政治理念,在实际操作中是很难做到的,之所以如此,就是因为民族认同过程中,语言、服饰这样的外在行为和改变种姓这样的内在规范,并不真正能够改变人的民族属性和民族忠诚。真正能够做到的是国家认同,因为"国家认同则更多是物质层面上的问题。人们需要思想观念上的精神力量的支撑,更需要物质上的现实力量的支撑。没有物质力量的支撑,观念上的支撑是不会长久的;更何况物质力量的支撑可以为人们提供更多的现实需要,满足人们于观念上得不到的实际利益。这是最现实的。因此,在实际的操作里,对于民族认同和国家认同问题的解决,民族政权固然要求如此,强调民族认同;但民族政权也深知,民族认同的问题的解决不是一蹴而就的,需要时间、历史的磨合。相反,国家认同却是现实的,立竿见影。只要迫使人们为民族政权服务,久而久之,随着国家为其所提供的物质利益所带来的效应,民族国家是会得到认同的;再随着时间的推移,民族认同的问题便自然会得到解决"。[①]总的说来,无论是民族认同还是国家认同,人的价值实现与否始终是人考虑最多的事情,这就是国家认同能够做到的根本原因。

少数民族作家对于国家的理性认知、价值判断与情感取向,既受政治发展现实与国家法治化程度、国家治理效率的影响,也与少数民族自身的发展历史、信仰状况及当前在国家总体发展中的处境有关。从历史上看,少数民族作家的国家认同与少数民族其他人并无不同,基本立足于历史上的民族解放与国家建构的同一性。新时期以来,少数民族地区经济体制改革和国家一系列政策上的优惠,更多是诉求于历史文化传统与现实经济、社会的巨大反差以及族群心理的全面而深刻的震动。国家依靠逐步保障少数民族人民的权益诉求,赢得其对国家的认同,使得民族国家的边界和形象在少数民族人民心目中清晰起来,从而从根本上解决了民族国家认同的实现和强化。民族作家则自觉参与世界文学对照下的中国文学建设,也因此成为民族国家认同实现和强化的重要力量。

仍然是在新时期以来,随着国家主流意识形态的调整和外来文化思潮的冲击,少数民族作家受到多元文化的影响,民族文化身份意识被逐步唤醒。只是与民族国家认同建构结果不同的是,由于多元文化格局中少数民族身份的解构性、混杂性,少数民族文学和少数民族作家陷入了民族文化认同的困境。因此,在全球化时代的多元文化格局中,少数民族作家必然面临新的文化认同和身份重建问题。1980年代中期,我国兴起了一股"理性启蒙主义"的全球化浪潮。在此背景下,少数民族作家开始了自身文化身份觉醒和身份建构。特别是拉美的哥伦比亚作家加西亚·马尔克斯获得诺贝尔文学奖"爆炸性"的文学事件,更是给80年代中国试图走向国际的理性主义启蒙思潮以极大的群体动力。正是以魔幻现实主义为发轫,中国的少数民族作家开始了对自身民族文化身份的寻找与重建。扎西达娃、乌热尔图、张承志、阿来等民族作家们表现出了更为强烈的民族文化寻根意识。因对地域文化的重视,使得那些拥有丰富的民族文化资源

---

① 周建江:《民族认同·国家认同·文化认同——民族文学研究中有关作家研究的若干理论问题》,《民族文学研究》2003年第3期。

的少数民族作家们获得了重新认识本民族文化的信心,在自身族群生活书写过程中完成了对民族文化的寻根之旅,同时也自然进行着民族文化身份认同的建构。然后又以民族身份汇入中国文学相对于世界文学的国家认同构建之中。

樊义红以当代中国少数民族小说为考察中心,从叙事学的角度对少数民族身份认同建构做了分析。他认为在中国当代少数民族小说中,叙述者干预往往与民族认同建构有关。确切地说,叙述者干预往往复杂而巧妙地参与了对民族认同的建构。这一认识和研究具有多方面的学术意义。他先把叙述者干预分为对故事的干预和对话语的干预两类情况。他认为,在当代少数民族小说中,叙事者干预的叙事现象很普遍。这些小说都具有明显的民族认同意识,而且这些小说中的叙事者干预现象都与民族认同的建构有关。具体体现在两个方面:一是对话语的干预。小说开头具有民俗特征的引语、谚语、题词等,看似游离于故事之外,实则与故事有着明显的互文性。它作为一种对话语的干预形式具有一种对民族身份的指认功能,体现了一种隐秘的建构民族身份认同的诉求。二是对故事的干预。在少数民族小说中,针对那些对所解释的内容不熟悉或不了解的读者,帮助补充信息,理解作品,避免误解。作为小说中的解释者,对于自己所解释的民族文化信息无一不持一种肯定和认同的态度,俨然变成了自己民族文化的代言人。这种解释性干预与作者建构民族认同的诉求有关。还有一种就是带有鲜明主观性的评价性干预,它是一种"把价值和信念强加进去"(W.C.布斯语)的叙事活动。当代少数民族小说中的评价性干预往往传达出民族文学作家对本民族文化独特而深刻的理解,并且表现了强加给读者以对本民族文化认同的坚定信念,因而可看作是民族文学作家有意识地建构民族认同的体现。[1]民族认同是整体性和宏观意义上的,认同民族绝不意味着对民族文化本身就没有反思或批判。其实,这种反思和批判往往体现了对民族文化本身更深刻的认同,确切地说体现了作者对自己民族及其文化的一种"反思和批判性的认同"。作者对自己的民族和文化在根本和整体上是认同的,而对民族文化的

---

[1] 樊义红:《叙述者干预与民族认同建构——以中国当代少数民族小说为考察中心》,《民族文学研究》2013年第3期。

某些局部方面又持一种反思和批判的态度,这种态度才是维护民族更好发展的一种深刻的民族认同观。但同时也应注意避免陷入狭隘民族主义的误区。从民族认同理论的角度看,本质主义的民族认同论一味地追求民族文化的纯粹性和同质化已不大可能。真正意义上的民族认同不仅应该促进民族交流与团结,克服自己文化认同上的障碍,还要善于认同别的民族及其文化,特别是那些先进文明的文化,以期实现自身民族的发展和繁荣。

民族认同保留了文化对族群的原始表征。少数民族自我认同的逻辑体现在其价值观念中的自我与他者、自我存在本能与其他异己力量的挑战所形成的二元结构之中,正如泰勒所言,"我们的身份至关重要地取决于我与他者的辩证关系"(查尔斯·泰勒语)。在这个二元结构中,民族认同所依托的是一种对比之下的自我民族的自觉意识,还有在多元化的互相比照与冲突中,所产生的对自我民族的风险、危机意识。孙丽莉认为,少数民族文化与他族文化交流不断加强的过程是少数民族文化适应的过程。随着经济的发展,族际流动也伴随社会流动不断加强,民族认同作为一个封闭和排他的情感过程被解构,因性别、民族、宗教所划分的社会阶层之间因为社会流动不再有明显的界限。①

樊义红认为,"从严格的意义上说,要谈论民族(文化)认同问题就得先谈民族(文化)认同的危机。因为如果没有危机,也就无所谓认同问题。危机是认同的前提条件"。他引用了乔治·莱瑞恩的一段话阐述了认同危机产生的机制:"只要不同文化的碰撞中存在着冲突和不对称,文化认同的问题就会出现。在相对孤立、繁荣和稳定的环境里,通常不会产生文化认同问题。认同要成为问题,需要有个动荡和危机的时期,既有的方式受到威胁。这种动荡和危机的产生源于其它文化的形成,或与其它文化有关时,更加如此。正如科伯纳·麦尔塞所说,'只有面临危机,认同才成为问题。那时一向认为固定不变、连贯稳定的东西被怀疑和不确定的经历取代'。这句话为我们理解认同的通常含义提供了一条线索。与认同相连的基本概念似乎是持久、连贯和认可,我们谈论认同时,通常暗含了某种持续性、整体的统一以及自我意识。多数时候,这些属性被当

---

① 孙丽莉:《少数民族文化重构中的民族认同》,《贵州民族研究》2016年第3期。

做理所当然的,除非感到既定的生活方式受到了威胁。"①因此,他认为中国少数民族的民族认同危机在新中国成立以前表现还不明显,但在成立以后,就成了一个较为突出的问题。危机主要来自三个方面:

一是汉族文化和文学的话语压力。中国的少数民族文学由于地理位置的边缘性导致了文学格局的边缘性。所以,少数民族文学相较于汉族文学拥有较少的话语资源。一般来说,汉族的文化和文学对少数民族文学有天然的话语压力。主要表现在一方面是汉族主流文学对少数民族文学"民族性"遮蔽。另一方面是新中国成立后在中国文学史的建构中,很长一段时间,都有对少数民族文学的忽视和低估现象。

二是现代性对少数民族文化的挑战。现代性和民族文化认同危机有很密切的关系。少数民族认同离不开两个条件,主观条件是少数民族自身自我意识的醒悟和民族个性的发现,客观上还需要有较大差异的话语语境,而现代性的孕育和生成与传统文化的矛盾和冲突,促使这两个条件都具备了,从而也使少数民族的文化认同发生了危机。

三是全球化对少数民族文化的同质化威胁。随着全球化的浪潮席卷而来,许多民族传统文化被改写被同化。越来越多的民族特性文化特征和民族意识逐渐走向文化同质化。20世纪90年代后期开始,全球化引发的民族认同危机问题一直是文学研究的热点话题。

李翠芳则从少数民族文学文化被误读的现实出发,对少数民族文学中的民族认同状况做了细致的剖析。她认为,在新时期以来的中国社会中,少数民族文学作品所表现的景物、意向、民族风情等,都成为一种象征性符码。少数民族文学不是简单地通过不断的积累和叠加而完成的,而是被占主流地位的文化驱使,并对少数民族话语进行一种新的系统编码。这些编码的符号几乎无一例外地直指少数民族的民俗风情。②这样的分析是有根据的,藏族作家阿来就曾就这种现状强调:"我的写作不是为了渲染这片高原如何神秘,渲染这个高原上的

---

① 樊义红:《民族认同的危机与文学建构——以当代中国少数民族小说为考察中心》,《云南社会科学》2011年第5期。
② 李翠芳:《多元文化格局中少数民族作家的文化认同与身份建构》,《扬子江评论》2014年第6期。

人们生活得如何超然世外,而是为了去除魅惑,告诉这个世界,这个族群的人们也是人类大家庭中的一员。"外界的文化误读会带来民族文化认同的危机,虽然在阿来那里,恰恰激发了建构真正的民族认同的愿望,使得这些作家作品中的民族特性表现更为显著、丰富、深刻和健全,但对于许多少数民族作家的创作来说,对少数民族的隐性叙述,仍然在于满足大众对少数民族文化的窥探欲望,让读者在少数民族书写中窥探到一个异域情调的装饰性文化区域。这种被建构、被消费的语境因而引起少数民族身份认同的新困惑。还有那些没有少数民族血缘却有少数民族身份,或反感甚至不承认自己的文学表达是与少数民族身份相关而被塑造、被追认、被强化的情况,表明当代一些少数民族作家仍然在坚持参与"多民族国家""多元一体"格局的构想与建设,其民族文化身份也被主流文化持续建构着。

在全球化的现实语境中,一些少数民族作家虽出生在少数民族地区,有本民族血缘,但是在现代化都市求学或生活,接受的是主流文化知识体系以及迥异于本民族的生活方式,因而他们反观民族文化问题时就不可能是纯粹的本族视角,其知识结构、情感诉求、生活方式也变得复杂,形成了一种被称之为"流散"的跨民族、跨语言、跨地区的情感和文化现象。他们在不同文化之间频繁穿行的复杂体验,不仅形成了独特的"流散视角",也逐渐超越自我单一族群血脉,形成了一个由多重文化建构的混杂身份。这种"文化混杂"的程度和范围大大超出了传统社会所给予的,在文学创作中的反映也就非常突出。广西仫佬族作家鬼子说他早期的作品民族特色很浓,是因为当时还不知道世界有多大。[1]张承志也对自己的身份表现出自身的含混性,他说自己是"大陆之子和北方之子,草原义子和回族长子"[2],他对自我身份的游移不定无疑是面对主流文化与民族文化、地域文化与中华文化时"流散"心态的具体呈现。他们的这种认识,代表了这一部分少数民族作家单一民族身份认同危机和混合民族身份认同重构的基本模式。

---

[1] 鬼子等:《世纪之交文化格局中的中国南方文学——作家与评论家的对话》,《南方文坛》2000年第2期。
[2] 张承志:《心灵史》,花城出版社1991年版第283页。

樊义红在系统梳理认同危机出现的原因时发现,现代性与认同危机和民族认同危机有着密切的关系。现代性的发生使认同危机得以出现。他特别关注了中国少数民族的现代性对其最具特色、最重要、最普遍、最有生命力的民族传统文化的挑战。因为现代性建构总要对传统和传统文化有所批判或否定。而传统又是文化认同的重要载体,传统文化的危机也必然会带来民族文化认同的危机。传统好比是民族文化认同的根基,根基动摇甚至坍塌了,民族文化认同自然也就失去了方向和目标。因此,他以小说为例,提出了现代性背景下当代少数民族文学以"传统"为根基的民族认同建构三种思路。一是回归传统。现代性在带来生产力进步、物质富足的同时,也不可避免地造成文化的物化和人的异化,构成对传统文化的破坏。对当下文化精神现状的不满往往会激发人们对民族传统文化的追慕,进而生发出回归传统文化的渴望和冲动。二是激活传统。现代性造成了诸多文化的弊病。在寻找解救之道的过程中,人们发现了被遮蔽的民族传统文化的巨大价值,并加以重新激活,使其潜藏的文化意义得以释放。三是重建传统。即在现代性的语境中,汲取现代的因子和他文化的优点,对传统进行一种"创造性转化",使传统焕发出新的生机。[①]无论采用哪种方法,为了民族文化认同建构的目的是相同的。对传统的借用不能拒绝现代性而走向狭隘民族主义的死胡同,而应坚持传统又保持开放性态度和现代性意识。文化保守主义或文化虚无主义都不利于民族文学的生存和发展,积极的文化建构,才是合理的应对之策。

六、少数民族口承文学

在我国55个少数民族中,大部分存在有语言无文字的现实状况,决定了民间口承文学成为民族文学的直接叙事资源。我国各民族保存下来的文学遗产非常丰富,其中尤以口承文学最引人注目,最能体现一个民族的特点和风格。由于它们都是历代人民的集体创造,是一代一代地口头流传下来的,所以在各

---

① 樊义红:《叙述者干预与民族认同建构——以中国当代少数民族小说为考察中心》,《民族文学研究》2013年第3期。

族人民中有深厚的基础。中国各民族民间口承文学是珍贵的精神遗产,它不仅为本民族人民所珍视,同时也属于人类文化遗产的重要部分。在无比丰富的各民族口头文化遗产里,民间口头文学资源具有特别重要的意义。它往往是民族历史文化的百科全书,其蕴含的价值取向、实用功能、艺术思维方式、族群记忆、哲学意识、审美传统、伦理道德、价值观念等,形塑着民族文学鲜明的族群意识和集体记忆,具有巨大的人文价值。在少数民族文学中,口承文学占有相当比例。口承文学已经成为少数民族人民生活中不可或缺的重要组成部分。那绚丽多姿的少数民族神话,令世界震惊的少数民族英雄史诗,色彩纷呈的少数民族叙事长诗,等等,都是中华文学宝库中不可多得的艺术珍品,在中国乃至世界文学史上都占有一席之地。

神话是口承文学中重要的组成部分。中国少数民族神话与汉族神话一起构成中华民族神话。"中国少数民族神话不论在数量上,还是在质量上都相当可观。从数量上看,55个少数民族几乎都有自己完整的神话;从质量上看,少数民族神话几乎包括了所有神话的种类,如开天辟地神话、人类起源神话、洪水神话、宗教神话等等。南方民族的洪水神话,北方民族的萨满神话都别具特色。不但有散文神话,而且还有韵文神话。长篇韵文神话在众多民族中流传,成为少数民族神话的一大特色。""中国少数民族神话不仅弥补了汉族神话的缺憾,而且还以内容之古朴,种类之繁多,色彩之鲜明,神系之庞大,在世界神话领域里居于不可忽视的地位,甚至可以与古希腊神话、埃及神话、印度神话等相媲美。"[①]这些神话承载着人类最早的生存智慧与文化记忆,形象本身源于人的自我观照,无论是他们的产生、特征、身份、社会关系,还是泽被后世的业绩,都是中国各民族按照自己的本民族文化创造出来的品格独具的代表。在漫长的人类文明发展史上,通过世代口耳相传,影响着各民族人民的文化审美、价值观念和民族精神。

中国少数民族神话研究早在20世纪初就开始了。"自本世纪二三十年代我国民族文学、民族志学专家们开始的少数民族神话及其背景材料的调查以来,

---

① 赵志忠:《少数民族文学在中国文学史上的地位》,《中央民族大学学报》(哲学社会科学版)2001年第5期。

中国少数民族神话被大量发掘与研究,其中建树甚多。"[1]但是,一直到新中国成立之前,少数民族神话没有受到学界应有的重视,也没有形成专业性成果和系统性评介。真正意义上的少数民族神话研究则是伴随着中华人民共和国成立之后,少数民族的族体识别和少数民族文学学科的建立而日趋成熟的。1956年,中国作家协会副主席、著名满族作家老舍,在中国作协第二次理事会会议(扩大)上作了《关于兄弟民族文学工作的报告》。报告指出:各兄弟民族的文学遗产是许多座丰富的文化宝库,"我们有责任去收集、整理这些宝贵的材料,使它们成为全中国的文化财富"。这里的要去搜集整理的材料,绝大部分就是以口头文学为主要形式的珍贵文学遗产。

1950年代以后,作为少数民族文学重要组成部分的神话纳入到了少数民族文学研究之中,此时已经具有了少数民族神话研究的雏形。这一时期虽有大量的少数民族神话研究的成果,但是并没有形成真正意义上的中国少数民族神话学科性质的研究理论。真正进入少数民族神话发展和成熟期的是1977年到现在。八十年代以后,随着民族民间文学普查的展开与深入,中国少数民族神话宝库被进一步打开,数量之惊人,涉及面之广阔是举世罕见的。[2]研究者开始注重对少数民族神话的理性思考,学术成果渐趋成熟。进入新世纪以后,中国少数民族神话研究无论是宏观研究、专题研究,还是方法探讨、理论创新都呈现出稳定持续发展的良好态势。

刘亚虎曾对新世纪前后十年的中国少数民族神话的研究内容(自然神话、图腾族源婚育神话、创世创造文化神话、洪水兄妹婚神话、盘古盘瓠神话、英雄神话研究),研究方法(神话比较研究、神话美学研究、专题研究)以及研究成果进行了考察。他认为:"中国少数民族特别是南方少数民族具有丰富的神话资源,以20世纪50年代的形态为基准,少数民族神话具有这样一些特点:首先,不少民族的神话处于活的形态,它们不仅仅是以口头的形式流传,而且还与民族各种社会组织、生产方式、生活习俗以及各种祭仪、巫术、禁忌等结合在一起,成

---

[1] 钟敬文:《评介〈活态神话——中国少数民族神话研究〉》,《民族文学研究》1993年第3期。
[2] 刘锡诚:《〈中国神话学百年文论选〉序言》,见马昌仪选编《中国神话学百年文论选》,陕西师范大学出版总社有限公司2013年版。

为这一切存在和进行的权威性叙述;其次,不少民族的神话经过祭司和歌手的整理,已经系统化、经籍化、史诗化,有较强的叙事性;第三,由于地域等的差异,同一民族的同类神话有不同的流传形态,它们可能映现了这类神话发生发展的脉络;等等。这些都为少数民族神话的研究提供了广阔的领域。"①

王宪昭先是以《民族文学研究》创刊30年来刊发的339篇神话研究文章作为少数民族神话研究学术史的一个缩影。认为,少数民族神话研究成果,几乎兼及创世神话、人类起源神话、文化英雄神话、动植物神话、自然现象与自然秩序神话、社会组织与社会秩序神话、文化神话、性爱与婚姻神话、战争与灾难神话等各种神话类型。应用了众多神话理论和研究方法,比如神话比较研究、神话考据研究、神话语言研究等,形成一系列值得关注的理论成果。"虽然不同的研究者在研究对象、研究方法甚至研究结论方面存在很多差异,但在百家争鸣中我们可以清楚地发现业已形成的许多共识,标志着少数民族神话研究达到一个新的境界和较高水平。诸如研究者充分认识到,少数民族神话是中国神话不可缺少的有机组成部分,在展现民族文化传统和民间信仰中具有不可替代的地位和作用,神话和其他文化形式相比,蕴含着更为丰富而深刻的意义;认为各民族神话具有鲜明的民族特色和地域特征,各民族神话的共性与个性并存,体现出中国民族文化的多样性;认为各民族神话与宗教具有密切关系,在象征、仪式中彰显出神圣性,并在民间口头传承中形成一定的语言规则和特定的流变规律等。"②接着,他又从少数民族神话学科定位和理论体系建构的角度,考察了20世纪70年代末至今30余年中国少数民族神话,认为中国少数民族神话研究是中国神话学建设的重要一翼,也是中国少数民族文学研究的有机组成部分。他对中国少数民族神话研究的发展进行阶段性划分,试图在学理层面上通过笼统的梳理而作出主观性的假设,进而为推进学科建设提供相应的参照依据。他认为:"在这三十多年的中国学术发展史上,少数民族神话研究的学术队伍、研究成果、学科建设、学术影响等方面都呈现出持续发展的趋势,她不仅是中国文学

---

① 刘亚虎:《近十年中国少数民族神话研究概况》,《长江大学学报》(社会科学版)2006年第3期。
② 王宪昭:《中国少数民族神话研究学术史探微——以〈民族文学研究〉为视角》,《华中学术》2015年第1辑。

史和中国神话学建设不可或缺的重要组成部分,也日趋成为一个具有稳定学科特征和中国特色的重要学术领域。"[1]

我国蕴藏丰富的少数民族口头文学遗产中,除了神话,尤其以口传史诗最能代表少数民族文学成就。少数民族史诗传承时代久远,流传地域广阔,与少数民族的历史文化生活密切相关。北方民族以英雄史诗见长。藏族史诗《格萨尔》、柯尔克孜族史诗《玛纳斯》和蒙古族史诗《江格尔》被学界并称为三大英雄史诗,而《格萨尔》史诗有近千年传承历史,120多万行的鸿篇巨制,为世界英雄史诗之冠。除了三大英雄史诗外,蒙古族还有《格斯尔传》《勇士谷诺干》《宝木额尔德尼》《英雄希林嘎拉珠》等数十部长短篇英雄史诗。哈萨克族有《英雄塔尔根》《好汉康巴尔》《霍布兰德》等数十部英雄史诗。柯尔克孜族有《库尔曼别克》,维吾尔族有《乌古斯传》,纳西族有《鲁般鲁饶》等英雄史诗。这些英雄史诗构成了中国少数民族英雄史诗群。南方傣、彝、纳西、哈尼、苗、壮等民族的史诗,已搜集、整理、翻译、出版的创世史诗文本就有数十部之多。如纳西族的《创世纪》,白族的《创世纪》,彝族的《查姆》、《梅葛》、《阿细的先基》、《勒俄特依》和《物始纪略》,壮族的《布洛陀》,侗族的《起源之歌》,苗族的《苗族史诗》《苗族古歌》,瑶族的《密洛陀》和《盘王歌》,拉祜族的《牡帕密帕》,傣族的《巴塔麻嘎捧尚罗》,阿昌族的《遮帕麻与遮米麻》,景颇族的《勒包斋娃》,哈尼族的《十二奴局》、《窝果策尼果》和《奥色密色》,佤族的《西岗里》,普米族的《帕米查哩》,德昂族的《达古达楞格莱标》,布依族的《赛胡细妹造人烟》,仡佬族的《十二段经》,傈僳族的《创世纪》以及苦聪人的《创世歌》等。南方的史诗多为中小型的创世史诗、英雄史诗和迁徙史诗,其形态古老,类型多样,为人们展示了古往今来、宇宙天地变迁的历史画卷。而且这些史诗与民间仪式生活交织在一起,形成了一股巨大的民族凝聚力量。

与蕴藏丰富的史诗传统形成强烈反差的是,我国史诗研究起步很晚。中国大多数史诗是在20世纪50年代后才被陆续发现的,搜集、记录、翻译、整理、出版,还多是1980年代以后的事情。中国史诗研究起步更晚一些,较为系统的研

---

[1] 王宪昭:《中国少数民族神话研究的学术发展分期刍论》,《民族文学研究》2016年第3期。

究开始于1980年代中期,学术界开始把史诗作为民俗学的一种样式来研究,其中受人类学派的影响最大,重视史诗的社会文化意义的研究。因此,国内国外对中国史诗了解还很少,中国史诗在我国文学史乃至世界文学史上还没有应有的地位。"进入1990年代中期,学者们开始树立'活形态'的史诗观,认为中国少数民族史诗属于口头传统的范畴,试图探讨口头诗歌的内部运作机制,以传统、体裁和文本为依据,进入口头诗学的新视野,由史诗的历史、社会和文化的外部研究,转向对口传史诗内部结构研究。"[1]史诗研究挣脱了过去把史诗作为民间文学的体裁样式进行一般性的文本分析,以一般文艺学和美学的方法探讨史诗的起源和发展的一般特点的桎梏,找到了新的学术长点。始于1960年代而且在不断积累的,大多为田野调查获得的第一手材料,包括录音的口头文本、各种手抄本和刻本、图片和实物资料等,为少数民族口传史诗的研究奠定了坚实的基础。随后开始的以三大史诗为代表的少数民族史诗研究也在不断突入新的高度。

藏族史诗《格萨尔》约有千年传唱历史,是世界上规模最大、演唱篇幅最长的英雄史诗,代表着藏族民间文化与口头叙事传统的最高艺术成就。国内《格萨尔》史诗研究,从史诗的起源、发展、传承、流布研究,到史诗表演、创作以及文本分析、艺人研究等,都有新的探索。史诗的搜集、整理、翻译和出版继续推进,更加科学和规范的史诗文本陆续问世。西藏社会科学院还特地邀请能够唱颂65部的"托梦神授"老艺人桑珠,专门从事《格萨尔》的说唱和整理工作,并对其演唱形式等方面进行多维研究。还有被学界誉为"重大发现"的能演唱《格斯尔》的蒙古族艺人金巴扎木苏,他所演唱的《格斯尔》,是集中抢救整理的史诗作品,长度为单一艺人演唱的《格斯尔》史诗之最。蒙古族史诗《江格尔》研究已有二百多年的历史,内容涉及该史诗的搜集、整理和保护问题研究,史诗的流传和变异研究,史诗的当代接受和传承研究,史诗的文化研究,史诗的文本研究等,并且在新的理论方法指导下不断走向深入。柯尔克孜族的史诗《玛纳斯》,是该民族口头文学传统中最古老、最经典的部分。史诗的表演可以追溯到一千多年

---

[1] 尹虎彬:《中国少数民族史诗研究三十年》,《中国社会科学院研究生院学报》2009年第3期。

以前。到目前为止,我国的新疆维吾尔自治区以及周边的吉尔吉斯斯坦、哈萨克斯坦、阿富汗等国的柯尔克孜族聚居区都有《玛纳斯》流传。不同时代的表演艺人玛纳斯奇,在口头传承并不断地丰富着史诗的内容。被誉为"当代荷马"的新疆民间艺人居素普·玛玛依的演唱本,共八部20多万行,相当于《伊利亚特》的14倍,鸿篇巨制为世人所惊叹。南方史诗研究涉及彝、苗、壮、傣等30多个民族的创世史诗、英雄史诗和迁徙史诗,研究者们探讨了这些史诗的源流、各种传播形态、文本、类型,它们的艺术特点、文化根基、对后世文学的影响等,也获得较为丰富的研究成果。

作为口头传统的史诗研究,关注史诗艺人及其口头创编和演述、口传史诗的搜集、整理、出版等一系列问题,"对特定史诗传统的田野研究主要从学术史的反思开始,对史诗文本的类型学分析正在从史诗的传统形式深入到对史诗文本深层结构和传统意义的解释,对史诗艺人及表演研究加深了人们对于特定史诗传统的认识,对历史原型的探寻则深化了史诗的文化史的意义。"[1]中国少数民族史诗研究是一个系统工程,它包括研究队伍的整合、符合现代学术规范的资料库的建立、理论和方法论的逐步完善、研究方向的具体化和系统化等。从现有的条件和已经开始的工作来看,中国史诗研究正在朝健康的方向发展,前景十分广阔。

除了史诗外,我国各少数民族民间叙事长诗也高度发达,与汉族民间叙事长诗的不发达形成鲜明的对比。在中国少数民族民间文学中,几乎每一个民族都有自己的民间叙事长诗,个别民族甚至有几十部、上百部,如傣族和哈萨克族。据不完全统计,傣族民间叙事长诗共有500多部,如《召树屯》《娥并与桑洛》,苗族有《仰阿莎》等。哈萨克族民间叙事长诗共有200多部,其中《巴克提亚尔的四十个故事》《四十个大臣》《鹦鹉故事四十章》《克里木的四十位英雄》被称为哈萨克族的"四大奇书"。其他民族中流传的作品还有《成吉思汗的两匹骏马》《艾里甫与赛乃姆》《阿诗玛》《马五哥与尕豆妹》《嘎达梅林》等。对民间叙事诗的收集整理工作,使我们发现了一个丰富多彩的充满了民间精神的文学宝

---

[1] 尹虎彬:《中国少数民族史诗研究三十年》,《中国社会科学院研究生院学报》2009年第3期。

藏。民间叙事诗中内容最为丰富的是婚姻爱情叙事诗。它们是各民族民间婚姻爱情观的朴素而集中的体现,典型地体现了民间对自由自在的生活与自由自在的爱情的向往与追求;另外还有相当数量的英雄叙事歌,如纳西族的《人与龙》、蒙古族的《嘎达梅林》、苗族的《张秀眉之歌》等等,值得注意的是这些叙事诗中常常出现一些正统文学难以容纳的因素,保留了无法被意识形态化约的原生态的民间经验,多层次、多角度地反映了我国少数民族的社会历史与文化生活,是我国各族人民的宝贵精神财富。而且,这些少数民族民间叙事长诗不仅是民族文学研究的宝贵资料,也为少数民族社会文化的研究提供了珍贵的口承文献资料。

  对我国少数民族民间叙事诗的研究,20世纪50年代末和60年代初曾出现过繁荣的局面。研究文章虽不及研究史诗、神话的多,但其研究的深度和广度却有了发展。到20世纪80年代中期,民间叙事诗的基本理论研究主要集中在民间叙事诗的定义和特征问题,民间叙事诗和史诗的关系问题,民间叙事诗产生的条件问题,民间叙事诗的分类问题等方面。1990年代初少数民族民间叙事长诗又一次大规模地搜集、整理及出版,促使一批学者开始对这些叙事长诗代表作品的思想、艺术、美学价值等文本内涵进行了更为系统、深入的研究。进入21世纪后,少数民族民间叙事长诗的整理再次受到关注,更多新的作品得以整理并出版。随着研究理论与方法的创新,少数民族民间叙事长诗的搜集和整理也为其研究提供了更多更全面的资料。尤其是学界开始反思田野观念,反思搜集、整理少数民族民间叙事长诗的方法。语境转向也让学界更加重视少数民族民间叙事长诗搜集、整理的过程。2018年《中国民间文学大系》出版工程的启动,使大批中国民间文学作品重新得到集结整理,出版了100万字的长诗(中国民间文学大系中12个门类之一)经典文本,并完善了中国口头文学遗产数据库。①在现代学术规范和学科准则下,民间文学工作者们搜集、整理并出版的长诗作品,在一定程度上有益于推进少数民族民间叙事长诗的研究工作。

---

① 中国文学艺术界联合会、中国民间文艺家协会:《中国民间文学大系》总序,见中国社会科学网 http://www.cssn.cn/wx/wx_kjyy/202005/t20200511_5126944.shtml。

伴随着中国少数民族民间叙事长诗的整理与出版,学界同时展开了对其代表性作品的分析研究。自20世纪50年代末期到80年代初,少数民族民间叙事长诗的早期研究中,学者们重点探讨了代表性作品的思想艺术特色。80年代中期以来,随着西方"帕里-洛德理论"(又称"口头程式理论")的引介,少数民族民间叙事长诗研究受到口头诗学理论、表演理论、民族志诗学理论的影响,出现了从文本研究向语境研究的转向。这些理论从修辞性词语的字面含义和场景结构出发,关注这些范式所包含的深层意蕴,通过程式、主题或典型场景以及故事形式或故事类型三个核心概念和相关分析模型,解释诗歌语言的结构和功能,从而发现口头文学活动的基本特征。[①]学者们运用这些理论分析中国的史诗,进行本土化实践,取得了不少突出的成果。随后的少数民族民间叙事长诗研究中,一方面依然重视文本的细读,一方面着重探讨文本与语境的关系。新世纪以来,研究者们不同程度地吸收、借鉴了包括民族学、人类学、历史学、社会学、民俗学等学科的研究理论和方法,跨学科研究方法的运用和学科交叉研究方法的尝试,并向实践科学转向,强调了实践和作为主体的人,强调整体性的综合研究,使得少数民族民间叙事长诗的研究成果众多,拓深了研究的空间。总体而论,文本与语境互动关系的研究,使得少数民族民间叙事长诗的研究进入了一个新的高度。跨学科研究方法的广泛运用,使整体经验的研究有了更多可拓展的空间和可能。

梳理和回顾少数民族民间叙事长诗研究的历史与现状,厘清研究中的诸多理论与实践问题,有利于促进其研究的不断深化与提升,更有利于保护和传承这一活态的文学样式。总之,"在少数民族民间叙事长诗的研究中,从作品的搜集和整理、理论和方法论的拓深等方面着手突破,进一步拓宽研究空间,使其得以长足发展。研究者应更新田野观念,利用新的科学研究技术,从事田野调查,进行资料整理,建立符合现代学术规范的资料库,为学术研究提供便利手段。要全面了解少数民族民间叙事长诗的传承机制,深入阐释作品的意义和内涵,就要完善理论建构,拓深方法论的探讨,通过多角度、多层次、多学科交叉的研

---

① 约翰·迈尔斯·弗里:《口头诗学:帕里-洛德理论》,朝戈金译,社会科学文献出版社2000年版第15-17页。

究方法,建立一套口头叙事诗学的综合研究理论,创立一个便于操作的口头叙事诗学的综合研究方法。在研究中,还应充分发扬少数民族民间叙事诗中的民间精神,重视地方性知识和民族传统文化。通过追踪学科前沿问题,关注研究热点,寻求和把握少数民族民间叙事长诗研究的发展契机。"[1]

除了上述神话、史诗、叙事长诗之外,少数民族口头文学范畴还有歌谣、谚语、故事等多种形式,也值得人们去收集、整理、研究,以此作为中国人民的精神财富去丰富中华文学宝库。

少数民族文学存在着大量的口头叙事抒情传统。这些民间口承文学和书面文学对于各民族生活所起的作用也是千差万别的。口承文学的民间性使得它不可能脱离普通百姓的日常生活而为文人所独有,但这并不是说少数民族文学中作家创作的文学不会受到这种口承文学的影响。对于口承文学与书面文学的关系,过去的理解比较简单,现在我们从口承文学到书面文学的完整谱系和大量中间形态上发现了特殊优势,就可以通过切近的观察,总结和归纳民间口承文学与文人书面文学之间的生动多样的关系,以丰富理论认识。"由于有不少民族是在进入本世纪之后才产生了自己的第一代书面文学作家的,而一个民族的文学从口头文学阶段进入到书面文学阶段,是一个质的飞跃,这就给我们提出了一系列重大的理论问题:文学进化过程中从口头到书面的突变是怎样产生的?它们之间具有怎样的关系?这种突变需要哪些内部的和外部的条件?会给一个民族的文学面貌带来怎样的影响?"[2]对这些问题的研究,有助于深入理解中华民族这一新型民族共同体内部,各民族之间在精神文化领域的一些特殊交互作用和共振规律。尤其是在世界上许多经济文化发达的国家和地区,已经失去了近距离观察这种文学突变及其各类形态的条件和机会的情况下,我们所拥有的优势就显得格外突出和可贵。

少数民族文学遗产绝大部分通过口头传承才得以保存,书面文学是近现代才发展起来的,在书面文学十分发达的同时,口头文学在新疆、内蒙古、西藏一

---

[1] 董继梅:《回顾与展望:少数民族民间叙事长诗研究述论》,《云南师范大学学报》(哲学社会科学版)2020年第6期。
[2] 朝戈金:《中国少数民族文学学科的概念、对象和范围》,《民族文学研究》1998年第2期。

带并未消失。而在新世纪前后兴起的口头诗学更是颠覆了传统民间文学思维模式,"活鱼要在水里看"的动态研究理念为我国少数民族口头文学研究打开了新的思路。刘大先研究口头诗学对于少数民族文学的意义时,借用口头诗学理论,对口头文学与书面文学进行了区分:第一是歌手和作家的区别。口头文学的创作、表演、传承、流布,它们其实是处于同一个过程之中,是同一个过程的不同侧面。歌手、表演者、创作者、诗人,这些名称所指的都是表演中的创作这一行为过程的承担者;第二是创作方式的区别。口头诗学研究了口头文学一个独特的过程,即口头学歌、口头创作、口头传递,这些几乎重合在一起,是同一个过程的不同侧面。这一过程中没有固定文本,不能转化为书面文学;第三是价值标准的区别。口头文学和书面文学不存在高低之分,二者的评判标准也是不一样的。口头文学并非一般持书面文学标准的人认为的那样是文学的低级阶段,它们是两种不同的系统,口头文学也有高度发展的阶段。要想充分理解口头文学,就不能离开它的文化语境和表演场景,因此记录下来的口头文学文本是不可靠的,至少只能反映极少部分的面貌。[①]但是,无论少数民族口头文学与书面文学有多大的区别,那些根植于民族生活内部,隐寓在少数民族口头文学中久远而深厚的叙事与抒情传统,一定会对当代少数民族书面文学创作产生潜移默化的影响。

  有论者把那种异于作家创作的书面文本,介于书面文学和民间口头文学之间的"中间形态"叫作"过渡性"文本形态,认为"因为背靠着民间文学传统,少数民族作家的文学书写几乎都存在着对民间文学文本的翻版或改写。口头文本的大量借鉴和运用在增加文学历史厚重感的同时,也使作品形成了各种文体如传说、神话、歌谣、民间故事、民间习俗等相互缠绕的混杂现象,甚至出现民族志、民俗志以及人类学写作现象"。[②]特别是在全球化语境下,少数民族作家创作时的文化寻根和民族忧患意识日益凸显,更易于归附到具体的民间道德规范、风俗习惯、宗教信仰、神话传说等构成的特定文化母体之中,民间口头文学

[①] 刘大先:《边缘的崛起——族裔批评、生态女性主义、口头诗学对于少数民族文学研究的意义》,《民族文学》2006年第4期。
[②] 李长中:《当代少数民族文学批评如何面对民间话语》,《学术论坛》2011年第2期。

资源作为民族文化母体内的象征性符码,更成为民族文学建构自我认同的根基。

历史悠久且学术价值极高的口承文学当下生态环境已经相当脆弱。随着世界范围内的工业化、都市化进程的加速,口承文学处境空前严重,很多正在迅速消失。基于少数民族口承文学现状的调查,学者们也表现出极大的忧虑。首先,作为一种特殊的文学门类,民间艺人是口头文学的传承者。没有民间艺人,口承文学就不复存在。"像居素普·玛玛依与桑珠这样的史诗演唱大师们活着,他们就是耸立在祖国高原上民族文化的图书馆。而像藏族天才歌手扎巴老人,他的去世,就如同一座藏族文化图书馆坍塌、消失。少数民族口头文学传承者的陆续离世,其损失是无法弥补的。"①其次,听众与民间艺人一样,是口承文学的主体。从某种意义上说,听众是口承文学的生命。口头文学的传承,会因艺人与听众的消失而失传。因此,包括口承文学在内的口承文化抢救工程,其重要性已引起联合国教科文组织的高度重视。国际范围内保护传统文化和民间文化,抵制危及各国非物质文化多样性的各种因素,已成为各个民族国家、地区共同的目标。

七、中国少数民族母语、双语、杂语文学

语言是人类社会特有的一种信息系统,是人们用来表达思想和交流思想的工具,它伴随着人类的起源和人类社会的起源而产生。语言又是人类思维的工具,是一种包含精神内容的物质现象,思维是一种以语言作介质的精神现象。爱德华·萨丕尔在《语言论——言语研究导论》中曾提道:"语言不只是思想交流的系统而已。它是一件看不见的外衣,披挂在我们的精神上,预先决定了精神的一切符号表达的形式。当这种表达非常有意思的时候,我们就管它叫文学。"②由此看来,语言是文学生成的媒介,文学是语言的艺术。离开了语言就没有文学,离开了对文学语言的思考,也就不会有完整的文学理论,所以研究文学

---

① 郎樱:《让我们能永远听到少数民族口承文学》,《中国民族》2003年第5期。
② 爱德华·萨丕尔:《语言论——言语研究导论》,陆卓元译,商务印书馆1985年版第198页。

不能不研究语言。"优秀的文学作品的语言是裁剪得适合日常的本地格调,它代表了一定的区域性。可以说语言是一个民族最具'民族性'的文化符号,是一个民族属性的重要表现,同时也是构成文学作品的第一个因素。文学与语言两者是相辅相成的,因此透过文学作品就可以看到语言在发展过程中的变迁。由各个民族历史地构成的中华民族共同体,具有多种多样的语言形态。许多民族的悠久历史和灿烂的传统文化随着语言的传承得以延伸和丰富。"[1]民族语言承载着民族思想、民族情感与民族意识,贮藏着民族历史与民族记忆。民族语言随着民族的成长而成长,是民族精神的外部表现。

哈斯朝鲁曾考察过中国古代少数民族文学家在语言功能价值上所做的研究,他发现少数民族文论中,有许多文人、学者对文学语言做过多方面的探讨和深刻的阐述,给我们留下了许多精彩的论述和精辟的见解。比如维吾尔族诗人、哲学家尤素甫·哈斯·哈吉甫,早在11世纪就在《福乐智慧·语言篇》中提道:"人的语言艺术可使人获得崇高的价值,文学是人类初始的骄傲,也是永远的自豪。人类凭借语言从平地飞上天宇,在于语言所蕴含的大量信息能帮助人完善自身、增进交往、改造世界。有感情、有内容、有想象的艺术化了的语言——文学,能借助语言的间接性创造一个超时空的天地。"[2]语言不仅"使人类得以超越其他动物而建构自己的文学模式",还使文化得以在漫长的历史年代与广阔的地理空间里传播。语言之于民族文学形成和发展的重要意义,早就被一些少数民族文人、学者认识到了。

一定的审美心理结构要求一种与之相应的语言表现形式。这种审美心理结构虽然也可以通过第二种语言给予揭示,比如翻译,但是只有与之相伴生、共发展的母语才能惟妙惟肖地穷尽民族心理层次的奥秘,成为释放心里能量的最佳信息通道。[3]就像卡西尔说的:"我们的知觉、直观和概念都是和我们母语的语词和言语形式结合在一起的,要解除语词与事物间的这种联结,是极为艰难

---

[1] 尹晓琳:《论少数民族文学研究的语言学价值》,《沈阳师范大学学报》(社会科学版)2011年第2期。
[2] 哈斯朝鲁:《古代少数民族文学家论语言的功能价值》,《中央民族大学学报》(哲学社会科学版)2003年第5期。
[3] 梁一孺:《民族语言——民族审美心理外化的物质载体》,《民族文学研究》1993年第1期。

的。"从文学语言角度来讲,民族语言/母语的整体风格同民族审美心理的模式之间必然保持着某种对应协调的关系。这是毋庸置疑的。梁一孺在《民族语言——民族审美心理外化的物质载体》一文中,分析了在语言转换生成中审美情感的特殊地位,他借用了伏尔泰、丹纳、康德、恩格斯等关于文学艺术语言的相关论述,用无可辩驳的理由证明了母语与民族审美情感的对应关系:意大利语"温柔而又优雅",西班牙语言"好象大风高傲地从绿叶茂盛的树巅掠过","法兰西语言宛如一条小河,湍湍地流去,不停地冲洗着顽强的石头"。而且,这些母语的风格特点同样可以从民族性格类型、审美情感倾向上找到某种依据。难怪回族作家张承志深有感触地说"母语的含义是神秘的"。

自古以来,对藏族、纳西族和彝族等具有悠久语言文字传统的民族来说,以母语进行文学创作是他们的思维定式,能形成较为稳定的文化传统,因此也拥有大量的用母语文字创作的文化古籍和经典作品。但是也应该明白,由于中国历史上的各民族关系的复杂性和其他多种因素的影响,一个民族的人用另一民族的语言创作的情况也是早成传统,还有很多人是用双语进行创作的。朝戈金曾就此现象做了探究,分析了其中的必然性:一是在一个汉族人口占百分之九十以上的国家内部,存在着一种文化整合效应,即民族间的壁垒在逐步打破,文化的差异在缩小,交流和彼此渗透日益广泛。因而造成语言——文化和审美趣味的趋同现象。这种趋同走向在语言上的体现就是双语人群和人数的增多。还有就是"阅读人口"问题和文学圈子的反响问题。由于语言的障碍和族群文化程度的限制,要想在更大范围内产生阅读效应,或在族群文艺批评界以外的圈子得到认可或肯定,基本上是不可能的。所以就出现了有些精通本民族母语的作家却用汉语创作,甚至有相当数量的双语作家,是通过汉语开始接触文学作品,最终走向文学道路的。[1]在这里我们看到,一个统一的社会政治机体/国家内通行的汉语,与少数民族母语之间形成了十分复杂的关系,这些关系中某种潜在力量将民族作家的创作语言置于多重选择的艰难之中,并渗透着丰富的文化意义。

---

[1] 朝戈金:《中国双语文学:现状与前景的理论思考》,《民族文学研究》1991年第1期。

长期以来,中国文学内部少数民族文学与汉民族文学之间的互动研究一直处于被忽略的地位,尽管少数民族文学在事实上已经加入到现当代中华民族文学的多元构建之中。1990年代,曹顺庆在《21世纪中国文化发展战略及重建中国文论话语》中首次提出了"失语症"的话题。这种凸显20世纪中国文学"话语危机感"症候,带有本土文化话语构建理想的话题,虽遭到许多人的质疑,却恰好适合对于中国文学构建中,被忽视的少数民族文学话语现状的表述。相对于汉语文学,少数民族文学更多一层的危机,不仅来自强势的西方文化,也来自主流中华传统文化。因此,有一种观念坚持认为,少数民族文学应该运用自己的语言进行创作,应该在内容和形式上彻底少数民族化。"这种看似合理的观念实际上并无现实价值,或者说它只看到问题的一半。""我们不能忘记我们所生活的国家是一个统一的多民族国家,国族认同高居于其他认同之上。""在中国,统一的多民族国家共同体作为一个确定事实所决定的国族文化想象,在某种意义上不仅合乎主体民族汉族的需要,也合乎其余55个少数民族的需要——除非可以否认少数民族的国家认同。换言之,中国少数民族文学不可能离开'中国的'限定,这种限定在语言上体现出来,那就是汉语在总体上会逐渐成为约定俗成的中国少数民族文学语言,占据文学书写的主要地位。"[1]各少数民族文学创作者母语能力丧失,小众语言作品传播的制约,创作思维意识的改变,这都成了少数民族文学母语追求的现实阻碍。少数民族的文学创作使用汉语,这里既有国家意识形态的意义,又有中华民族文化构成上的意义,其中多方面、多因素合力构成强大力量,要改变几乎是不可能的。

但是随着文化多元观念和民族个人意识的日益增强,用母语进行文学创作不仅体现为观念上的冲动,而且还有实践上的尝试。许多少数民族作家,把母语创作看作是对民族文化的认同和坚守。这样就使得文学语言运用问题似乎多少具有一点儿意识形态的味道。值得欣慰的是,当代少数民族文学作家和评论家对母语的钟情和依恋、提倡和实践,让我们看到了后现代语境下,民族作家

---

[1] 张永刚:《从语言方式看少数民族文学的主体追求——以西南边疆少数民族文学为例》,《文艺理论研究》2014年第1期。

身份意识觉醒后表现出的民族责任感和文化自觉性。彝族学者、诗人阿库乌雾在多种场合,通过多种方式表达了自己对于母语血脉根骨的联系和忧虑:"在东西方文化走向全面碰撞、深度对话以及互渗互透的今天,我时常这样想:作为中国的少数民族文化人,我必须通过多方的努力,真正意义上进入到这个时代文化语境中,塑造并展示一个自觉知识分子应有的精神形象和生命姿态。同时,在多元文化大撞击、大整合、大汇流的时代大潮下,我深深感到我所拥有的纯朴、厚蕴的彝族母语文化正在遭遇空前的震荡与损毁,随着我的汉语思维与汉语叙事能力的不断提高,我身体内的母语语感、母语思维、母语智慧日渐削弱乃至萎遁。为此,我时刻承受着来自内心世界莫名的悸动与恐慌。于是,我便拥有了一种天命的责任,即用我至今还十分健全的生命肌体和旺盛的思维活力来完成对我与生俱来的母语文化生命力的承载与接续,用我一生的文化行为、精神举措及生命内涵去破译并保护我的母语文化。想必每一个少数民族文化人都在自觉不自觉中,担负起同样的文化使命和历史职责。"[①]这种情感和思想,代表着一批少数民族文化精英的母语文学观念的共同性,阿库乌雾就像一个彝族文化传承的抱薪者,一直在用实际行动实践自己的诺言。

李晓峰曾就1981—2009年《民族文学》发表的16个少数民族1028篇(首)母语汉译作品进行抽样比较,发现母语文学的生动现场:"维吾尔族母语汉译作品占发表作品总数的88.03%,哈萨克族母语汉译作品占发表作品总数的82.39%,朝鲜族母语汉译作品占发表作品总数的64.56%。这说明,在上述三个民族中,母语文学书写居于主要地位,而汉语书写居于次要地位。这表明,在中国文学的公共空间中,存在着被我们长期忽视的诸多以不同母语为单元的文学空间。"[②]这个比较结果除了表明在中国文学的公共空间中,存在着长期被忽视的以不同母语为单元的文学"不在场的在场"的特殊情形以外,也展示了世界各民族,特别是处于弱势地位的少数民族以保护母语为标志的母族文化意识空前觉醒,已经成为世界文化的潮流。

---

① 罗庆春:《永远的家园——关于中国当代少数民族母语文学的思考》,《中国民族》2002年第6期。
② 李晓峰:《多民族母语文学跨语际传播的困境与新路》,《云南民族大学学报》(哲学社会科学版)2010年第2期。

有论者站在和他相同的立场上,表达了对母语文学的理解:"从民族语言对民族文学的功能来说,民族语言和民族文化系统血脉相连,是民族文化的载体,更有利于民族文化的阐释,特别是少数民族文化系统中往往存在着各种各样特殊的文化现象,用民族语言来诠释,可以使其中的文化现象得到更为原汁原味的呈现,更有助于各种文化现象背后的文化内涵在文学作品中充分诠释。"①当然,阿库乌雾也知道,现在很多少数民族作家诗人,生在自己民族聚居区,可是成长在城镇都市,接受的国家统一的教育。虽然一味地倡导母语写作,看似回归到了民族原生地,贴近了民族思维、生活、情感状态(也许少数民族母语写作更多地只是表达了浓厚的民族感情,满足了少数民族作家民族文化身份认同的心理需要),但较小范围内的传播在现代社会不是一种很有效的民族文学传播方式,母语创作并不能从根本上扭转民族文学的失语问题,并不能以此来树立本土话语权。因此,在民族文学创作中的母语追求并非一定要坚守的信念,思想意识观念的转变,可以使民族文学的语言选择获得更为广阔的空间,否则,只会使身份的焦虑和文化选择的困惑更加强烈。要么满足于母语写作的狭小空间,要么追求民族文学的更大的价值和影响,回到汉语写作上来,这是一个考验少数民族作家智慧的悖论式选择。"纯粹的少数民族母语文学是一个执拗而悲壮的姿态"(刘大先语),其意义只能在于唤起一种目光的关注。实际上,少数民族文学作家并没有固执地只用母语写作,而是开始了与母语创作齐头并进的"双语写作",只是具体表现稍微复杂一些:有的用母语创作,发表、出版时又将其译成汉语,有的干脆用双语创作。这时少数民族作家、批评家思考的应该是,用汉语写作获得民族认同并弘扬本民族文化的有效方式是什么,少数民族文学中的"民族性"怎样在汉语文学中得到重构。

对于此,一直生活在少数民族地区的云南学者张永刚语气肯定:"通过语言来认同并弘扬民族文化的有效方式必须更多从汉语写作入手。少数民族作家在重视母语写作、探索双语写作的同时,应该着重探寻通过汉语写作重建民族文学的途径。"母语也好,双语也罢,对于中国少数民族文学作家,即使没有汉语

---

① 乔钰涵:《少数民族文学中的失语现象与母语追求》,《贵州民族研究》2018年第1期。

文学的选项,世界文学大环境下重构少数民族文学的"民族性"处境也是一样的。那么,"就像福柯、霍尔等人所言,语言既然具有重构现实的能力,认同既然要在话语中才能发生并得以实现,那么在话语权的角逐场所,汉语其实提供了一种巨大的可能。换言之,成功地用汉语表现少数民族的生活与心灵世界,少数民族的话语权利才会被有效证实。少数民族母语写作是汉族知识分子和大众无法进入的世界,在一个没有对手甚至没有倾听者的地方,所谓文化权利的争取,文化认同的努力,甚至这一切发生与否实际上并无太大意义。孤独言说的实际效果几近文化失语。无论从何种角度看,汉语都可以说是中国少数民族文学无法离开的世界。既如此,以主动姿态使用汉语,甚至改造汉语,使之更适合表达民族生活与民族文化,从而体现出强烈的民族意识,应该是后现代背景下一种更富现实意义的选择"。[1]从当前各少数民族文学汉语创作的实践中,我们已经可以乐观地期待:在多元文化语境的今天,少数民族把本民族语言中鲜活的词汇、语法,陌生化的文学审美,独特的叙事技巧以及异质的民族生活内容,融入到文学的汉语书写中,使用汉语却不为汉语所限制,最终一定会探索出一条汉语民族化的新路径,重塑新的有意味的民族语言而再次凸显民族性特征。藏族作家阿来认为汉语创作可以使其在民族文化和汉语文化之间形成新的创作空间,有利于文学创作在原有民族基础上的边界突破,从民族视角到文化视角的转变,就会得出新的认知。

某一民族的作家用另一民族的语言创作的现象在我国早已有之,而且也不是我国所独有。在信息化时代,各种交流日益频繁,许多民族国家的双语文学现象,已成为民族文学的突出现象,这也反映了各民族作家对于社会文化环境急剧变化的适应。真正的双语作家,把不同的思维方式、不同的观察事物的方法联系在一起,写作上有着明显的优势,而且他们的传播空间更大,可以伸手"抓住两个世界"。相对于纯粹汉语写作导致的母语写作的"失语"以及纯粹母语写作对于本真性追求的虚幻,这种混杂性的杂语写作提供了另类的、可替代

---

[1] 张永刚:《从语言方式看少数民族文学的主体追求——以西南边疆少数民族文学为例》,《文艺理论研究》2014年第1期。

的再现与自我表述的可能性空间。这也可视为霍米·巴巴的混杂性和"第三空间"(The Third Space)理论所指涉的。史安斌将后者解释为"迻译的空间"。"所谓'第三',既非此亦非彼(Neither the one nor the other)。在'第三空间'中没有统一性、一致性;在'第三空间'中固有的身份认同都将在被颠覆之后而被重新定义、重新解读。"①这一概念对当前这样一种崭新的全球文化的建构趋势做出了恰当的描述,也为我们提供了一个考察少数民族文学的新视野。随后,"第三空间"作为一种后现代话语被逐步具体化,推衍出用来描述跨文化、跨族别、跨语言、跨地域写作现象的"边界写作"(Boundary Writing)这个概念。有些具有多重族籍身份或多种语言表述能力的作家或诗人,以主流和强势的语言文字进行创作,以期传达一种处于边缘和弱势的"小"社会与"小"传统的地方知识和文化特质;同时立足于"边缘化"的写作优势去高度关注人类共享的生命体验,在"跨文化"的种种冲突中实现个体的自我价值。"边界写作"的现象在世界范围内非常普遍,提出这个概念的塞尔曼·拉什迪(Salman Rushdie),国内像藏族作家扎西达娃、彝族诗人吉狄马加、鄂温克族作家乌热尔图、哈萨克族作家叶尔克西·胡尔曼别克、维吾尔族作家帕蒂古丽等一个庞大的少数民族作家群体,都面临"为种族混杂而欣悦,又为绝对纯粹而恐惧"(塞尔曼·拉什迪《想象的故国》)的写作语境。

少数民族作家一边守望着本民族深厚的语言文化传统,一边不断开拓,自由穿行于各种民族文化之间,用全新的表现形式展示少数民族文化的独特个性和精神内核。双语、杂语的多重视野,构成当代少数民族作家的重要特点。"汲取多种文化的'边界写作'正逐渐成为民族文学乃至世界文学的一股重要力量。2000年至今,诺贝尔文学奖获奖者中有多位具有跨文化背景,如多丽丝·莱辛、勒克莱齐奥、穆勒等,他们的写作均有'边界写作'的色彩。其中,在中东欧这块多种语言和文化交锋的地方,生活在跨文化的语境里,也注定了穆勒的'无所适从'。在罗马尼亚,她是讲德语的'少数者',到了德国,她的身份又是罗马尼亚

---

① 史安斌:《第六讲:"边界写作"与"第三空间"》,http://iel.cass.cn/xszl/qybg/xsjxsqysj/200612/t20061209_2755853.shtml。

移民,这些因素无形中加大了她寻找归属感的难度,因此她说:'写作,是惟一能证明自我的途径。'"①无论怎样,从母语语言上的疏离到母语意识和母语文化的精神回归,是每个"边界写作者"必然的心路历程。在长期的"你中有我、我中有你"的文学混血、交往渗透中,这些获奖者毫无疑问地依然要重视自我族属文学差别的独特性存在,即"在混血中寻求美德"(耿占春语)。

"当然,也不可高估杂语写作的价值与意义,除了在一些个别的情况下,支离破碎的戏拟、挪用与改造不可能带来权威。特别是如果主导文化也愿意戏拟作为一种文学策略加入到被消费的文化产品的阵营中来的时候。更多的情形下,杂语的形态只是母语潜意识不自觉的呈现。在中国文学语境中,少数民族文学话语始终不可能具有如同霍米·巴巴所说的那么强的舆论势能和文化政治意义,并且主流话语与少数民族话语也并非处于对峙的二元结构之中,不同的语言写作策略只是对于同一个中国认同前提下的不同表述。"②刘大先根据中国少数民族的现实情况,提出对"混杂性""第三空间""边界写作"等理论话语的警惕,也是很有必要的。后殖民理论启发了我们研究少数民族文学语言的思路、视野、境界,却不可能全部都适合解释中国或者是世界的所有文化问题。

长期以来,少数民族母语文学作品译出的艰难,以至于因为语言的障碍,使这些作家的母语书写不能进入现代汉语作为通用语的中国文学空间,这是个有目共睹的事实。但是随着世界经济、文化交流的不断深入,少数民族母语文学世界正在悄然发生重大变化:"许多少数民族不仅意识到母语文学书写对民族文化存在的重要意义,不仅将母语文学作为民族文化生命的载体,而且还将母语文学作为民族文化的生命现场,一方面主动获得并行使其母语文学书写在国家文学公共空间的传播,另一方面借助世界多元文化主义思潮以及少数族裔母语运动营造的多元文化语境,直接将自己的原生母语文学输出到世界其他文化区域,为自己的母语文学争取到世界性传播的话语权力,从而也将各民族母语文学的自觉纳入到世界性的民族意识和民族文化觉醒的语境之中。这些倾向,

---

① 赛娜·伊尔斯拜克:《"边界写作":文化的守望与开拓》,见中国作家网 http://www.chinawriter.com.cn/mzwy/2015/2015-12-07/259903.html。
② 刘大先:《中国现当代少数民族文学的语言与表述问题》,《中国社会科学院研究生院学报》2008年第5期。

标志着当代母语文学跨语际、跨文化传播的新路。"[1]李晓峰举了一些例子:彝族诗人阿库乌雾继承祖先史诗唱诵传统,以"游吟诗人"现场朗诵的隆重出场方式,直接进入世界文学场域;蒙古族作家满都麦,也改变了"母语书写—母语出版—汉译母语—汉译出版"这一传统模式,以"母语书写—汉译—母语与汉译本同时发表"的跨语际传播的自觉,凭借蒙古族原生态文化小说和他对草原生态这一世界性主题的独特思考,引起了强烈的反响和社会广泛的关注。此外,维吾尔族、朝鲜族、哈萨克族、乌孜别克族等一大批少数民族母语作家,都以自觉的跨语际、跨文化传播意识,让我们看到了长期缺席的当代多民族母语文学,逐渐走出语言危机而具有的不可或缺的精神价值和文化意义,也让我们愈加清晰地看到了中华多民族文学的真实面貌。而少数民族文学书写时的语言选择,随着世界多元文化的碰撞、交汇、融合以及少数民族整体文化水平的提高,将不再是困扰民族作家参与中国文学乃至世界文学建设的难题。

八、少数民族文学"民间"话语

"民间"是一个普通的社会学和民俗学概念。在中国这样一个长期以农业为主的国度里,它身居边缘,远离京畿,拒绝庙堂,它自然朴野、清新活泼,也鱼龙混杂,它原始、自足而又相对稳定。以许多个相对独立区域文化形态组成指向乡土中国。"民间"理论意义和社会意义的现代发现,则源于中国近现代社会启蒙和反传统的需要。晚清至五四时期,不同于主流文化传统的"民间"及其话语系统,被发现且被充分发掘出来,为中国文学的现代转型提供了除西方话语之外的另一种重要资源。

从文学的角度而言,"民间"涵养了中国文学史上思想和艺术价值极高的"国风""乐府",而且从唐宋诗词、元杂剧、明清小说中,都能够看到它们与民间史诗、叙事长诗、歌谣、故事、神话传说以及勾栏瓦肆话本等的直接渊源或它们的演绎路径,而且这些民间文化形态仍在持续不断地激活文人创作中的清新、

---

[1] 李晓峰:《多民族母语文学跨语际传播的困境与新路》,《云南民族大学学报》(哲学社会科学版)2010年第2期。

刚健、自然、野性等因子。可以说"民间"文化形态是中国文学发展最重要的话语资源之一。陈思和主编的《中国当代文学史教程》相关章节中也特别强调:"在实际的文学创作中,'民间'不是专指传统农村自然经济为基础的宗法社会,其意义也不在具体的创作题材和创作方法,'民间'所涵盖的意义要广泛得多,它是指一种非权力形态也非知识分子的精英文化形态的文化视界和空间,渗透在作家的写作立场、价值取向、审美风格等方面。"[①]他是要提醒注意,"民间"话语范围的广泛性和意义的丰富性、复杂性与文学写作之间多层面的难以分割的联系。

在现实的民间文化空间理解"民间"与在文学史范围内理解结果是不一样的。文学史范围内的"民间"既联系着现实的自在文化空间,又包含着知识分子的民间立场以及由此所认同的民间审美原则的"民间"。"既然是在文学史范围内讨论民间问题,文学的根本性问题——文学审美的'自由'品性是不能忽略的,艺术创作中一旦消失了对于美、自由的追求,艺术也就难以称其为艺术了。另外,从知识分子的价值立场来说,现实的本源性民间所具有的自由自在的生机,有可能通过知识分子的中介,转化为一个自觉的自由艺术世界,这种转化过程必然包含知识分子自由精神的自觉或不自觉的投射。在这里民间的自由自在与知识分子的自由精神趋向一致,知识分子民间价值立场确立的根本理由就在于此。有了这种民间的立场,不仅使知识分子的精神获得了现实的支撑,而且在文学史研究中,获得了对能够体现知识分子精神的'民间'文本有着更为真切的把握。"[②]王光东在现实的民间文化空间、艺术的审美原则、知识分子的民间价值立场三者的联系中,确立了"民间"精神"自由—自在"的核心内涵。"自由"主要体现在民间朴素、原始的生命力紧紧拥抱生活本身的过程;"自在"则是民间本身的生存逻辑、伦理法则、生活习惯、审美趣味等的呈现形态。"自由—自在"既包含生命的自由渴望,又包含民间生存的自在逻辑。知识分子的自由精神一旦与这种自由自在的民间文化形态趋向一致,理解、尊重、承认民间的完

---

① 陈思和:《中国当代文学史教程》(第2版),复旦大学出版社1999年版第363页。
② 王光东:《"民间"的现代价值——中国现代文学与民间文化形态》,《中国社会科学》2003年第6期。

整、自足,并依据民间固有价值原则去理解民间生命与生活的价值立场,民间的现代意义就有了可靠的坚实的基础。

刘继林细致地审视和考察了民间话语的复杂性:"在现代中国的不同时期、不同层面,文学实践出于各自不同的话语言说需要,都或多或少地从'民间'借鉴各自所需要的话语资源,形成了各自不同的民间话语言说。在五四新文学的生成与建构中,民间话语的言说主要侧重于民间话语的反传统意识和思想启蒙精神,强调的是民间在审美情趣、语言体式、思想内容等方面给予新文学的意义;在现代中国的'文艺大众化'实践中,民间话语的言说则主要侧重于民间话语的社会革命指向,强调的是民间在现代中国文学社会化、革命化、大众化走向中的重要作用;在现代中国的'民族国家'想象和建构中,民间话语言说侧重于民间话语的政治意识形态功能,强调的是民间在现代中国文学的意识形态诉求和政治文化规训中的意义。"[①]不过,对于中国少数民族文学来说,其历史阶段也许并不能与主流文学建设对位,但是随着新中国的建立,作为国家文化建设很重要的一部分,少数民族文学几乎都不同程度地经历了相似内容的生成建构,特别是经过国家层面的民间文学挖掘、搜集、整理以后,少数民族文学的"民间"话语在许多有语言无文字的民族中,就成了该民族文学的直接叙事资源。

有学者讨论了少数民族文学的民间资源怎样进入少数民族现代叙事文学,少数民族现代作家们对民间资源秉持何种态度,民间资源运用如何与现代文化思想建立联系等问题,结论是:"民间资源在少数民族现代叙事文学中以故事和话语的方式进入文学。在故事方面,叙事文学的题材、人物品格、空间呈现等方面都或多或少有民间因素的参与。叙述文学的话语层面主要体现在表述层面上。人物的言语、情节的展现、语体的选择等都经常受民间元素影响。民间资源进入叙事文学反映出少数民族现代作家的民间立场。大致来看,局内人式批判、改造性呈现以及诗性创造是三种主要的民间立场类型。少数民族现代作家对民间资源的运用总体上可归结为集成与转化,而转化则受到民族国家意识、

[①] 刘继林:《现代中国文学"民间"话语的考量与反思》,《中国现代文学研究丛刊》2013年第6期。

启蒙意识和革命斗争意识、民间革新观念以及'五四'精神的综合作用。"①刘家民的论证是有代表性的。他列举了沈从文、老舍等一些少数民族当代作家在上述几个方面的具体表现,反映了少数民族现代作家不同的民间姿态所导致的现代民族文学多彩形态。来自各自的民族而且血脉身体都与那个民间紧密相连的现代作家,时代的境遇以及个人的际遇也会造就各不相同的民间意识。但是无论这些少数民族现代作家的民间意识如何受到现代文化观念影响,也不管他们受影响的程度存在怎样的差异,"民间"都会成为现代民族作家文本中历史与现实交融的新的文学元素,进而创造出民族现代文学的深广文学空间。这不仅对少数民族现代文学,而且对整个中国现代文学的发展都有着积极的意义。

杨柳撰文从民间话语与叙事空间两个方面探讨了藏族汉语作家对民间文学的借用情况。他认为:"在藏族传统文学中民间文学的存在、发展形态比作家文学更为发达。正是由于民间文学中蕴涵着独特的思维方式、认知观念和审美特征,藏族汉语作家不仅大量借用民间话语资源,揭示藏民族深层的文化心理;而且利用藏族民间文学的表述功能,探索出民族性与现代性相统一的、自由灵活的表达方式,开拓了民族化的空间叙事。"②特殊的地理环境使藏民族形成了自成一体的文化体系,千余年来一直沐浴着神佛巫风,梦幻的神话、神秘的传说,还有寓言、歌谣在这块土地上繁盛若邦锦梅朵。那些流传于乡野的口头故事包含着很多藏民族的思想习惯与审美特征,那些人物故事与史诗性传说中包含着很多藏族人对世界朴素而又深刻的看法,那些看法更多依赖于感性的丰沛而非理性的清晰。而这正是文学所需要的方式。藏族的这些"民间"话语以其丰厚的族群意识和集体记忆形塑者民族的文化心理。民间文学追根溯源的独特叙事深深地影响着藏族文学的叙事方式和书写立场。无论是扎西达娃、阿来、次仁罗布,还是梅卓、江洋才让、色波,作家们自觉地借鉴和运用民间话语资源特别是史诗《格萨尔》,通过这些承载了丰厚的民族性和地方性的文化符码来

---

① 刘家民:《少数民族现代叙事文学中的民间资源运用》,《中央民族大学学报》(哲学社会科学版)2015年第1期。
② 杨柳:《民间话语与多维叙事——论藏族汉语作家对民间文学的借用与探索》,《西北师大学报》(社会科学版)2016年第1期。

唤醒民族的集体记忆,强化民族认同感,丰富了小说的创作形态。正如阿来所说:"在我的小说中,只有不可能的情感,而没有不可能的事情……是民间传说那种在现实世界与幻想世界之间自由穿越的方式,给了我启示,给了我自由,给了我无限的表达空间。"①民间话语形态不是在今天才有的文学现象,它是一个历史的存在,不过是因为长期受现代话语排斥,因而处于潜隐状态罢了,一旦它的价值被发现,"民间"就会成为一种创作的基因和原动力,影响作家民间话语新意识和价值取向。

张明智对少数民族民间文学与文人文学做了对比考察,她认为我们研究"文人文学"(或曰"雅文学")绝不能忽视少数民族民间文学的重要性,它是孕育、灌溉和滋养文人文学的精神之源。"少数民族民间文学为文人文学的发展提供了养分,文人文学的发展则为我们重新审视民间文学提供了新的思路。作为某一民族历史积淀的少数民族民间文学具有'地方性知识'色彩,它与文人文学碰撞的契机、互动性特征都是我们认识其关系的重要渠道。建构少数民族民间文学作为某一民族'地方性知识'的主体性地位,将直接影响我们解读民间文学的方式,更为我们创造了少数民族民间文学与文人文学进行对比考察的研究范式。"②那些早期形态的少数民族民间话语,笼罩在历史迷雾中"口耳相传"的民族精神遗存,应该被纳入到"地方性知识"的范畴中进行考量。她以两则苗族古歌为例,在苗族古歌中寻找特定苗族支系的发展史,以及苗族先民关于上古洪水的集体记忆,从而推演苗族先民是将本民族早期的生活经验、历史遗存和情感表达都内化在一首首的古歌中,使得苗族古歌不仅仅是单纯意义层面的情感宣泄,而且是具有广泛意义层面的诗性言说。古歌,就是苗族的"地方性知识"的历史渊薮。而且,随着人们对少数民族民间文学的理解和重视,民间文学与文人文学的互动关系开始出现新的模式——民间文学流向文人文学的单向度模式正在被取代,具有少数民族身份和强烈民族意识的民族作家,已经意识到了本民族民间文学对于文人文学创作的价值和意义。

---

① 阿来:《文学表达的民间资源》,《民族文学研究》2000年第3期。
② 张明智:《少数民族民间文学与文人文学的对比考察》,《贵州民族研究》2015年第8期。

束学山曾以当代文坛四个代表性作家来考察20世纪末作家/知识分子多元化的民间价值取向。他认为:"作家对民间文化的认同与抉择,是一种个人性的话语行为,依据自己的历史/文化经验和生命体验,当精英集体化的乌托邦耗散之后,民间,便构成了作家/知识分子个人性的精神家园。作家/知识分子注定无法回避精神性的文化冲动,无论是诗性居守还是神性祈祷或是俗化狂欢,民间一旦进入作家的话语空间就不再是一个粗鄙化、原生态的生存空间,而要显示出一种强大、自由的话语力量,在颠覆政治意识形态权力话语的钳制与精英意识启蒙训导之后,在'官方的彼岸'(M.巴赫金语)建立一个向往自由与崇尚个性的精神栖居之地。民间话语的多元文化形态和精神价值为作家/知识分子提供了各种'回到民间'的路径。"他考察了张承志流浪草原和皈依宗教的心路历程。他认为,"红卫兵"的文化性格铸造了张承志狂热痴迷的精神崇拜、桀骜不驯的生命气质和永不停歇的理想追求等精神品格,在某种意义上又暗合了张承志作为知识分子的精神气质。寻找"清洁的精神"使得他一直在民间大地上苦苦追寻、精神流浪。张承志一开始便一头扎进草原,融入民间,古老的民歌、悠远的民谣,并没有让他找到终极的精神依托。相反,民间文化形态和精神与张承志之间构成了极大的文化矛盾,无法成为作为知识分子的他的精神归宿。皈依宗教,恰好表明这种民间宗教精神的绝对自由、绝对神圣的精神气质实现了张承志与形而上世界精神对话的可能。从张承志的创作和经历中,我们不难看出,"当代作家、知识分子对民间话语的价值取向是充满矛盾的。这种文化悖论在于它的价值取向没有一个统一、共享的话语标准,而是充满虚拟与对立的个人性文化立场。在各种文化立场(文化保守主义、文化激进主义与文化消费主义)共振的语境里,既有形而上的精神高蹈,也有形而下的世俗狂欢,同时也存在从形而上理想向形而下的经验滑落的尴尬与无奈。"[1]这种巨大的文化悖论在汉族作家莫言的民间生命体验中,在何顿与张炜去寻找某种诗性象征体,来支撑他们在世俗欲望的泥淖里苦苦挣扎的时候也同样存在。

现代性或全球化趋向日益加速,对当代少数民族作家来说,怎样以传统文

---

[1] 束学山:《认同与抉择:民间话语的价值取向》,《当代作家评论》1999年第4期。

化的在场拒斥现代性的挤压以缓解少数族群内在的精神焦虑,维护乃至凸显本民族的身份特征?民间话语资源作为民族性或民族身份的象征性符码,成为民族文学建构自我认同的根基,在民族作家文学的创作中,民间文学中的故事、人物、题材、文体、语言等都参与了民族文学的身份建构过程。在人口较少民族文学中,民族作家更是开始重新考量和追溯本民族长期流传的民间口头文本。深入民间立场,还原民间场景,甚至以民族志、民俗志、地方志等特殊文体形式,再现本民族原生态的社会生活及其背后的民族文化,同构出民族文学的族群认同特征。正是源于民间话语资源的重释或利用,各种民间故事、神话传说、民族风情、宗教典籍、田野调查等文本才共时态杂然共处于民族文学之中,使之呈现出普遍性的跨文体现象,也因此形塑成民族文学文本各种叙述手法、审美观念、价值取向、文化模式等错综复杂、相互缠绕的过渡性书写态势。

  李长中从少数民族文学批评的角度审视了如何面对诸如此类的民间话语的问题。当代民族文学的过渡性文本形态,决定了当代民族文学批评面临着如何面对民间话语的问题。一方面,"当代民族文学批评应以现代人文精神或现代性意识审视与挖掘既往民族文学批评中隐而不显的权力话语或本质主义思维,超越他者文化设定话语的模式限制,同时超越狭隘的自我认同,审视并触摸民族文学文本隐藏的混杂的价值立场和矛盾性的书写姿态,积极引导民族意识向社会意识转型,寻求民族文学书写现代性与民族性有机融合的可能之路,在主动与他者碰撞、对话、交流中并置、整合多民族文化文学理论资源及其他相关学科资源,并使之在边缘处相互映照和对话,从不同层面、不同视野对文本的深层意蕴进行解域化,发掘出民族文学中那些被歪曲和边缘化的民间历史与文化,并通过民族文学文本细读,对当代民族文学书写中出现的非现代性现象给予积极而正确引导"。简单地说,就是当代民族文学批评在多元一体框架内,既要力图准确、全面阐述民族文学价值并为民族文学恢复应有地位,又要以实事求是的科学态度对民族文学书写的非现代性因素保持理性认识。另一方面,在全球化后殖民语境下,叙述现象日益呈现过渡性文本特征的时候,"民族文学批评要以后现代思维方式促进多元理论话语在跨文化视野中并置、整合多民族文化文学理论资源及其他相关学科资源［如民族民间文学理论、文学（文化）人类学、历史学、民俗学、比较文化学、社会学、族裔理论、翻译理论和传播理论等］的同时，吸收叙述理论、文体学、形式主义等理论话语，并使之在文本层面形成理论间性，从而从不同层面、以不同视野对文本深层意蕴进行解域化，从而对民族文学文本生成多向度的不同理解——这种不同理解不仅需要'理解之同情'，而且需要'回到历史现场本身'，用更贴近真实的理论话语使各少数民族文学成为自己历史的叙述者，从而敞亮民族文学文本内部复杂的价值空间，以及艺术运作机理和审美内化机制；与此同时，还应该深入民间话语场域，促使民间口头文本入史，完善既有文学史书写"。① 这些观点不仅很有见地，而且论述的意图也是非常明显而确定的。对于多元一体的中华民族文学来说，少数民族文学批评必须沉潜于民间话语生存生活现场，触及民族精神生活的内在尴尬与困境，关注民族文化价值在现代化进程中所经历的危机与蜕变，审视并回答民族特性、民族精神在全球化背景中的弘扬、再造与重生问题，才能最终达到与汉族及其他民族文学"和而不同"多元共生的格局。

在少数民族文学创作和批评领域，栗原小荻一直以白族身份和传奇的人生经历，坚持在民间社会生活中学习、思考并作着自己独特的表述。"相对于50年代作家赵树理的与启蒙精神和国家意志相统一的民间立场而言，栗原小荻的文学创作和文学评论采取的是与先锋精神和个人独立意志相契合的真正的民间立场，追求一种自在地探询和自为地表述的生存方式。"② 他以草根社会的身影，立于学术民间，审视当代文坛，在自由的民间话语空间里创建着中国文学独特的少数民族先锋品格。

除了上述少数民族民间话语宏观性研究之外，还有不少针对某些区域、某个作家作品的具体阐释和个案研究，其民间精神的提炼、民间精神空间的拓展、新民间精神的倡导，对于我们全面把握、理解民间话语有着多方面的启示意义。在这些地方性民间话语研究中，美籍学者郁丹对《格萨尔》的阐释无疑是最具新

---

① 李长中：《当代少数民族文学批评如何面对民间话语》，《学术论坛》2011年第2期。
② 王菊、罗庆春：《从本能到自觉：民间立场坚守与批判精神高扬——栗原小荻文学评论思想探析》，《当代文坛》2007第5期。

意的。在已有的《格萨尔》心理学解读和影响研究的基础上,他以跨学科的视角,运用弗洛伊德的"投射"分析和荣格的原型理论等方法,对《格萨尔》民间史诗话语进行了深入的多元阐释。他认为,《格萨尔》史诗的口头传统是明显的藏族民间文化认同的标志。尤其是在牧民中,"与农区和城市的藏族不同,牧民展示的民间认同是以当地的说唱艺人为媒介进入《格萨尔》史诗的宗教文化场景中。其佛教的内容不是按照书面的经文指示进行念咒、诵经或做仪式;反之,他们使格萨尔王故事的口头叙事充满了个性化的色彩,从而,在叙述中,《格萨尔》史诗的口传性将听众引入到一个鲜活的藏族族群认同中"。[①]而在整个认同过程中,格萨尔不仅仅是一个英雄个体,而且是一个体现他的人民和民族全部整体性的集体意义的人,其身上投射的是藏地民间灵魂、民间精神和民间的高贵品质。正因为如此,实际生活中的西藏游牧民族的文化和宗教差异凸显在周围"他者"环境中,格萨尔王即成为藏族特别是藏族牧民的民间文化认同标志。而且,格萨尔人物的功能不局限在作为藏族民族英雄的框架中,还具有超越个人和跨文化的原型品质。

讨论了民间话语的内涵、立场、精神,从文学创作、文学批评、文学史的角度探讨了民间话语与作家文学的关系,理解了少数民族作家无论持什么立场,他们都以各自不同的方式与"民间"发生深刻的联系。那么,当现代作家已有的价值系统与民间文化形态碰撞然后理解,或者把自己置于民间,发现民间意义,然后更直接地把握,无论哪种方式,"民间"能给现代作家文学创作的价值,这也是少数民族作家必须要清楚的。王光东曾经从中国现代文学与民间文化形态关系的角度阐释了"民间"的现代价值,如果把他的观点移植到少数民族文学的民间话语中来,民间的现代价值体现可以作以下的表述:首先是可以丰富少数民族创作主体的精神、情感,创造富有民族个性特色的艺术世界;其次,能够使少数民族作家清醒地意识到"民间"话语是民族作家文学产生的重要精神、审美资源;另外,民间文化形态并不仅仅在艺术审美形式上对少数民族作家文学产生独特的作用,还可以为其精神生成提供现实的文化土壤。"既然中国近现代历

[①] 郁丹:《英雄、神话和隐喻:格萨尔王作为藏族民间认同和佛教原型》,《西北民族研究》2009年第2期。

史、文学史已经证明民间不仅以其丰富的精神滋养着知识分子的灵魂,而且在知识分子精神与民间精神的联系中不断赋予民间以新的内涵,那么,'民间'的现代价值就是无法否认的。否认民间具有'现代性精神'特征的论点,一方面没有充分的意识到民间中所蕴含的自发的现代生机,另一方面则没有看到'现实的自在民间文化空间'与知识分子民间价值立场之间的关系,知识分子的民间价值立场并不是与'民间自在文化'的完全契合,而是从自身精神出发,对民间文化价值的认同。当这种精神品格与民间自在文化形态中蕴含的生命活力和生机相互对撞时,民间的、富有活力的生机(这种生机可能微弱甚至与腐朽纠缠在一起),就会迸发出现代的精神光辉,而以知识分子心灵为中介,转化为具有审美意义的艺术世界。既然我们所理解的'民间'包含有'自由—自在'的文化精神和生命活力,在'民间'这个丰富、驳杂的世界中,多种文化因素相互纠缠、依存,那么,知识分子就有可能在此发现与自己的精神共鸣的契合点,同时也会在这种精神启示下,确立自己的现实文化立场,正是在这个意义上,民间文化形态为知识分子的精神生成提供了各种可能性,始终以其丰富的存在,召唤着知识分子前行的步伐。"[1]虽然论者逻辑严密的论证,是在回答"走向民间则意味着走向传统和丧失现代性"之类的质疑,揭示民间话语之于现代汉族作家文学的发展机制,但实际上,这种民间话语观对于少数民族文学的生长和繁荣,也同样有着积极的启示和重要的文化意义。

九、中国多民族文学关系

中华民族文学是汉族和55个少数民族文学共同组成的,各少数民族在中国作家文学创作中分别代表着的文化背景、奠定下的发展基础及塑造出的自身形象,有许多不容忽略的差别。正是这种差别,各自维系着同时也各自制约着各少数民族现在乃至日后的文学成长。在漫长的历史发展过程中,各民族文学既有各自相对独立的文学书写传统,又无法割断相互的交流和影响,中华各民

---

[1] 王光东:《"民间"的现代价值——中国现代文学与民间文化形态》,《中国社会科学》2003年第6期。

族文学之间的广泛交流和沟通生成了各民族文学之间的关系的历史。在文学意义上还原文学现场并探寻其规律,对于中国各民族文学的繁荣发展有着极其重要的意义。

20世纪80年代初,刘宾在考察中国少数民族文学与汉民族文学的关系时,就已经认识到,以汉语文学为主体而发展的中国文学,各少数民族文学同汉族文学的关系并不是简单的附着关系。很多版本的中国文学史中,虽然没有包括少数民族语种文学史的内容,却有为数不少的少数民族出身的著名作家。这就意味着,"我国各少数民族不仅以其各个相对有别的民族语种文学丰富和壮大了中国文学这个整体,而且,一部分少数民族出身的作家还直接参与了发展我国汉语文学的历史过程。因此,我国少数民族文学同汉族文学的关系就是一种平行和交叉发展相结合,互相影响,互相渗透,有分有合,浑然一体的关系。在不同的历史时期,有些民族的文学可能在平行发展上表现得较为突出,而另外有些民族的文学,则可能在与汉族文学的交叉、渗透、甚至融合上表现得较为突出"。①这应该算是较早的、最具代表性的中国各民族文学关系的认识了。随后他还提出应当运用比较研究的方法,对多民族语种文学同汉语文学以及它们相互之间多种类型的联系进行研究,这些观点和提法为后面的多民族文学关系研究奠定了坚实的基础。随着研究的深入,到了20世纪90年代,关纪新等在相关论述中,把汉族文学与少数民族文学之间的这种关系概括为"双向交流""双向互动""各取所需""优势互补",指出多元状态下的交流互动是我国少数民族作家群的现实生存条件,而互动下的多元发展则是少数民族作家文学持续发展的目标。他列举了中国多民族文学比较的十二条尺度,其中有的牵涉到少数民族作家文学的历史演进过程,有的则关系到当代民族文学的存在状态,有的属于民族文学在已有发展中的能动选择方式,有的则反映了民族文学所受到客观环境的影响情况。明显地涉及关系尺度的有三条:

......

6.本民族文学与汉族及周边其他少数民族文学的关系尺度(有些民族的文学在

---

① 刘宾:《少数民族文学研究四题》,《民族文学研究》1983年创刊号。

与汉族及其他民族的文学长期交流的过程中,已经表现出彼此间越来越多的亲和性,而另有一些少数民族的文学与汉族及其他民族文学间虽有交往却还彼此保持着较为明显的差别);

7. 国内本民族文学与境外本民族文学的关系尺度(我国若干少数民族是属于跨国民族,这些民族的文学与境外本民族的文学存在着程度不同的交流和互动,而另外又有若干少数民族并不存在这个问题);

8. 本民族文学与外国文学的关系尺度(我国有些少数民族的文学由古至今,曾受到过南亚、中亚、西亚、东欧、拉美等民族文学的程度不同的影响,也有些少数民族的文学从来就很少受外国文学的影响);①

……

上述三种关系的研究逐渐形成共识,在后来梁庭望等许多同类话题的研究中,对这种跨民族、跨语言、跨文化的文学研究的表述也更加简洁清晰:"这里指的是对不同民族文学之间、少数民族文学与汉文学之间、我国少数民族文学与外国文学(主要是周边国家文学)之间三个层次关系的研究,而以少数民族文学与汉文学关系为主。"②作为中国文学主体的汉文学,长期以来的影响涉及历代的文学思潮、作品风格、题材主题、文学样态、艺术手法等多层次、多侧面。20世纪90年代中期以后,中国社会科学院少数民族文学研究所从文学影响的双向出发,开始研究少数民族文学对汉文学的影响,刘亚虎等著的《中国南方民族文学关系史(上、中、下卷)》(民族出版社2001年版)首次对这种双向影响进行了开拓性的探讨,深入揭示了中国南方各民族文学之间的关系及其发展规律,证明了中国文学的历史是中国各民族文学相互交流、相互借鉴、相互影响、相互推动和不断发展变化的历史。

20世纪对于中国少数民族文学来说,是一个深刻变革的时期。从其发展进程来看,中国少数民族文学与汉民族的文学关系也呈现出从"他者"走向与汉民族平等的"主体"地位,正如马龙潜、吉新宏所考察的那样:五四运动之前到新时

---

① 关纪新:《论各民族文学在互动状态下的多元发展》,《社会科学辑刊》1994年第6期。
② 梁庭望:《新中国少数民族文学研究之发展》,《民族文学研究》2000年第4期。

期的少数民族文学与汉族主流文学的关系是,前者有意识地把自己的创作观念融入到汉族主流文学意识之中,以主流文学意识为旨归;新中国成立以后的二十七年民族文学在消除异质的"大一统"均质化处理模式中踯躅前行;新时期少数民族文学异质性被激活以后着力展现民族原质的"这一个",少数民族文学终于由"他者阐释"走向"主体阐释",而且,少数民族文学独特的观念领域和题材优势,与汉族主流文学形成了对应互补之势。少数民族文学的主体阐释,构成中华民族文化总体阐释的一个组成部分。"少数民族文学的自我文化阐释在某种程度上成了汉族主流文化甚至世界西方主流文化心性匮乏的表征,而少数民族文学也正是因为满足了汉族和西方主流文化的想像才得以使自己走向中心、走向世界的。"[1]边缘的少数民族文学因异于汉民族文学的重要文化内涵和历史内涵,从而由边缘进入中心,从支流进入主流,然后与主流文学互动、融合,已经成为当代中国多民族文学发展的关系格局。

新世纪以来,少数民族文学关系研究更多地从宏观上的整体研究转向研究内容、研究范畴、研究观念以及研究方法等微观的具体研究上,取得了丰硕的成果。受20世纪后期开始的比较文学研究的启发,以中国少数民族文学为研究对象进行比较研究的也迅速展开。"中国民族文学史更应该是一部各民族的比较文学史"[2]的观念已是深入人心。吴雨平归纳总结了我国少数民族文学比较研究的范畴。一是"文学之间的比较研究"。少数民族文学既呈现出许多与汉族文学有着明显区别的共同特点,又有色彩鲜明独具风格的本民族文学作品。因为交错杂居,各少数民族和汉族在政治、经济、文化等方面有密切的联系,文学上也互相影响和促进,同外国文学也有着千丝万缕的联系。二是"少数民族文学与宗教的比较研究"。在少数民族,几乎没有与宗教活动无关的文学作品,也几乎没有与原始文学没有联系的宗教活动。在一些神话、史诗、民歌中可以看到民族文学与宗教之间的紧密联系,为今天的民族文学比较研究提供了具有重要价值的话题;另外,少数民族文学由于本身的独特性,诗歌、神话、民间文学

---

[1] 马龙潜、吉新宏:《从他者阐释走向主体阐释——20世纪中国少数民族与汉民族文学关系发展进程思考》,《东方丛刊》2002年第4期。
[2] 刘献彪、刘介民:《比较文学教程》,中国青年出版社2001年版第171页。

和音乐、舞蹈、造型艺术、说唱表演许多时候是浑然天成、融为一体的,"少数民族文学与艺术的比较研究"构成了第三个范畴;最后还有"少数民族作家研究"范畴。少数民族文学虽然以口头文学占优势,但同时也拥有极其发达的书面文学,其作者和其他民族的文化文学存在着各种各样的关系,以此为对象进行比较研究,同样有助于了解我国各民族文学之间的相互关系,总结我国少数民族文学的基本特点和历史规律。[①]这些关系范畴的思考,是受20世纪后期从港台地区开始的比较文学研究的启发而引起的,随后受到许多研究者的关注,显示出一种务实、深入的研究态势,不仅关注研究内容、研究方法,而且渐渐形成一种学术目标。

2003年6月,中国社会科学院民族文学研究所"中国各民族文学关系研究"的重点学科正式建立。标志着中国少数民族文学研究已经完成了从专题性课题向学科分支领域的转换;从"比较方法"的一般意义上的运用,到"比较文学"学科意识的自觉这样一个根本性的转型。稍作回顾,其学术基础和生长的线路清晰可见。

20世纪50年代开始全国范围大规模地搜集、整理和抢救少数民族民间文学资料。1958年确立编写中国多民族文学史的学术构想和基本工作思路。汉族和55个少数民族组成中华民族共同体,理应将少数民族文学纳入到中华文学史的写作构想中。汉族文学再加上一部分少数民族作家用汉语写出来的文学的历史,是名实不完全相符的,不能全面地反映我国多民族文学成就和文学发展情况。在这种观念指导下,编写少数民族文学史、文学概况的工作启动,各民族文化交流、文学之间的相互影响,就成为学界的关注重点。"汉族先进文学不仅在体裁、题材和表现形式上,而且也在思想和创作方法上,给各兄弟民族的文学以深刻的影响"[②],已成为相当长的时期内人们把握各民族文学关系的基本指导思想。

怎样真实描述各民族文学的实际,探索各民族之间双边或多边的文学交流和影响的情况呢?一般地肯定或者用图解的方式认定交流和影响的普遍存在,

---

① 吴雨平:《中国少数民族文学比较研究的范畴》,《常州师范专科学校学报》2003年第1期。
② 刘澍德:《编写少数民族文学史的几个问题》,《文学评论》1961年第3期。

是没有什么实际意义的。"最重要的和最困难的却是具体真实地发掘和阐明一个作家、一部作品、一种体裁、一个母题、一个形象、一种手法等等,在两个或多个民族间的实际影响和交流的具体过程及其性质和意义。两个民族之间、多个民族之间、一个语族、一个语系的各民族之间,同一地域、同一信仰的若干民族之间,在文学艺术乃至整个文化的发展过程中有着千丝万缕的联系,存在着多种形式多种性质的错综复杂的交往和影响。对于这些交往和影响的探索也要在不同的范围、不同层次和不同角度上分别进行。"[①]20世纪80年代以来,全国性的民族古籍整理出版工作开始实施,经过三个五年计划的具体实施,硕果累累。已经抢救、挖掘、整理出版的就有5000多种,文学古籍(多为口承古籍)占有相当的分量。在这些卷帙浩繁的少数民族的口头文学传说、故事、歌谣、谚语、叙事诗、祭祀歌、论辩词等文学古籍中,记载着许多关于各民族文学交流与相互影响的信息。实际上,在丰富的汉语文献中,也存有大量的关于各少数民族文化的资料。在中国文学发展史上,不时就可以看见少数民族作家活跃的身影,中国历史上的几次大规模的民族融合,对于中国文学发展的影响也是有迹可寻的。就在编写各民族的族别文学史的同时,一些专家已经开始了对不同民族文学之间关系的专题性研究,并取得了不少成果(其成果,前面已有提到)。

研究某一个族别的文学,不能离开与他民族的文学关系;撰写一部中华文学史,要解决本民族文学在发展中与他民族文学发展的关系,探讨各个民族文学的共性和本民族的个性特征。从这个意义上也可以说,"中国各民族文学关系研究"在确立中国各民族文学研究中"你中有我,我中有你"的格局方面,是有独特价值的。"它为今后研究中国各民族文学关系,提供了初步的思考线索,划出了基本的理论与实践范围。通过对汉族文学与少数民族文学之间,双向影响的事实的大量和系统的认定,以及许多少数民族文学相互之间关系的研究,已经可以证明以往孤立研究某个民族文学史的情况,越来越不符合中国文学发展史的实际状况了。注重各个民族文学关系的研究,必将成为今后中国文学史研究和中国各个民族文学研究的方向。""近年来,随着跨民族、跨语言、跨文化、跨

[①] 刘魁立:《关于民族文学研究问题的断想》,《民族文学研究》1988第1期。

学科的民族文学研究的深入进行,在中国国内背景中,不同民族、不同语种文学之间的比较研究,已经成为了比较文学研究最重要的学术基础;中国各民族文学关系的研究,不仅具有比较文学的一般品质,而且是具有自己独立学术追求和学科特色的比较文学。"[①]汤晓青还总结了中国各民族文学关系研究主要集中关注的几个方面。比如重点研究了少数民族对于中华文学的贡献;研究各少数民族之间、少数民族与汉族之间的文学关系及其相互影响;研究民族融合、民族文化交流中,各少数民族文学自身的特点及其发展规律,包括汉民族在内的各兄弟民族文学间相互影响的内在规律,展现中国各民族的文学在历史不同阶段上,由于交流互动而带给他们各自的促进作用。最后还强调在继续推进国内各民族文学关系研究的同时,积极开展立足于中国各民族关系研究实践的、关于比较文学的一般理论。确定了中国各民族文学关系的跨民族、跨语言、跨文化、跨学科研究,其研究对象、研究方法、研究理念都属于比较文学的范围。影响关系研究和平行研究是中国民族文学研究的两个重要方面。在比较文学理论的规范下,通过各民族文学关系的研究,确立各少数民族文学在中国文学总格局中的地位,促进各民族文化交流与繁荣。

随着研究的深入,学科建设和理论研究上的有些问题也逐渐显现出来。比如说中华民族多元一体格局的观念性命题是费孝通在香港中文大学演讲时首次提出来的。因为它本质上是对新中国多民族政治、经济、文化交通互融状况的准确概括,因此,"多元一体"中华文化观便深入人心。在中国文学中,这种多民族文学及其理论批评的多元一体格局确实也是不争的事实,但在创作、批评和理论领域的实际情形要复杂得多。在此基础上,青年学者刘大先创造性地提出"多元共生"的命题。将多民族文学关系引向双向互动的辩证思维路径。他认为:"多元一体的观念因为秉承传统'和而不同'的文化观而得到广泛的认可。今日看来,其实也有需要反思的地方。文化本身是个宏大庞杂的概念,汉族文化与少数民族文化的差异存在于几乎每一个方面。在外延无比扩大(抵达海外

[①] 汤晓青:《比较文学视阈下的中国各民族文学关系研究》,《新疆大学学报》(哲学·人文社会科学版)2006年第1期。

华人),内涵又极为模糊的'中华民族'内部文化本身就是极为复杂的,少数民族和汉族之间尽管因为政治、经济、社会体制的原因一体化了,其文化却不可能不是多元的,民族是多元一体的,文化与文学却未必是一体的。"①基于此认识,他以"多元共生"为"多元一体"的辩证补充。这一补充,从某种程度上说,使得少数民族文学的理论特性描述更加准确了,使对多民族文学关系的总体认识更具开放性、包容性和概括性。

也有研究者针对多民族文学关系研究的现状做了理性的反思。认为过去民族文学关系研究在中国文学研究中严重不足,一个重要的原因就是中华各民族文学关系研究"观念"薄弱。这种现状一直到新世纪之交,随着中华各民族文学观念的加强才得到改变。罗宗宇通过研究认为,强化中华民族文学关系研究的观念,是深化中华各民族文学关系研究的必然要求。在研究中必须紧密关联三种观念:"首先是必须与文化对话意识相关联。文学是一种文化,民族文学是民族文化的一种特殊形态。因此,民族文学关系既是一种不同族别文学间的交流和对话,也是一种不同民族文化之间的交流和对话。"在当今后殖民文化语境下,不同民族文学之间的互动交流与平等对话应当是民族文学关系研究的基本学术立场和价值取向。强化中华各民族文学关系研究的观念,就应当强调文化对话意识。遵循互动共生的文学立场,视各民族文学为一种和而不同、互为主体、多元一体的关系存在与文化对话,是一种从现实文化与文学研究语境出发的必然选择,更是确立科学的民族文学关系研究观的本质要求。"其次是必须与中华多民族文学史观相关联。中华多民族文学史观强调中华民族文学史的多民族性,认为中华民族文学是由各民族文学子系统所组成的文学大系统,并且各子系统之间不是静止孤立的,而是开放互动共生的。"中华多民族文学史观对中华各民族文学关系研究有着重要的指导作用,史观的建立可以促进多民族文学关系研究走向深入,并有效打开国内多民族文学关系研究的新局面。"再次是必须与中华各民族文学关系学学科意识相关联。"如果中华各民族文学关系学研究者在研究中具有自觉的学科意识,自身就会有明确的学术目标指向,如果

---

① 刘大先:《中国少数民族文学学科之检省》,《文艺理论研究》2007年第6期。

有更多的人意识到这一点并投入其中,构建出相对清晰的中华各民族文学关系,绘制成多元融合、和合与共的中华多民族文学版图就指日可期了。

然后,继续着眼于中华各民族文学关系研究的深化,罗宗宇着重强调跨文化与多学科的研究方法。试图在多元文化的视野中来研究中华各民族文学关系,揭示中华各民族文学交流互动的图景,探求各民族文学关系的规律,寻求各民族文学的互识与互补。而且这种研究,有利于某一特定民族文学寻找文学参照,还原中华各民族文学关系的图景,凸现民族文学的自我特性,彰显你中有我、我中有你的品格,进而推动中华各民族文学关系的研究。除此之外,他还强调在中国的民族文学关系研究中,要对其他学科研究方法与成果进行借鉴和吸收。运用民族学、文化地理学、考古学与文化人类学等方法,清理一些作家创作中所有的文化身份与民族身份的某种复杂性,认识文学作品所关联的文化性和区域性特征,重证和重识中华各民族文学关系的历史遗迹和发展脉络,获得一些遗存至今的活态非物质文化材料,揭示和彰显文学与文化的关系,促进中华各民族文学关系的深入研究。[1]这些关于多民族文学关系研究观念与方法的学理性阐释,并非要以民族文学关系研究替代传统的单个民族文学作家作品的研究与单一族别史的研究,而是要将二者作为重要基础和必要前提。而新的研究方法的运用,既是这一研究充分和发展的条件,也是一种多民族文学关系新的把握方式。

姚新勇的研究没有停留在对多民族文学关系研究的理论、观念、方法等宏观把握方面,而是把视角伸向微观研究的反思上。通过对转型期中国文学与边缘及少数民族文化关系的一些细致的分析、梳理、研究,他觉得现有多民族文学关系研究的基础仍然是十分薄弱的,"汉语主流文学界的傲慢与自大;少数民族文学界本身研究的不足;文化批评中存在的方法论问题"三大问题的存在,仍然制约着研究成果的深入、丰富、获得。鉴于此,他强调必须破除简单化的思维习惯。一是破除二元对立思维,关注两者之间的整体性关系,关注整体中的个别

---

[1] 罗宗宇:《观念与方法:民族文学关系研究的学理性阐释二题》,《西北第二民族学院学报》(哲学社会科学版) 2008年第3期。

性、差异性、分散性。二是要注意克服对少数族裔文学文化比附性的解读习惯，真正着眼于具体写作与文化的建构性关系。三是要克服研究中的政治怯懦性，同时又要高度审慎，尽量避免文化误会和不必要的文化冲突。四是"文化中介者位置"的选择。特别是汉族研究者，随时要提醒自己注意汉族中心主义的影响，尽量避免特殊标准普遍化问题。五是要慎重看待研究对象"代表性"的问题。对现存公认的代表性的现象要持审慎的态度，不要轻易根据已有的评论，就将它们作为代表现象来看待。六是还要明确认识观察视角或出发点的问题。要穿过主流文学中的主潮现象，去倾听/去观察那些复杂多样的少数族裔的声音/现象，通过对它们的明晰，从而敞开转型期中国文学多样性文化的互动关系①。论者试图通过以上的考察，揭示转型期中国文学本土多元文化，多族群文化间互动关系的表现、特质，更想从中找寻之于多元一体中华民族关系建构的启示，从而为中国本土多族群、跨地域文化的良性互动，为搭建民族共识平台尽一份自己的努力。

  杨建军、陈芬则将新世纪少数民族文学置入全球化文化语境、文坛主流汉民族文学、边缘少数民族文学的三元互动格局中，注意到了新世纪少数民族文学创作从题材到精神气质上发生的一些新变化，因此强调"中国少数民族作家应利用全球文化交流的时代契机汲取文学营养，借鉴他人由边缘走向成功的创作经验，多民族文学史观的探讨是新世纪少数民族文学批评的新亮点，未来的少数民族文学批评可尝试从跨文化、跨族际、跨国别三个向度探寻新的生长点"。②这三个向度，表面上是少数民族文学批评话语，本质上仍然为多民族文学关系研究的内在尺度，而"新的生长点"，则是对中国多民族文学关系研究前景的基本判断和未来的合理预设。只有打破族界、国界束缚的少数民族文学关系研究，才有可能迈向更加广阔而多元的文化空间。

---

① 姚新勇：《寻找：共同的宿命与碰撞——"转型期中国文学与边缘区域及少数民族文化关系研究"导论》，《南方文坛》2010年第3期。
② 杨建军、陈芬：《论新世纪少数民族文学》，《北方民族大学学报》(哲学社会科学版)2012年第5期。

十、少数民族文学与世界文学

"民族"作为一种人类的社会组织名称,一种"想象的共同体",往往凭借血缘、语言、习俗、宗教、生存、区域等历史文化传统留下的有形或无形的"遗存",维护和强化着族群生存边界。民族文学作为一个"民族"用语言文字来表现族群社会状况、心理结构的精神产品,是民族作家在创作中自然形成的。在单一民族国家中,民族文学即国别文学。对于统一于一个国家政体之下的多民族文学来说,这些民族文学在文化上仍保留着自己鲜明的民族个性,如藏族文学、彝族文学、蒙古族文学等。在中国,民族文学被称为少数民族文学。在"世界文学"一词尚无现今的意义之前,民族文学主要指在多民族国家中那些保持着自己独特的民族文化传统、遵循共同的美学标准、反映本民族文化心理结构、用民族语言文字创作所保留下来的具有本民族特质的书面与口头作品。这些文学尽管存在着千差万别,但一经形成之后,就具有了自己的继承关系和文化传统,或者说既有自己内在文化心理结构又维系于某种精神传统。

各个民族文学在形成、发展过程中都表现出相互影响、相互促进的客观规律。季羡林先生曾把一个民族的文化发展分为三个步骤:"第一,以本民族的共同的心理素质为基础,根据逐渐形成的文化特点,独立发展。第二,接受外来的影响,在一个大的文化体系内进行文化交流;大的文化体系以外的影响有时也会渗入。第三,形成一个以本民族的文化为基础、外来文化为补充的文化混合体或者汇合体。""文学是文化的重要表现形式,文学的发展规律不能脱离文化的发展规律。……同文化汇合一样,文学的相互交流和影响也是异常复杂。这三个步骤只是一个大体上的轮廓而已。"[①]这种观点揭示的是一个带有规律性的普遍现象。民族文学这种特性不仅仅表现在一个多民族国家的文学里,同时也表现在不同国家和不同民族的文学之间。

作为文学演进过程中出现的一种新现象,"世界文学"则是世界文化的一种反映,是人类精神产品中的经典,它因超越民族语言等界限而成为各民族的共

---

① 季羡林:《简明东方文学史》,北京大学出版社1987年版绪论第8页。

享物。此时的文学作品已经摆脱了"民族性"而具有了"世界性"。世界文学的形成和发展是各民族文学在全球范围形成整体联系后出现的一种国际性的文学现象。它是由社会发展规律促成并体现着历史发展趋向的东西。世界市场和世界交往的形成,是世界历史和世界文学或文化形成的前提条件。当资本主义社会的工业革命到来,世界市场迅速建立的时候,各国文化之间先前的联系和交流发生了历史性的变化而进入世界文化的时代。

"世界文学"(Weltliteratur)最早是由德国著名文学家歌德提出来的。歌德基于中国人和西方人在思想、行为和情感方面的相似性,如中国明清小说《玉梨娇》《风月好逑传》和美国理查生写的小说以及歌德本人写的《赫尔曼与窦绿苔》等小说的很多类似性,而敏感地认识到文学的世界性与人类性,在同他的秘书爱克曼谈话中首次提出了"世界文学"的概念。但对于什么是"世界文学"的形态、内涵,语焉不详。从歌德的文字分析,其至少有两层意思。第一层意思是一种不同于原有民族文学的新的文学形态,所表达的意义是具有人类共有的情感、思想相联系的"普遍"模式,但并不意味着放弃自己民族的个性特点。第二是指的进入世界范围的多民族文学。世界文学是各民族文学的结合体,是文化交流中出现的各民族文学的一种相互关系的表述。歌德是在正确理解民族文学与世界文学的关系的前提下来阐发自己的世界文学的观念的。在歌德看来,越是民族的东西,越具有世界性,并易于为世界人民所接受。各民族的作家应该相互交流、学习、借鉴,为人类的文明进步作出贡献。歌德一方面强调各民族文学都有自己的特殊性,同时又提倡各民族文学之间应互相认识,互相了解,互相影响。他认为文学和艺术、科学一样,同属于整个世界,希望人们能够冲破民族文学的狭小世界,着眼于世界各国文学的广阔天地,在继承传统、相互交流中使民族文学成为全人类都能享用的共同财富。

韦勒克、沃伦认真评价了歌德的文学理想,较为客观地将世界文学概念理解为:一是新的理想的文学构建,二是文学的世界构成,三是文学杰作的同义词。[①]从歌德时代至今,全球文学发展流变趋势越来越清晰,文学理论家、文学

---

① 勒内·韦勒克、奥斯汀·沃伦:《文学理论》(修订版),刘象愚等译,江苏教育出版社2005年版第43—44页。

史家们依然确认,世界文学即为全球新的理想的文学构建、文学的世界构成、文学杰作的同义词三个方面,是歌德的"世界文学"概念所包含的主要观点,只是后来的认识和阐述更加全面、深入、客观。

相对于歌德纯文学角度对世界文学的理解,马克思、恩格斯则提出了针对包括了科学、哲学、历史、文学和艺术等全部精神产品而言的世界文学的论断:"资产阶级,由于开拓了世界市场,使一切国家的生产和消费都成为世界性的了。""旧的、靠本国产品来满足的需要,被新的、要靠极其遥远的国家和地带的产品来满足的需要所代替了。过去那种地方的和民族的自给自足和闭关自守状态,被各民族的各方面的互相往来和各方面的互相依赖所代替了。物质的生产是如此,精神的生产也是如此。各民族的精神产品成了公共的财产。民族的片面性和局限性日益成为不可能,于是由许多种民族的地方的文学形成了一种世界的文学。"[1]马克思、恩格斯的论述始终贯穿着历史唯物主义的科学原则与方法,在谈及"世界的文学"形成时,其出发点是资本主义生产、世界市场形成。而资本主义市场的形成,则是一种不可抗拒的世界经济潮流。值得注意的是,马克思、恩格斯在这里谈的是整个资本主义的生产、消费以及世界市场的开拓等,至于涉及精神生产,则指的是文化的各个方面,不是单指我们通常所了解的文学。由于世界市场的形成,同时也就形成了世界文化。这显然不是指出现了一种统一性的世界文化,而是说众多民族、国家的文化走出了原来的孤立、隔离状态,进入一种相互交往的状态,以至成了一种世界范围的文化现象了。当然,"世界文学"作为一种理论,存在着阐释的局限性,无法真正概括和说明各国文学发展的真实状态。如果仅就文学已经进入到一个对话与交流的时代而言,"世界文学"是成立的,然而若是将"世界文学"作为一个实体去看,以为它可以超越民族而自成一格,那么这种文学就是不存在的,只能存在于人们的想象里。

"世界文学"的概念的提出,不仅大大拓展了民族文学研究的领域,而且引起了人们对其本体论、认识论、方法论等学理层面的诸多热议。尽管"世界文学"的建立任重道远,在文学研究中困难重重,但是将不同民族语言创作的文学

---

[1] 马克思、恩格斯:《共产党宣言》,人民出版社2018年版第31页。

视为世界文学的有机体,是世界文学的组成部分的观点,学界基本上是有共识的。有了这种文学的世界性、整体性的审美尺度,在探究具体民族文学现象时,就不会仅仅着眼于具体的局部的表象,而会将研究对象视为世界文学这一有机体的某一方面,那么这样的民族文学才会具有真正的世界意义。

世界文学的形成和发展会不会干扰、阻碍、甚至窒息民族文学的生存与繁荣呢?包括我国在内的世界上许多国家乃至联合国教科文组织,都在热烈讨论处于全球化背景下的各民族如何保护民族文化特性,防止"同化"问题,因此有必要从理论上对"世界文学"与"民族文学"的关系作出科学说明。简单地说,世界文学与民族文学的关系,就是马克思主义哲学上的共性与个性的关系。"世界文学是存在于民族文学之中的世界文学;民族文学是处于世界文学情势之下的民族文学。正因为如此在具体文学实践里,它们并不是完全对立的,而是辩证统一的。换言之,在现实文学运动中,世界文学与民族文学之间并非仅有互相对峙、抗衡、抵触的一面,而是同时又有互相依存、渗透、融合的一面。要搞清楚世界文学和民族文学的关系,困难不在于抽象地从哲学的角度指出它们是共性和个性的关系,而恰恰在于具体地分析、解剖这既对立又统一的两方面矛盾。因为正是在这里,世界文学与民族文学的关系得到了具体而生动的表现;也正是在这里,两者关系呈现出种种错综复杂的局面。"[①]一方面,作为"想象的共同体"的民族中,反映和表现这个共同体社会生活的文学,不可避免地要打上民族的烙印,具有相对独立性。每一个民族的文学都有自己相对独立的生活内容、风土人情、情感体验等表现领域和范围;每一个民族的文学都有自己个性鲜明丰富的民族语言、审美趣味和艺术表现;每一个民族的文学都有不同于其他民族的历史文化传统和遗产;每一个民族的文学都有自己的民族精神和民族气质。即使是现在处在一个网络信息十分发达的时代,信息交流的便捷也并不能抹掉各民族之间的界限,在"地球村"这个大家庭中,居住着的仍然是有着鲜明民族标记的不同国度或不同民族的人民,其文学仍然会继续带有独特的民族文化印记以及这些作家的天才和个人性格的印记。正由于这些相对的独立性,在

[①] 钱念孙:《论世界文学与民族文学的关系》,《文艺理论研究》1986年第6期。

把不同民族文学联系起来并促使它们互相靠拢、吸收、甚至同化为世界文学时，它就不能不表现出一种与之对峙、抗衡、抵触的情绪。

然而，这种独立性不是绝对的，只是相对的。因为民族文学的独立性只有在一种互为对象、相互依存的关系中才能表现出来。而且，任何一个民族的文学，无论其独立性怎么强，不管自觉还是不自觉、意识到还是没意识到，它都不可能与其他民族文学完全绝缘，而总是在通过种种渠道和方式，直接或间接地与其他民族文学产生多种多样的联系。随着世界市场和世界文学的发展，各个民族正在越来越大的程度上把地球当作自己的地理环境进行适应，每个民族的民族社会生活和民族心理，也在越来越大的程度上通过吸收、"溶化"而包含了其他民族的因素。这样就构成了民族文学与世界文学互相依存、渗透、融合的关系。世界各民族文学发展情况已经充分证实了这一点。他民族文学的独创与新颖之处，都会被本土文学所吸收，进行消化与改造，从而使本民族文学不断更新、丰富自己而更具活力。罗素说："不同文明之间的接触在过去常被证明是人类进步的里程碑。希腊向埃及学习，罗马向希腊学习，阿拉伯向罗马帝国学习，中世纪的欧洲向阿拉伯学习，文艺复兴的欧洲向拜占庭学习。在许多这种例子中，学生被证明比老师更为优秀。"[①]因此，即使世界各民族文学得到有机融合，单个民族文学的狭隘性和局限性逐渐消失，世界文学也绝不会变成机械呆板、简单枯燥、整齐划一的，失去丰富性和多样性。但是让民族文学走向世界，让世界文学走进民族，对于改进、完善民族文学理论，或者对改进、完善世界文学理论是十分必要的。

回到中国少数民族文学与世界文学关系研究的主体上来。现有的论述对中国文学与世界文学关系、汉族文学与中国少数民族文学关系的宏观比较研究居多，真正立足于中国少数民族文学与世界文学关系的具体研究的代表性论述并不是很多，但是世界、中国汉族、中国少数民族三者之间关系，理论上并无空白与隔阂。所以，下面的论述并不直接涉及歌德与韦勒克、沃伦关于"世界文

---

① 罗素：《中西文明的对比》，见何兆武、柳卸林主编《中国印象——世界名人论中国文化》下册，魏小明等译，广西师范大学出版社2001年版第89页。

学"概念中新的理想文学构建、文学的世界构成两个方面,只是针对第三种意思即"文学杰作的同义词"来佐证并思考有些能与世界文学平分秋色的中国少数民族文学,应该怎样在世界文学殿堂中获得相应的位置。

随着新中国的建立和一系列民族文化政策的出台和施行,丰富、神秘的少数民族文学逐渐向世界敞开,无论民间口承文学、书面创作实践还是理论批评文献,少数民族文学不断以独异的光彩惊异世人的眼睛。这使得长期以来学术圈内颇有市场的关于中国神话、史诗、悲剧几乎空白的定论成为西方中心主义的偏见。徐其超从世界文学之"文学杰作"的角度对中国少数民族文学做了脉络式的考察,时间跨越古代、近代、现代、当代,内容包含远古少数民族民间文学,以及近代、现代、当代少数民族作家作品,少数民族文学理论批评著作等。"众多少数民族的民间文学作品代表着汉族文学所缺少乃至被认为'完全空缺'的品种而进入世界文学构成乃至世界文学杰作之林,在近代、现代、当代,则是许多少数民族作家作品融汇创新,实现超越而进入世界文学杰作之林。"他开出了一长串关于我国少数民族文学中创世神话、人类起源、物种起源、自然神话、英雄神话的名单。进而指出我国神话与希腊神话不乏相同之处,更有不同于希腊神话而独放异彩的神话。并借用了庹修宏先生《我国民族文学与外国民族文学比较的意义》的结论:"过去,人们只是将汉族神话与希腊神话相比,认为不如希腊神话丰富多彩,但如果我们将中国各民族神话作为一个整体,与希腊神话相比,并不逊色。"对于史诗,论者认为,虽然确有黑格尔关于中国人没有民族史诗的断言和中国汉族确实"史诗阙如"的现实,但在55个少数民族中,史诗宝藏是极为丰富的。在众多的民族史诗中,尤以藏族的《格萨尔王转》、蒙古族的《江格尔》、柯尔克孜族的《玛纳斯》为最突出。《格萨尔王传》还被联合国教科文组织列入世界非物质文化遗产。戏剧方面,贵州土家族的傩戏,融音乐、舞蹈、诗词、说唱、戏剧等综合性表演艺术于一体,加上浓厚的宗教色彩,被外国戏剧专家誉为"中国戏剧的活化石"。

论者还以少数民族文学作家登上世界文学高地的代表作品,来说明中国少数民族文学对于世界文学的卓越贡献。比如满族作家曹雪芹的《红楼梦》,对我国古代民情习俗、典章礼仪、诗词歌赋、音乐舞蹈、琴棋书画、建筑金石等做了百科全书式的叙述和描绘,对我国最后一个封建王朝的社会、宫廷、官场的黑暗,封建贵族阶级及其家庭的腐朽,封建的科举、婚姻、奴婢、等级制度进行了深刻的批判,并且提出了朦胧的带有初步民主主义性质的理想和主张。其否定大团圆的深刻的悲剧观念,闪烁着耀眼的光芒,代表着我国古典小说艺术最高成就,某些方面甚至超过了伟大的批判现实主义作家巴尔扎克。还有现当代少数民族文学巨匠,满族的老舍,苗族的沈从文,他们就像现当代文学的双子星座,光彩熠熠,不仅照亮了中国多民族文学文坛,而且也震惊了文学西方中心。老舍的世界殿堂级经典话剧《茶馆》,被欧洲戏剧界称为"远东戏剧的奇迹""中国现代戏剧的精华""中国的《推销员之死》"。而沈从文则以其审美性乡土小说的杰出成就,以其独立的健康、自然、人性的书写,被誉为中国的福克纳、中国的哈代因而走进世界文学殿堂。藏族作家阿来用跨族别的写作方式,以游弋在汉藏之间的精彩文字和卓异思维,在《尘埃落定》的美学价值和民族人类学意义上,实现少数民族文学层面上的中华民族与人类性的契合,以现实主义又现代主义的创作方法,以及强烈的隐喻性和表现性、象征性和寓言性,打通藏族、汉族与世界各民族人民的共同感受,赢得了世界读者的喜爱。

  在少数民族文学理论批评方面,徐其超认为我国的少数民族文学批评理论同文学创作一样有着悠久的历史,积淀着丰厚的民族文化精神和民族审美思想,有着独特的话语表达体系,有着多样的存在和表现形态,也有能与世界文学理论批评思想比肩的成就。回族思想家、文艺理论家李贽的"童心说",其理论内涵发出了近代哲学、美学、文艺学的先声。藏族翻译家和学者创造性借鉴古印度檀丁梵文,并使之民族化、本土化的生命美学奇葩《诗镜》,"虽非层层推理的形而上体系,然而面对其精彩纷呈的明喻和隐喻,我们不难透析其所蕴含的关于人的生命的本质、意义和价值的哲学之思和审美之思"。既有中国美学共性又有藏民族美学个性,"相信即使放到西方现代生命美学花丛,也会绽放出自己的光泽,超越时空与叔本华、尼采等现代生命诗学、生命美学的代表人物对话"。这些中国少数民族文艺理论批评论著中的扛鼎之作,可与世界文学理论批评杰作并肩而立,无分轩轾。

论者还认为,假设在"世界史诗"格局中,《格萨尔王传》《江格尔》《玛纳斯》三大史诗缺席,或"在场"而"失语",那么所谓世界史诗的概念,就不可能是完整的,就将至今依然摘不掉"有缺陷的世界性"的帽子。民族文学与世界文学双向互动,相互碰撞、促进、交融,结果总是"双赢"的。藏文《诗镜》与叔本华的《作为意志和表象的世界》和尼采的《悲剧的诞生·一个批判性的问题》等比较、对话、交流,有利于东西方生命价值观的整合,有利于生命哲学、生命美学的综合创新,扩言之,有利于世界文学或"总体文学"和民族文学的基本理论建设。我们的民族文学理论家、美学家要具有"新世界主义""超民族主义"的远见卓识,具有熔比较文学、文化人类学、语言学、民族美学、民族心理学多学科知识为一炉的健全、新颖的知识结构,才能更快更好地完成正在建设中的民族文学杰作与世界文学杰作比较研究的系统工程,为民族文学走向世界文学、世界文学走进民族文学做出更大的贡献。[①]徐其超从文学杰作立论,运用历史唯物主义的思维方式,从宏观到微观,从普遍到特殊,审视中国少数民族文学的各种历史和现实形态,可谓是抓住了进入世界文学的关键,因此,其结论是厚实可靠的。不过,论述过程中一个贯穿始终的缺陷,也是显而易见的,就是对于那些代表我国少数民族文学最高成就且完全能进入世界文学之列的文学作品,怎样主动摆脱"养在深闺人未识"的现实处境和"酒香不怕巷子深"认识误区而进入世界文学。论者只是注意到"翻译中介"的作用以及翻译上的"信、雅、达"的标准问题,具体的进入路径和方法还缺少必要的论述。

孟昭毅则从本体论和认识论的角度,对全球化背景下的民族文学、世界文学之间的相互关联,民族文学走向世界文学的趋势,高品质民族文学怎样进入世界文学的途径做了一些探索,可以说从某种程度上弥补了上面论述的不足。他认为"从民族文学到世界文学必然要有一种中介和桥梁,一种逻辑和学理上的联系,那就是比较文学和总体文学"。比较文学和总体文学将民族文学视为研究的起点和方向,以世界文学为研究的终点和目标,认为它是世界各民族、各国家人民的共同财富,是不同的民族或国家文学长期交流、融合的产物。"比较

---

① 徐其超:《论民族文学与世界文学杰作对话》,《西南民族大学学报》(人文社会科学版)2011年第12期。

文学以国际性的眼光考察和研究各个民族各个国家的文学,利用民族文学或国别文学的各种研究成果,对不同的民族文学和国别文学进行比较研究,以便找出超越二者之上的基本规律,使二者间产生诸多的联系,形成你中有我、我中有你的杂糅关系",而总体文学"即研究在同质文化传统背景下某一区域或地域的那些跨越了国家、民族或语言界限的文学现象"。正是因为比较文学的介入,才能够使具有强烈民族或地域特点的民族或国别文学在跨越了异质文化界限后自然而然成为世界文学,并且表现出"越族""去国"的本质特征。成为世界文学的民族文学也不可能在短时间内失去自己的民族特质,即使国家灭亡,民族性也会存在于世界文学中,这就是学界常说的"既是民族的也是世界的,既是世界的也是民族的"道理所在。[①]有了上述的相关阐述,我们对于民族文学走进世界文学的前提和路径就有了较为清楚的认识了,当然,具体的方法还需要不断地研究、探讨和总结。

既然上文提到了学界常说的"只有世界的才是民族的",或者"越是世界的就越是民族的","只有民族的才是世界的"和"越是民族的就越是世界的",最后,我们有必要辩证、澄清一下文学文化领域的这两种说法,以厘清和警示使用上的边界和由此带来的缺陷。这也是研究民族文学和世界文学关系时绕不开的话题。

首先,"只有世界的才是民族的",或者"越是世界的就越是民族的"。这里"世界的"应该是指在全球化与本土化两种相反趋向相互交叉的氛围中,人类共同面临的诸如现实与理想,生存与困境,生死爱恨、忧患焦虑等许多问题。这是文学应予伸张的对人的终极关怀,也是优秀的文学必备的品格。文学艺术对于人类共同共通的东西,还得通过具体的作家、艺术家,通过作品的人物,通过他们所表述的感悟、感情、思想,所掌握的技巧来表现,这个作家、艺术家必然是一定民族国家的成员。荒诞剧使用一种抽象的符号,表达了人类的一种相当普遍的生存处境的荒诞感,震撼着人心。但是即使这样的艺术,读者仍然从中体味到一种法国的或是英国民族文学的韵味,因为别的国家没有这样的哲学文化与

[①] 孟昭毅:《从民族文学走向世界文学》,《中国比较文学》2012 年第 4 期。

这种如此深刻的文化生存的体验。①钱中文的论述是具有很强的说服力的。越是具有世界水平的文学,通常也越是深深扎根于民族文化土壤并越具有浓郁民族特征的文学,越是从全球视野来看待、表现社会生活的文学,或者越是表现全球问题,表现人类共同的处境、共同的感受、心态、情绪、思想、理想的文学,也就越容易显示出各自民族的不同特征——在"同"的背景下,才更能显示出"异",这样的民族性往往具有更深刻的同中之异。

其次,"只有民族的才是世界的",或者"越是民族的就越是世界的",也并不是说只要是民族的就一切都好。意在强调文学的民族性的一面。突出的民族特征使一个民族的文学在全球多民族文学中独树一帜,提供了一种独特的审美和文化价值,从而容易引起他民族的注意,并对他民族文学产生影响。当然,文学独特而又能被人注意到,并且赢得他民族真正的尊重、赞赏乃至效法,一个必不可少的前提是世界民族国家间的联系和交往,另外还要使这种民族独特性是自然的、强健的。当然还应看到问题的另一面,即民族性的现代化,对于任何民族文学来说,民族性并不是一成不变、固定僵化的东西,民族性是不断演变、生成的东西,在其保持自身基本特征的情况下,其内涵是不断被改造与丰富的。每一时期的民族性会被各种内外文化因素所浸润,进而获得丰富与新生。因此可以说,民族性是开放的、不断生成的民族性。越是充分、圆满、健全地表现了特定"民族的"作品,就是越能体现人类普遍性即"世界的"作品。

当代中国少数民族文学发展所经历的,正是这样一个对"世界文学"与"民族文学"关系的辩证认识过程。世界文学与民族文学就好比一个事物的两面,全球化和世界文学的提出才引发了民族意识的充分觉醒和强烈的民族认同,不同民族在日益频繁的交往交流中才真正发现了"自我",才明确意识到本民族区别于他民族的特点,然后去自觉地维护、发展和强化。中国少数民族与汉民族和世界其他民族的文学的交流是一个冲突过程,也是一个整合、融合过程;是一个比较过程,也是一个吸收、借鉴、创新的过程。在今天全球化的语境中,世界各民族文学文化交流空前繁荣,民族的狭隘性将会进一步受到冲击,少数民族

---

① 钱中文:《论民族文学与世界文学》,《中国文化研究》2003年第1期。

文学的发展,正处在一个千载难逢的伟大的变更、创新时期。成为中国、世界新文学的组成部分,运用民族性中最有亮色、最为优秀的部分去激活传统并进行新文学建设,才能使本民族文学走向新高度。文学的巨大生命力,就存在于民族性与世界性之间。也就是说,世界文学的提出以及相关的讨论、辨识,为中国少数民族文学的充分发展提供了背景、动力和契机,因此,只有在世界性交往交流中,才能有效地克服民族局限性、片面性和狭隘性,获得世界眼光,从而才可能有发育充分的、健全的和饱满的民族特色。

以上只是对涉及少数民族文学研究的本体性理论话语进行了粗略的考察。有的已被建构在少数民族文学研究理论话语体系之中;有的一直因争议不断而继续为少数民族文学研究者辨析、探讨;有的随着语境的不断变化又被开拓出新的学术视野,引起少数民族文学研究者关注、讨论的兴趣。但无论怎样,少数民族文学研究一直在尝试中国气派与中国风格的理论话语体系建构,在历史、现实和未来的多个视角与维度已经取得了巨大的成就。不断深入的研究走向,使得理论界试图对有些概念本身进行修正而形成比较持久的学术兴奋点。比如"多民族文学"概念的提出引发的相关问题的讨论。

"多民族文学"是20世纪以来,继"兄弟民族文学""少数民族文学"之后少数民族文学学术界日显重要的新概念和新范畴。2004年11月,由徐新建、关纪新等人发起,中国社会科学院《民族文学研究》杂志、四川大学文学与新闻学院、西南民族大学、四川师范大学文学院联合主办的首届"中国多民族文学论坛"在四川大学举行。之后连续多届探讨了中国多民族文学研究的诸多问题。"多民族文学"超越了传统"少数民族文学"研究二元思维的局限,成为学术界的公共话题。"'多民族文学'的突出特征在于将包括汉民族在内的中国文学拓展为新的多元整体。在这整体中,以多民族政治、文化共同体为前提和基础的中国文学呈现出新的结构,以民族为边界的文学单位不但彼此平等,而且互为主体,交相辉映。"[1]后来在另一篇文章中,徐新建再次针对"多民族文学"这个概念进行

---

[1] 徐新建:《"多民族文学"的范畴意义(代主持人语)》,《徐州工程学院学报》(社会科学版)2019年第2期。

了阐发,"首先是'多民族'。在过去很长的时间里,其实人们是不怎么用'多民族'这个用语的,往往用的是'少数民族'、'兄弟民族'或'非汉民族'。这些提法均属于二元对分,隐含着以汉民族为核心和为主体,其他民族为边缘和弱势。'多民族'的称谓则是平等的。在此称谓中,五十六个不同民族构成整体。和其他任何一族一样,汉民族也只是其中之一。所以'多民族文学'这个词语代表着时代的推进。它可以纠正过去的旧文学观念中,以某一个单族群为中心及其对其他弱势民族文学实践的忽略、遮蔽和扭曲。第二是'共同性'。由于包含了这种相互对等的共同性,'多民族文学'的命名可用以建构一种新型的族群构架,进而用来谱写多民族和多元文化的文学理论和文学史。后者即是我们已经在做的对于'多民族文学史观'的呼吁和构建。第三是'对话式'。作为一种术语和场域,'多民族文学'还将起到一种很重要的对话功效。从这里出发,可以探求一种真正以平等交流为基础的文学互动史,形成一种对话的世界,而不是一个教化的帝国,并且可以这个为目标来搭建一个更为开放的学术和社会的平台,呈现论坛学者在发言中期盼的那种境界——使文学成为'文化的核心',成为多民族国家的社会成员中'最重要的精神世界的存在物。'"[1]论者不仅强调了"多民族文学"表述的合理性和重要性,也阐述了"多民族文学史"的建构原则和研究展开的方式和意义。

"多民族文学"研究展开以后,经内涵的探讨、理论的探索,研究者们基本确立了研究的理念、方法与路径。"多民族文学史观"的含义随着讨论的深入,也逐渐明晰。刘大先认为,"多民族文学史观"不是"少数民族文学史观","多"包含三个层次的意思:一是多族裔,就是56个民族;二是多语言,不同族裔的语言;三是多文学,不同的文学界定和标准;四是多历史,就是对于前二者不同的书写方式。而少数民族文学在多民族文学史观的观照中就是与其他族裔平等的一员。[2]如此,"多民族文学史观"研究的学术目的也就十分清晰了:致力于改善中国文学历史编写过程中的伦理缺失,纠正国家文学史中有关少数民族文学书写

---

[1] 徐新建:《表述与被表述——多民族文学的视野与目标》,《民族文学研究》2011年第2期。
[2] 刘大先:《中国多民族文学史观的兴起》,《民族文学研究》2008年第4期。

的缺位,提高民族文学在国家文学史中的地位;致力于重写中国文学史,写一部包含所有族群文学的文学史。①实际上,"多民族文学史观"作为史观的转型,随着"多民族文学论坛"内外讨论的逐渐深入,已经超越过去编制文学史所用的一些策略,而成为一种重新审视包含少数族裔文学在内的中国文学遗产的认识论转型。

作为多民族国家意义上的文学史,需要多民族、多宗教、多文化、多文体交往、交流、交融的文学史,需要凝聚社会共识、强化文化自信、表述国家认同、参与公共性问题的文学史。"重建一种民族性、中华性与世界性相洽的多民族文学价值评价体系,重建一种'互惠—共享'的多民族文学关系,召唤、发现或敞开曾被遮蔽/排斥的边缘性话语并使之纳入国家共同体叙述,以使多民族文学携带的活性基因进入到新时代文化与观念的建设当中,'积极介入和贯穿每一个民族语境',充作'不同的民族环境或民族文化之间接触和交流的媒介与场所',或许才是当下'中国时刻'文学史叙述的完整意义。"②对中国文学而言,中国多民族的历史、中国多民族国家的国家属性,决定了中国文学史研究中多民族文学史观的支配地位。所以,不能抛开多民族文学史观来谈论少数民族文学,也不能抛开多民族文学来谈中国文学。在中华多民族文学整体框架下重建民族性、中华性与世界性交融的多民族文学价值评价体系,才是多民族文学史得以践行的根本。

因此,理论界在"多民族文学"的理论框架下,明确提出中国文学史研究的"多民族"维度,对于中国文学史研究视域的开拓与民族文学理论的进一步建构,具有重要的价值和意义。但是,"要想发挥'多民族文学史观'这一概念的重大意义,根本在于我们对'多民族'与'文学'这两个关键词的重新认识与理解,也就是'怎样的多民族'与'如何文学'。我们只有在对现有文学观念进行清理与反思的基础上,突破已有的文学文体划分与文字文学中心意识,在关注文字文学的同时更加强对各民族语演文学的挖掘、鉴赏与研究。在中华文化共同体

---

① 余红艳:《区域表述:多民族文学研究的空间呈现》,《徐州工程学院学报》(社会科学版)2019年2期。
② 李长中、李小凤:《多民族文学:文学史的边界与转向》,《西南民族大学学报》(人文社会科学版)2019年第3期。

这一宏阔理论视野下,实现文学艺术形式的多样化,在整合各种文学资源与'文学就是向无限艺术可能性自由敞开'的自觉意识下,为文学的发展提供更多的艺术可能,并最终趋向各民族文学的书写与语演、形式与表达、审美与体验等一系列'艺术异质性'的呈现。在多民族文学的创造性阅读中,抵达并领悟多民族文学的语言艺术并与之进行沟通与交流,最终绘出一幅中华多民族文学的艺术图景。"[1]论者对"多民族文学"这一新的历史叙述概念在一个相当广阔的背景上进行了检视和分析,文学与传统、文学与文体、"族群间性"等重要的问题都进入了他的视野,这就把过去"附录式""补充式"的"少数民族"文学研究转换为对文学与文化关系的深度追问,具有深广的启发意义。

总而言之,"多民族文学史"其实就是"多民族文学"价值评价体系的实践化。其多元复合的价值评价必定都是在民族、国家、世界三者关系性体系之中展开。

---

[1] 荀强诗:《多民族文学史观:怎样的"多民族"与如何"文学"?》,《苏州大学学报》2011年第5期。

方法论：

中国当代少数民族文学研究的批评话语

当代中国少数民族文学批评,是与中国少数民族文学相伴而生的一门学问。自20世纪80年代始,随着中国社会历史文化的深度变迁与全面转型,以及西方文化和文艺思潮的持续涌进,中国当代少数民族文学批评不论是文学审美旨趣、文化价值观、艺术精神境界,还是文艺批评观念、批评方法、批评话语等方面都发生了重大变革。中国少数民族文学批评也由过去的"民间文艺论""政治分析""阶级分析",以及"照顾批评""牵就批评"等状况,不断提高到了"文艺美学批评""民族文化阐释""宗教美学批评"等层面。[①]其文学批评研究,开始运用历史学、文化学、民族学、社会学等文化研究、民族研究、历史研究等方法进行综合考察。进入新世纪以后,在多元文化对话与交流中,一直试图建立一套少数民族文学批评研究的理论体系,多角度、多层次建构批评框架,从整体高度来审视个体作家和作品,并挖掘其本身的价值和意义,少数民族文学研究一直在寻求民族文学研究方式及理论话语的更新和转型。从具体的少数民族文学现象出发,关注多元文化对民族文学的影响而形成的独特性,并从文本存在形态和恰当的角度研究其所承载的社会文化因素以及转换为文学性的内在机制,自觉地借鉴和引入民族志人类学、民俗学、宗教心理学、比较文学、原型批评、女性主义、后殖民批评等批评理论和方法,对当代少数民族文学创作进行多维观照,融汇已有学科交叉理论资源,在跨民族、跨语际、跨学科、跨文化视野中给予审视、评价,既全方位展示了少数民族文学创作的成就,又可以建构综合性、多样性的民族文学理论批评研究的别样景观。而且,诸种批评研究方法以及隐藏其后的观念形态,不仅可以刷新少数民族文学研究的视野,丰富少数民族文学研究手段,也给中华民族文学批评研究一些新的、富有意味的启示。

一、少数民族文学审美研究

文学的世界是审美的世界,文学的本质是审美。审美,包括审美主体与审美客体及其二者的关系。它首先应该是文学创作主体对客观世界进行一般的

---

① 罗庆春:《转型中的构型——论中国少数民族文学批评当代转向》,《西南民族学院学报》(哲学社会科学版)2002年第8期。

审美观照并将主体审美感受用艺术符号进行标识传达,形成作品,而后才有艺术审美的可能。

从审美的意义上说,文学创作是创作审美主体与审美客体关系产生作用的审美活动并传达主体审美感受的流程。审美客体是广阔的物质世界和人类社会,以及创作审美主体个体经验的生活、意识、潜意识等等,一旦审美主体对这些事象和意象加以审美观照,这就是审美。然而,审美主体绝不满足于此,他还要把自己的独特审美感受以独特的方式传达给别人。这个过程就包含着艺术或美的创造。结果必然产生艺术产品,为文学欣赏提供审美客体,也就是再生出新的审美客体。总之,"在文学创作和欣赏的过程中,就主体言,创作主体对欣赏主体是一种传达,这种传达制约欣赏主体的审美意象和审美理想;欣赏主体对创作主体则相反,是由表及里的逆回,即所谓'以意逆志',以及一定的超越客体本体和创作主体审美意向的态势。就客体言,它首先表现为客观世界一切能进入审美意识和范畴的事象和心态,其次表现为客观现实与创作主体审美判断相结合并通过艺术表现而传达的艺术品,这时一般是指它在一种客观的静态存在中,当它进入欣赏时,表现为作品与现实世界参照中的供欣赏审美主体观照的混合客体。在审美中,主体与客体都是不可或缺的。"①向云驹从文学创作和欣赏入手,先从一般意义上对文学的创作审美主体和客体向文学的欣赏审美主体与客体演进形态进行了考察。然后,着重论述了以族别为准,跨越民族界限,审美主体对以汉语形式表达的少数民族文学这类审美客体的审美观照及其审美机制。对于民族文学欣赏审美主体而言,少数民族文学的繁荣无疑极大地满足了人们复杂多元的审美需求。通过审美客体(作品)这个媒介,欣赏主体对陌生、新奇、神秘而又丰富多彩的少数民族生活进行感知,作品的题材、内容、主题和艺术形式等就是他们的重要途径。对于审美活动中的民族意识影响机制,他认为民族意识决定了民族作家作为创作审美主体在审美和艺术创造中的民族情调与色彩。民族的审美意识赋予和制约着创作主体特定的审美标准与理想。少数民族文学创作主体有着与同一性民族丰富形态相应的不同个性,自觉

---

① 向云驹:《论少数民族文学的独特审美机制》,《黑龙江民族丛刊》1986年第2期。

的民族意识、民族审美意识的特质与创作主体对社会、人生普遍意义的独创性思考,往往会使他们的文字作品具有一种多元繁复的内涵,使不同民族、不同阶层、不同欣赏水平的审美主体获得不同的审美感受。

后来,朝戈金也就民族文学中的审美意识问题做了专题阐述。他认为,审美意识就是感觉、表象、联合、想象、思考、意志、情感等心理要素的复合体。它的形成有许多互相关联的因素:特定的地理环境对于物质生产方式、风俗习惯、个人的性格面貌、文化色彩以及人种的形成等人类文化活动发生作用;经济生活方式比如渔猎、游牧、航海、农业、商业等也会给特定审美意识形成以重要影响;另外,政治制度和文化传统,也会在民族审美意识上烙下自己的印迹;还有图腾崇拜、神话传说、宗教信仰、哲学观和伦理道德观等都会直接影响到民族审美意识的形成。民族审美意识不仅表现在作品的声音(语言)层面,还表现在文学作品所展示的"世界"——事件、人物、背景上,也就是民族性格、素材、题材、风景画和风俗画等等上。民族在长期的发展过程中所形成的审美趣味,经过反复积淀,已沉入了民族成员的意识深处。[①]这些论述,或从宏观的美学理论出发,或从中观的民族审美切入,对于什么是文学审美对象,审美主客体及其相互关系,审美的发生机制、审美意识的生成等方面做了必要的理论阐述。那么接下来的问题是,什么是文学的审美批评?

文学批评便是对艺术世界的审美批评。对于任何文学作品来说,审美批评是其首要的批评,其他文学批评都是建立在审美批评的基础上。所谓审美的批评,是一个较宽泛的概念,包括审美心理学、审美社会学、审美哲学等等,但其原则前提都是相同的:首先必须是审美的,其特点是重视文学作品的内部构成和艺术形式,比如写作技巧、写作手法、叙事方式、结构、虚构、想象、联想、语言、风格、意象、形象、修辞、文体等,强调文学的审美性以及文学作品对人的美感作用。否则便可能异变为心理学、社会学、哲学、政治学的批评,与文学相去甚远。因此,文学批评必须面对艺术世界,必然面对人的心灵、感情,是给人以美感而自身也内蕴、发散着美感的审美批评。

[①] 朝戈金:《民族文学中的审美意识问题》,《民族文学研究》1994年第2期。

"在文学审美批评传统中,文艺美学的批评模式一直占据着统治地位。在现当代发展阶段中,受形式主义和结构主义等相关理论的影响,文艺美学的审美批评强调文学性,苛求文本的创作形式,崇尚唯美主义的文学审美原则;而政治美学的文学审美批评亦有其历史渊源并在其当代发展中一度有取代文艺美学占统治地位的趋向。在后结构主义和解构主义等相关理论影响下,政治美学审美批评更加关注文学与其他学科的通约性,文本的内容、文学话语的权力、人性美与秩序美和意识形态则成为其追寻的目标;在当代,学术界又开始走向'审美回归'的发展道路,意在为审美正名的同时,在新形式主义的影响下,该趋向讲求审美与政治、形式与现实、美学原则与社会关注之间的平衡,将文艺美学和政治美学融为一体,摒弃各自的弊端,'审美'与'审丑'并举,使形式与内容两者有机地达成统一,为人的终极价值追求建立起当代文学审美批评的新范式。近年来诺贝尔文学奖作家的文学审美批评是最具说服力的例证。"[①]很显然,论者在他的论述中对中国文学审美批评传统和当代走向的把握还是很清晰的。不论是作家还是批评家在创作或批评实践中所采取的审美态度,不论是形式还是内容相互统一,都要将文学审美批评引到一个新的阶段,而非像过去那样界限清晰且互不相容:文艺美学批评只讲形式而轻视内容,政治美学则只关注文本与其外部的相关联系而忽视文本的内在结构。在现实的语境中,既强调文艺美学角度下文本自身的文学属性,讲求愉悦感和崇高感,又倡导政治美学视域中的人性美和社会秩序美,且将二者有机地结合在一起,才能在文学作品的审美批评中做出较为合理的审美评价。汉民族文学审美批评是这样,相同语境下的少数民族文学审美批评也不例外。

相同的问题,早些时候便有人意识到。审美批评方法之外文学批评中,社会文化批评占绝对的优势。该方法历史悠久,体系严密,从方法到观念都较为成熟。审美批评虽也有悠久的历史,其理论价值也为大家所认同,却很难产生同社会文化批评那样广泛的社会效应。既然审美是文学最重要的特征也是最基础的特征,那么审美批评对于文学批评来说就是不可或缺的,正如别林斯基

---

① 胡铁生、宁乐:《文学审美批评传统及其当代走向》,《甘肃社会科学》2019年第1期。

所说:"当一部作品经受不住美学的评论时,它就已经不值得历史的批评了。"文学批评首先是审美批评,然后才是其他批评。但是,"受制于高校文学教育体制,中国当代文学批评总体上很不成熟。这种不成熟主要表现为审美批评的缺失和混乱。中国当代文学批评主要有社会文化批评、审美批评和现代批评三种模式。当前社会文化批评是文学批评的主流和主体,审美批评则地位尴尬,虽然理论上大家都承认它的价值和作用,但实际上其受重视程度不高、影响也有限。文学最重要的特性就是'文学性',即泛审美性,所以,审美批评是首要的批评,其它文学批评都是建立在审美批评的基础上。当今中国文学批评中,真正的审美批评还相当欠缺。重建当代文学审美批评,首先要充分学习古今中外审美批评的经验,其次要在学习的基础上,进行新的整合、丰富发展并系统化,从而形成新的审美批评体系。文学的审美特征、呈现方式、写作技巧、文体、语言文字是文学审美批评最重要的问题"。[①]这些很有见地的论述,因为现实风气和批评功利等多种因素,并未引起更多的响应。现在看来,随着时代的变迁,中国文学越来越回归文学本位,越来越回到文学审美,文学的审美性应当成为包括少数民族文学在内的当代中国文学批评的中心和主体。

少数民族文学的审美研究,其发展轨迹虽与汉民族文学基本同步,但审美价值基础却是有其特殊性的。那么,少数民族文学审美价值基础的特殊性究竟表现在哪里呢?最为重要的表现就是陌生化的审美效果。"陌生化的审美效果主要是指通过新奇、独特的文学样式或者是文学内容给审美体验者在审美的过程中造成一定的审美距离,但是随着审美体验者审美经验的不断增加,在审美深层次和本质上能够与作者达到内心的共鸣。对于少数民族文学的审美来讲,就是文学中体现出来的个性以及民族性,但是这都是少数民族特有的,能够产生审美的独特品质。"[②]少数民族文学的陌生化既是少数民族文学家进行创作的基础,又是民族作家反映民族个性,引起审美体验者共鸣的重要途径。少数民族作家通过独特的文学表达方式来对少数民族生活进行描述,审美体验者由于

[①] 高玉:《重建当代文学审美批评》,《社会科学》2012年第1期。
[②] 孔令辉:《少数民族文学中的民族情怀与审美价值基础》,《贵州民族研究》2015年第2期。

对少数民族文学反映的生活好奇而进入体验,最后完成由陌生到熟悉的体验过程。陌生在深层和本质上契合人们经验的内在感同、联想,唤起心律和情绪的共振共鸣。"陌生,是本世纪初形式主义文学提出的一个命题。从陌生的视角切入,对把握当代少数民族文学的审美价值基础及其价值定向有重要意义。少数民族文学审美价值的发现、定向和创造,经历了一个由人及己,由外向内,由此及彼,由内容而形式,由单一到多元的过程。陌生,从审美效应和审美的艺术原则到艺术创造法则,是少数民族文学审美价值的基本内核。民族的存在是长期的,民族文学的陌生基础——地理的、经济生活的、社会历史的、文化传统的、语言的、心理素质的——也会长期存在。民族文学作为中国文学的多民族构成的具体形态,就仍然有着独特的审美价值和审美价值的特定内涵。"[1]民族、地域的自我辨识,导致审美价值发现,不同民族的心理、文化、地理上的边界就是习常和陌生的交界。把它们作为文学书写的内容或形式,本身就是具有审美效应的。换句话说,自然风光、民族习俗、宗教信仰、服饰喜好、民间文学……都具有文化陌生的审美价值。由于人们认知的有限和求知好奇的无限,民族、地域文化的差异通过文学作品传达给另一民族时,轻易地就实现了从习常向陌生的转化,也就实现了文学审美的目的。显然,少数民族文学的陌生化与少数民族文学的民族性和独特性是分不开的。

少数民族文学审美批评的具体展开是多层次、多角度的,很少有那种单纯的审美研究。有的从与民俗、民间文学、民族生态、宗教等的关系探讨,有的从不同民族、不同文体特征上展开,有的从形式实验、叙事空间等新锐美学元素切入,共同构成了当代少数民族文学审美批评的基本面貌。

民俗,作为文化现象,它具有鲜明的地域文化特征。民俗作为历史活动积淀的成果,作为一个民族审美的创造物,它总是按照美的规律来行进的,自然便成了民族审美的特定对象。可以说,民族审美的功能几乎全部都由民族民俗承担起来的。对于文学创作来说,民俗不仅仅是文学创作的原始生活材料来源,更是激发每个民族作家文学创作的民族审美心理的构成。有学者对此曾作过

---

[1] 向云驹:《陌生:当代少数民族文学的审美价值基础及价值定向》,《民族文学研究》2001年第3期。

研究:"民俗与文艺学之间存在着独特而不可忽视的联系,它为美学提供了一道亮丽的色彩,铸成了文学审美的民族心理。民俗不仅是文学的背景材料,更是文学民族性、人文性、情感性的审美体现,应该说,民俗对民族文学的审美心理具有深远的影响。"[1]民俗的人文性和民族性无疑暗合了具有人文精神的文艺美学的审美需求。民间习俗与美学之间的独特互动关系,是研究民族文学的一个重要的内容,它以其丰富的文化内涵和民族特色,引领人们进入独特的民族审美世界,展现别具一格的文学审美心态。

在少数民族文学审美研究中,还有一部分内容是指向各民族民间文学的审美特征的。有论者从民间文学表演文本的审美活动着眼,从民间文学中表演文本自然状态下的审美活动,表演文本中群体在场的审美方式,不断延续的审美体验,植根于民族和民众的审美形态等多个层面分析了表演文本的审美特征。表演文本并非单独形成,而是由大众性的表演活动所构成的,表演文本的整体形式具有同步性,在表演过程中不断丰富与创作,是集体智慧的凝聚。作为常见的民间文学,与作家文学相比,其所蕴含的审美特征是民间生活的真实映照,在创作与传播中会有一些物质生产活动的伴随发生,审美主体与客体之间并没有距离之感,受民间文学审美作用的影响共同塑造。最后又通过演唱等民间文学表现形式,将其所蕴含的艺术性与民族特性呈现出来。[2]这种特殊的视角对于少数民族文学特别是民间口头文学的研究还是有一定启示意义的。

除此之外,少数民族文学审美批评研究的成果还体现在一些地域和民族文学研究方面。马燕以西部地域为限,以少数民族女性作家创作为中心,研究西部女性文学创作的审美特征:"西部少数民族女作家的创作,虽然处于双重边缘化的位置,但其鲜明的民族性、地域性、历史性、时代性等审美特征,不仅使她们的作品体现了深厚的民族文化底蕴,而且充满了浓郁的民族审美风情,构筑了中国当代文学创作的一道亮丽的风景线。"[3]女性作家对本民族文化的理解与认知、特有的思维及民族语言等方面的优势,给西部少数民族女性作家创作带来

---

[1] 陈永春:《民俗与民族文学审美研究》,《内蒙古民族大学学报》(社会科学版)2010年第6期。
[2] 林丽:《民间文学的中表演文本的审美特征》,《作家天地》2019年第2期。
[3] 马燕:《试论西部少数民族女性作家文学创作的审美特征》,《中华女子学院学报》2004年第2期。

更多的灵感,也使她们的创作富有独特的审美特征。论者认真审视了独特而鲜明的民族审美特征,奇异的地域审美情趣,始终为女性而高扬的审美理想色彩,对历史的观照所表现出的理想主义的审美情怀,多元文化背景中富有时代色彩的审美特征,认为西部少数民族女作家的成长,不仅得益于民族传统文化的丰富,而且得益于时代的多元与宽容。她们以其充满理性主义的情怀和深刻的人文关怀,植根于民族文化的沃土,回顾着民族的过去,感悟着时代的巨变,关注着民族的未来,充分展示了少数民族女性文学审美的独特性。马有义在考察中国当代回族文学文化成因的复杂性,并把它放到多民族文学之中,与其他民族文学进行比较的时候,确认了回族文学呈现出的一些独具个性特质的审美特质。他肯定了过去在评述回族文学时常常感到的无奈和尴尬,已经被现在的繁荣局面所取代。因为在中国当代文学大开放的态势中,回族文学的开放是必然的。一方面作家视野的开阔、信息渠道的快捷与多元为他们的创新提供了可能;另一方面,作家主观上的努力与探索精神,使他们不断地超越自己。而且,只要清楚地认识到回族文学的审美特征,并且运用科学的观点去加以引导,必然会带来回族文学新的繁荣。他概括了回族文学审美特质的主要体现:"中国当代回族文学由于其复杂的文化成因,呈现出鲜明的审美特征,主要体现在民族文化的多元性与文学题材的丰富性;艺术蕴涵的苍凉美与人物形象的崇高美;文学色彩的民族性与独特的宗教性;文本内容的地域性与艺术形式的开放性。"[1]论者对于回族作家作品审美特质的认识是准确且具有代表性的。显著的地域、宗教、历史、文化因素构成回族文学审美复杂的文化成因。张承志、霍达、马瑞芳等回族作家的创作实践,证实了他们关注的不只是自然的地理环境,更看重的是在这区域中不同的特殊人文环境和问题。因此,当打开这类作品时,那股浓烈的西北味儿就会扑面而来,给人以独特的审美享受。同样,霍达作品的京味、宁夏作家的塞上风光、青海作家的高原气息时时令读者流连忘返。

  作为地域性民族文学审美批评研究,周旭方、吕颖以李生滨、田燕等人的《审美批评与个案研究:宁夏当代文学论稿》(下简称《论稿》)为基础,认为著者

---

[1] 马有义:《中国当代回族文学的审美特征》,《青海社会科学》2005年第4期。

把文学审美性研究化入多民族地域当代文学的研究中,把多民族地域社会环境作为文学创作与研究的动力,对乡土、底层、民族、现代性进行了深刻的反思,既是人文情怀之所在,也是对多民族地域文化取向的积极思考。著者在宁夏文学研究中选择"苦难"这一议题,并对苦难有透彻的辩证认知。表达苦难,超越苦难,以乐观的精神在细密的叙述中咀嚼生活悲苦而诗意的滋味,是宁夏文学与众不同的美学韵味。《论稿》实现了苦难与诗意的圆融,张贤亮的伤痕和苦难在'明天意识'中转化为哲理,把苦难的洗礼当作迈向崇高的征程。西海固文学中因贫穷而承受的苦难,终以积极的意念高唱为人生礼赞。漠月笔下大漠深处的艰难行走,成就了开阔胸襟和抚慰温情的暖意。马金莲女性书写中主体生存的苦难,在女性的柔韧中升华为平和的生命诗意。了一容漂泊流浪的心灵苦难,在生硬艰涩中坚毅前行。苦难不仅仅是一种纯粹的肉体承受,更是加诸灵魂的形而上体验,《论稿》成全了生命苦难多向度的存在,是文学苦难审美的深化。俄国著名思想家、哲学家列夫·舍斯托夫也认为,'美学思想观照下的苦难之所以闪现美的光芒,是因为苦难会在苦难者的审美意识中回归为一种美,当苦难成为审美的内容时,其含义会发生变化,苦难的内容甚至会被取代'。在宁夏当代文学诸多书写中,苦难为文学创作提供了广泛素材,但这些作品并没有一味囿于苦难,而是通过生活苦难抵达哲学思考的远方和文学审美性的宏阔彼岸。"①把宁夏当代文学置于多民族视野与现代化语境中,无论是乡土叙事还是底层叙事,对苦难审美特性的确认,对底层"沉默的大多数"人群的审美关怀,对于宁夏当代文学乃至其他民族地域的当代文学审美批评具有非比寻常的意义。

中国当代少数民族文学审美批评的展开,也反映在对各种文学体裁的审美研究上。小说、诗歌、散文、戏剧作品的审美批评,虽非皆有涉及,却是中国少数民族美学研究的一个重要实践活动。这里仅以小说为例来做一些描述。当代少数民族小说取得巨大成绩并呈现鲜明独特的审美特色,为当代少数民族美学研究提供了丰富的审美形态。但在以往少数民族文学美学研究中,还没有对当

---

① 周旭方、吕颖:《〈审美批评与个案研究:当代宁夏文学论稿〉的价值思考》,《宁夏大学学报》(人文社会科学版)2018年第2期。

代少数民族小说审美特色作系统研究。因此,杨彬聚焦于当代少数民族小说的审美论域,作出了自己的判断:"当代少数民族小说的审美特色可以从审美主体、审美追求、审美对象、审美意象等论域进行研究。作为的审美主体的少数民族作家承载着自己民族的历史、文化和心理,他们在为自己民族写作时,极力表现自己民族的内核,写出自己民族独特的精神。其审美追求具有浓郁的民族特色和宗教特色,其审美对象包含少数民族的风俗画、风情画和民族的心灵世界。其审美意象既是在少数民族的文化中建构的,又通过少数民族作家的主体化创造得到新的发展。这些论域可以完整而深入的研究当代少数民族小说的审美特色,从而从整体而非部分、从全面而非单一对当代少数民族小说进行审美研究,这将是当代少数民族小说审美体系建构的一种有利尝试。"[1]

也有论者具体考察了少数民族小说审美特质形成与仪俗的关系,认为仪俗在优秀的少数民族小说作品中并不仅仅是作为文化饰品来点缀民族风情,它与小说的审美意蕴、叙述方式、主题结构等各方面都具有复杂而深层的联系。研究当代少数民族小说中的仪俗所体现的民族审美内涵,在文化传统与小说文本的双向交流中,探讨小说文本是如何通过仪俗来构建自己的民族审美意蕴的,可以为挖掘并论证民族文学的独特性提供一个新的途径,同时也为读者理解、阐释少数民族小说提供了新的视角。"民族文学有其独特的审美特质,这一点得到了大多数研究者的认可。然而,独特的审美特质何以形成、何以体现等问题却较少得到系统的研究。由于仪俗不但是民族文化传统、民族精神的主要载体,也是民族文学中无法回避的书写逻辑,因此,以仪俗为切入口,探讨仪俗与少数民族小说审美特质的形成之关系当是一个较为合理的研究路径。研究发现:通过仪俗书写,少数民族小说在地理空间(文化空间)、生态空间、无意识空间以及空间结构等方面,形成了其复合而独特的空间美学特质。"[2]这里之所以强调"小说"中的仪俗,是因为文本内和文本外的仪俗同中有异,不可等一视之。

还有的鉴于少数民族小说研究仍停留于小说新理论层面的宏大思辨上,少

---

[1] 杨彬:《当代少数民族小说的审美论域》,《湖北社会科学》2013年第4期。
[2] 傅钱余:《论仪俗与当代少数民族小说的审美特质》,《西华大学学报》(哲学社会科学版)2013年第1期。

有投入实践层面的创作研究和批评,包括对"中华多民族文学"一体多元的审美神韵的开掘、对繁复的形式意味的辨析;热衷于认"同",无视55个少数民族文学较之汉民族文学在形式审美意义上仍处于弱势,消解了对"中华多民族文学"大理念中的少数民族文学必要的独特的审美观照,因此试图从当代少数民族小说的形式研究出发,探寻民族审美的可能性,寻找新的学术增长点:"应着重研究少数民族作家的汉语写作如何从'汉化'话语体制的惯性与束缚中突围,辟出新境:回族作家张承志深知'母语的含义是神秘的',却仍倾力传递语言下基于少数民族传统与文化方可意会的心理气质,'让自己写出的中文冲出方块字',赖有民族情感血浓于水的浸润,那一个个司空见惯的汉字蓦然间'闪烁起不可思议的光',亮出'朴素又强烈的本质之辉';藏族作家阿来则凭藉'两种语言笼罩下呈现出的不同的心灵景观',从那些在藏语乡野中流传于口头的语言、故事,而非带上了过于强烈的佛教色彩的藏族书面文化或文学传统中,领悟'藏民族原本的思维习惯与审美特征',从而更其朴素而又深刻地把握时间、呈现空间。恰是对那'在两种语言间的不断穿行'所产生的异质感与疏离感的适度驾御,扩大了其作意义与形式空间的张力;佤族作家董秀英则更多地依托于阿佤山双语混杂的语言场,尝试从吐露于佤族唇舌间的活性态口语中汲取重铸汉语的灵感,促使那粗莽拙野却又元气淋漓的母语与充分成熟、乃至于益趋繁缛的汉语交融混血……正是这些先驱者,引领着更其年轻的少数民族作家走出了'难言''失语'的困境。"[1]努力凸显中国当代少数民族小说创作的个性特征与群体风貌,注重在形式层面上对中国当代少数民族小说的深层次蕴藉予以审视,力求凸现其独特的、对当代汉语写作有着深刻启示与互补功用的审美意蕴。这些独具慧眼的观点,不仅令人耳目一新,而且对于当代少数民族文学审美批评疆域的进一步开拓,具有重大意义。

---

[1] 张直心:《探寻民族审美的可能性——当代少数民族小说形式研究断想》,《文艺争鸣》2010年第10期。

二、少数民族文学社会学研究

文学除了叙述故事、抒发情感、宣泄情绪，也可以"考见得失""群居切磋"。春秋战国时期，孔子关于诗可以"兴、观、群、怨"的论述中，即包含社会性期待和需求所形成的文学的附加功能。古罗马的贺拉斯所提出的"寓教于乐"的主张，也说明文学对于所产生的时代和社会，不仅可以愉悦人的性情，同时也可以引导、规范群体的道德行为，维护群体利益。因而，从历史发展的角度来看，在文学研究中，社会的、时代的内容是其必不可少的组成部分。这也就导致了对文学的社会学批评观的形成。王志耕通过考察、梳理国内外关于文学与社会的关系理论演进过程，认为"对文学的批评从原初开始即有社会影响及时代认识的诉求，这种诉求也塑成了文学的社会历史品格，成为推动文学创作的一种有力的需求性动力"。[1]从历史发展的角度看，社会的、时代的内容，在文学的阐释中直接导致了文学社会批评观的形成。

社会学批评作为一种自觉的批评理论，应当说起始于19世纪的法国。最早的社会批评文本当数斯达尔夫人的对文学与广义的社会制度的联系及互动关系的考察。另一位被视为"社会学派"的艺术理论家泰纳，则将文学艺术看成是人类所建立的道德形态之一，而有助于产生这个基本的道德状态的是"种族"、"环境"和"时代"三要素，他试图将文学的本质在特定的语境因素中加以确定。如果说法国人从社会环境与艺术的关系上确立了社会学批评理论，俄国人则是将道德维度和改造社会的责任引入这一理论，并在具体的批评实践中为这一方法的丰富做出了实质的贡献。其中值得一提的是托尔斯泰的艺术观，因为他毕生除了文学创作之外，一直致力于建立他独特的道德社会道德批评模式，他将道德视为艺术的首要衡量标准。而实际上，文学对于社会的影响，恰恰可以综合为一种道德行为，道德就成为社会学理论的根本诉求。所谓文学的道德诉求，就是要求文学应遵循提升人类精神品格的准则来实现其存在的意义。

作为俄国社会批判的奠基者，别林斯基认为文学就是对现实生活的再现，

---

[1] 王志耕：《文学社会学批评理论的演进》，《文学前沿》2005年第1期。

但他并不认为艺术只是社会现实的某种附属物,他有着对艺术自足性的认识。车尔尼雪夫斯基则更为明确地将文学与人类社会活动以及特定群体的倾向性联系在一起。在他看来,美就是生活,艺术的美将永远隶属于活的现实。只有那些在强大而蓬勃的思想的影响之下,只有能够满足时代的迫切要求的文学倾向,才能得到灿烂的发展。[①]这种文学社会批评模式即使在批评方法多元化的20世纪仍然是最主要的艺术批评模式之一,并且这种批评从19世纪较为单一的对环境、时代道德倾向等因素的关注,转向了对文学与社会之间更为隐秘的深层关系的探究。

建立在马克思主义的社会批判基础之上的卢那察尔斯基的文学社会学批评理论认为,社会学的批评是在社会学的基础上考察文学的发展规律,而不是以社会规律代替艺术规律。文学艺术与社会的联系是通过复杂的"社会阶级结构"所产生的"阶级心理"来实现的。卢卡契则将社会学批评理论推向一个新阶段,他的社会批评方法已经从对艺术与社会的一般联系的关注转向了意识形态批判,他不是将文学艺术作品的批判功能局限于内容之中,而是将文学艺术作品视为一种对现实的整体性批判。受卢卡契的影响,法国批评家戈德曼提出了"有意义的结构"概念,即在文本、创造文本的个人主体、作为社会文化成分的超个人主体等三重系统之间,存在着同构的关系,而构成文学艺术作品不同元素之间的必要关系的聚合,从而导致意义的发生。

无论环境、道德还是结构,都是社会学批评在一种综合语境下揭示文学意义的有效维度。包括少数民族在内的文学评论家,在中国当代语境当中,始终在运用各种文学社会学观念,关注于文本对社会的投射,以及与社会各种因素发生关系时自身的价值建构。因此,对于中国文论家或少数民族文论家来说,文学社会学批评理论是有效揭示文本价值的一种理论。不过,理论具体的运用,在新中国开始后的27年内,侧重于马克思主义社会历史研究方法在文学领域的具体实践形态,哲学基础和核心理念是马克思主义唯物论,以及文学是对

[①] 车尔尼雪夫斯基著,辛未艾译:《俄国文学果戈理时期概观》,《车尔尼雪夫斯基论文学》(上卷),上海译文出版社1978年版第547—548页。

社会生活的审美反映并反作用于社会生活。到了20世纪八九十年代之后,由于对西方文学社会学理论成果的吸收,研究的视角更加开阔、多元一些。

现代诗人、文学评论家张光年于1982年1月3日在全国少数民族文学创作发奖大会上的讲话中说道:"我们的文学应当是民族团结的凯歌,应当更有助于加强各民族的大团结。凡是在加强民族团结上作出了显著贡献的作品与作家,都是值得我们尊重和感谢的。加强民族团结是各民族文学的长久主题。没有社会主义的民族大团结,我们要建设高度物质文明和高度精神文明的社会主义强国是不可能的。我们的文学力求社会主义内容和民族形式相结合,表现出鲜明的民族特色:既能表现出我们中华民族共同的民族精神、民族性格的基本特点,又能展示出我国各族人民在民族生活、民族性格上,艺术形式、艺术风格上各自的鲜明特色,这才是我国多民族的社会主义文学百花齐放的壮丽图景!"[1]很明显,讲话中对少数民族文学的要求,就是从文学社会学观念出发的。少数民族文学创作除了艺术形式、风格要求之外,还应该"社会主义内容和民族形式相结合","有助于民族团结",有助于"社会主义强国"的建设。从这种观念中我们不难看到泰纳、车尔尼雪夫斯基、戈德曼文学社会学思想的影子。1970年代末至1980年代初,民族国家的政治、经济、文化语境,决定了该时期的少数民族文学创作观念、研究方法在很大程度上适用文学社会学理论范畴。

李丛中也在较早的时候便注意到民族文学的研究方向在向作家文学方面转移的同时,在研究角度上也产生了新的变换,新的转移。值得注意的就是,文学社会学的研究角度有了深入和发展,并取得显著的成果。他认为,随着新中国的建立,各民族人民的翻身解放,各民族政治地位的提高,经济的发展与繁荣,翻天覆地的政治变革,新人新事的大量涌现,以及党对文学新人的大力扶持,对民族文学的热情关怀,各民族才有出现自己作家的社会前提,作家文学才有丰富的创作题材,民族作家文学的产生才有社会基础。而这一切,"只有从文学的社会性的角度去理解,去阐发,才能把握住解放后民族作家文学的特点和

---

[1] 张光年:《祝多民族的社会主义文学百花齐放——1982年1月3日在全国少数民族文学创作发奖大会上的讲话》,《民族文学》1982年第12期。

本质,是时代,是社会,造就了一代民族作家;是生活,是斗争,为民族作家提供了丰富的创作源泉。因此,民族的作家文学,必然带着一种与生俱来的强烈的社会性、政治性"。①当然,论者也注意到,就民族文学自身来说,由于社会性、政治性的过分强烈,又可能存在着削弱文学自身特性和功能的危险,所以应当作具体的分析和估量。也有论者专文论述少数民族文学在建构多民族国家统一体和强化国家意识形态上的社会功能,"建设社会主义精神文明,少数民族文学负有添砖加瓦的光荣职责。因其既为文学的一个方面,勿庸置疑地以独特的审美意识对建设新世界的人们(尤其是少数民族)起到惊醒、感奋、激励和鼓舞的作用,对人们文化素质的提高起到催化和促进的功能"。②艰苦奋斗、积极进取、赏善罚恶、爱憎分明、团结友爱、互相关切、大公无私、英勇献身,这些良好的社会主义精神情操的大力弘扬,应该成为当代少数民族文学作家的自觉社会责任。

除此之外,爱国主义话语在少数民族文学研究中也占有重要的位置,许多学者都有撰文论述民族文学中的爱国主义主题。晓雪在谈到新时期少数民族文学创作的思想艺术质量和总体水平的突破与提高的主要表现时说:"新时期的少数民族文学创作,一方面继承和发扬了建国以来我国新文学紧扣时代脉搏、反映历史巨变、高唱爱国主义和社会主义赞歌的优良传统,另一方面又摆脱了'阶级斗争工具论'的束缚,避免了文艺简单地'从属于政治'的弊病,不同程度地防止了过去曾一度出现过的单调刻板、机械划一的'假、大、高'的流风和公式化、概念化倾向,不断突破禁区,拓宽题材领域,开阔思维空间,从而得到了健康的日益丰富多彩、蓬勃兴旺的发展。"③实际上,在许多学者的相关论述中,爱国主义是中国少数民族文学的"优良传统",是中华民族精神的集中体现,已经获得大家共识。少数民族文学创作和研究中的爱国主义话语直接源于国家主流意识形态,它和爱党、爱社会主义、爱人民一样成为少数民族文学的基本主题,也是判断少数民族作家作品先进与否的重要尺度,即文学社会学研究尺度。

---

① 李丛中:《方向的转移与角度的变换——对当代民族文学研究的一管之见》,《山茶》1988年第4期。
② 农学冠:《少数民族文学与精神文明建设》,《广西民族学院学报》(哲学社会科学版)1987年第1期。
③ 晓雪:《走向新世纪的中国少数民族文学》,《民族团结》1995年第3期。

上述所论,无论是文学与精神文明建设的关系还是与爱国主义品质培养的关系,在要求文学应遵循提升人类精神品格的准则来实现其存在的意义上,正好与托尔斯泰的文学道德诉求的理念不谋而合。

李鸿然在总结新中国成立以来的少数民族文学的创作成就时指出:"纵观三十五年来的少数民族文学,不难发现它的性质、特点和发展线索。在当代中国的社会历史条件下产生、发展的当代少数民族文学,具有鲜明的社会主义性质,是以共产主义思想为核心的社会主义文学。从诞生之日起,它就同我国各族人民的伟大革命斗争和创造性劳动相联系,担负着为民族地区社会主义事业服务、用共产主义思想教育和鼓舞少数民族人民的崇高使命。作为中国共产党领导的社会主义事业的一个组成部分,当代少数民族文学三十五年来的起伏消长是同社会主义事业的起伏消长大体一致的。它在发展过程中曾出现过这样或那样的一些失误,但就其文学主流看,它的社会主义性质和方向一直没有根本性的改变。正因为这样,十年动乱中它才受到林彪、江青反革命集团那么严重的摧残。到了新时期,当我们党提出了文艺为人民服务、为社会主义服务的口号之后,少数民族文学的性质更纯正、方向更明确了。所以,随着社会主义事业的迅速发展,它也很快出现了日益繁荣的趋势。总之,始终沿着社会主义方向前进,新时期加速走向繁荣,形成了三十五年来少数民族文学发展的历史轨迹。这是我国当代多民族社会主义文学的共同特点,也是当代少数民族文学区别于历代少数民族文学的主要标志。"[1]国家意识形态制约着新中国少数民族文学及其研究方法,而且构成少数民族文学总体研究的有机内涵,这也从另外一方面佐证了文学社会学研究方法之于少数民族文学的现实适恰性。论者从国家学术层面基于文学现实的整体评价是符合我国少数民族文学发展和研究情况的,而其研究的社会学角度、方法也是十分清楚的。

对1980年代前后的少数民族文学创作和研究话语稍加梳理,可以发现,这个时期的少数民族文学创作和研讨基本集中在"政党""国家""民族"三大意识形态"有意义的结构"中。中国特色社会主义制度确立的理论基础,国家对少数

---

[1] 李鸿然:《三十五年来的少数民族文学创作》,《民族文学研究》1984年第4期。

民族文学的扶持、重视和推动,少数民族作家对于民族新生活的亲历和美好期待,使得相当长的一段时间内,文学创作目的与主流意识形态获得同一性,社会学研究方法自然也就成了一种主要的文学研究方法。然而,社会学的研究角度,毕竟过分强调了政治与文学间的主从关系,未能充分揭示文学自身的特点和规律。因此,探索新的研究角度和方法,成了后来许多少数民族文学研究者身体力行的追求。有资料记载,1985年8月在乌鲁木齐召开的中国少数民族文学学会第三届年会上,"探索用新的方法研究少数民族文学在这届年会的学术交流中占有重要位置。有的同志提出,不能总是用传统思维模式的社会历史分析方法对个别作家、作品进行单一的分析研究,而是应该从宏观角度、对某一作家群体,某一主题的系列作品或某一文学现象作整体的系统研究;还有的同志提出,用传播学原理研究少数民族文学创作如何更好地引起读者的共鸣问题"。[①]这些记述,已经显示出少数民族文学研究正在挣脱旧有枷锁,努力打开新局面的新思路。

1990年代,顺应中国社会转型和市场经济确立这一时代的发展方向,文学上的转型也逐渐露出端倪,呈现出其作为这一时代特有产物的特征。"少数民族文学也与这个文学时代同步,一起进入转型期,没有也不可能有遁出这个转型的丝毫余地。"文学面向市场经济这一发展特征代表着中国少数民族文学的时代选择,这一选择使少数民族文学转向市场,也愈来愈多地受市场经济的操纵。"少数民族文学的发展在转型期以前相当长时期内一直被置于社会政治或者说话语的中心位置,行政命令式的'呵护'使其端着意识形态的架子。社会转型却使它在市场经济的大潮中寻找并回归自己应处的位置:经济社会的边缘。"[②]但是,由于少数民族地区经济发展的独特性,市场经济意识的隔膜感,地理区域的封闭性,少数民族文学市场转型之路,也就愈显其复杂性。这就要求作为一个少数民族作家主体必须与超个人主体(或叫作民族代言者)保持精神的一致性,将特定的复杂的历史因素和现实需求融入艺术表现,从而在文本中建立起"有意义的结构",这个转型过程与前述戈德曼的"结构"发生程序是契合的。

---

① 王克勤:《开拓·探索·改革——中国少数民族文学学会第三届年会概述》,《民族文学研究》1985年第4期。
② 王炜烨:《少数民族文学:走向自身与面向市场——转型期中国少数民族文学特征的初步研究》,《内蒙古社会科学》1998年第2期。

到了新世纪,有研究者在谈到怎样评价少数民族文学现代转型的时候,仍然觉得:"今天,谁也不能否认的是,中国共产党在少数民族聚居地区的政治实践给少数民族带来了一系列巨大的变革。这些巨大变革的实质是,原来不仅在地域上处于边缘而且在文化上也处于边缘的各少数民族,几乎是身不由己地一下子被拉进整个中华民族共同发展的轨道,加入到共同构建民族国家的现代性宏大叙事中。原来处于古代的时间和边远的空间中的诸少数民族以及其中的个体,随着民族地区的'解放'一夜之间被带进了一个新的时空,跟着整个民族国家机器的运转而运转;他们的整个生活以及对生活的体验在新的时空的构筑之中必然发生新变。这一切,自然会反映到文学中,而文学也自然会以自身的力量参加到民族国家现代性宏大叙事的构建中。"[①]特别是中国社会现代转型,必然会对少数民族人民生活、心理产生深刻的影响,而这些也必然带动少数民族文学书写题材、内容、手法等的现代转变,因此,对于此时的文学批评研究,时代、环境等因素对文学的影响研究仍然是无论如何也躲避不了的。正如刘大先所论:"目前我们国内的55个少数民族是伴随着民族国家的建立而形成的,这中间包含的意识形态不可不察。我们要防止落入狭隘意识形态的泥淖当中,但是很显然,当代少数民族文学与当代中国社会整体的政治态势、经济发展状况以及文化思潮演变的轨迹脱不了干系。"而且,"文学本身就是意识形态的一部分。社会、政治、经济、文化等各种外部条件与文学文本结合的是如此的紧密,以至于它们之间像一个有机体内的血肉的联系一样,令试图分而治之的批评家成了个无从下手的夏洛克。希望将孤立的文本从它的社会语境中析解出来,如同希望从啤酒中提炼出麦粒,注定是徒劳的"。[②]也就是说,文学本身的性质以及文学与外部世界的这种类似于"麦粒"与"啤酒"的关系,就已经决定了社会学研究方法必然成为文学研究的主要方法。

中国少数民族文学研究的社会学方法运用,与推进当代少数民族文学话语发生的民族国家有很大关系。新中国成立之初的民族平等和民族自治的方针

---

① 陈祖君:《论中国少数民族文学的现代转型》,《宁夏社会科学》2009年第6期。
② 刘大先:《当代少数民族文学批评:反思与重建》,《文艺理论研究》2005年第2期。

和政策,决定了作为民族国家重要想象方式之一的中国少数民族文学话语,必然要纳入到民族国家话语体系之中。李晓峰就曾用反向推理的方式,从民族国家对民族民间文学资源的转换,对少数民族作家资源的开掘以及民族国家直接参与对少数民族话语的构建等三个方面,印证了少数民族文学与民族国家政治话语不可分割的联系。"在民族国家话语的规范下,中国当代少数民族文学话语呈现出在民族国家意识形态指向上的高度一致性,民族民间话语的独特性被全部或部分湮没。或许,这是民族国家构建初期每个少数民族的必须付出,但这种付出毕竟使少数民族获得了自己的文学话语权,成为中国多民族文学构建中的重要元素,从而为一个全新意义的中华多民族文学的巨厦铺设了基石。"①从民族国家的角度,民族国家只有推进少数民族文学话语的建构,才有可能做到民族国家话语与少数民族文学话语的高度整合,或者实现民族国家话语与少数民族文学的成功嫁接。但从民族文学的角度上看,各少数民族的文学也正是借民族国家话语的建构的欲望才实现了自我表述的目的。

除了上述关注的民族国家政治生活对少数民族文学创作及其批评的显著影响以外,国家的经济形势对少数民族文学的创作和批评研究的影响也是不容忽视的。2006年7月,在青海西宁举行的"第三届中国多民族文学论坛"上,又一个专门的讨论命题就是:经济开发与少数民族文学创作。这表明中国少数民族文学创作和研究与经济社会发展的密切关系问题已经引起越来越多学者的关注。同时,也让我们欣喜地看到了各少数民族文学发展与整个国家经济社会文化的发展日趋同步。市场经济条件下各少数民族在国内外经济活动频繁增加,各民族在商业活动中相互利益关系的自觉调适,各民族人民生活水平的不断改善和提高,在研究消费社会的文化影响与当地少数民族文学发展的关系时,我们不得不考虑这些。这些与当下中国的经济社会生活分不开的现象,顺理成章地成为少数民族文学中的叙事主题。"在少数民族文学作家看来,作品中民族性的自我完整表现是最为重要的,民族的传统、民族的习俗、民族的宗教和民族的个性精神等等。但要注意的是,经济发展带来的消费文化在我们的少数

---

① 李晓峰:《论中国当代少数民族文学话语的发生》,《民族文学研究》2007年第1期。

民族生活中产生着一定的影响,虽然由于地域的分布和经济发展的不平衡这种影响是有差异的,但是消费主义文化对中国少数民族日常生活的影响已是一个无法回避的事实。"[1]当代少数民族文学中的叙事主题往往是与中国的经济社会生活分不开的,少数民族文学中的有关经济、生存、未来的想象和表达,更多的是通过对国家经济发展的期待来完成的,少数民族文学中的共同体发展想象实际上就是国家想象。

西南边疆民族学者张永刚则用后现代形成的多元文化观念,思考西南边疆少数民族文学与后现代的相互关系,他认为:"后现代形成的多元文化观念拓展了西南边疆少数民族文学的主体空间;后现代增强了文化资本也增大了西南边疆少数民族文学的写作动力;后现代改变了文学传播方式,为西南边疆少数民族文学带来了创作新环境。看到这种相容性带来的机遇,可以更好地促进西南边疆少数民族文学发展,实现合(和)而不同、多元共通的文化交融。"[2]他的思考,仍可归于一种对文学文化环境的社会学研究。无论是人们的生活,还是当代少数民族文学,后现代毕竟已经到来,后现代文化影响正在发生。在这样的文化面前,我们不要将发端于西方发达资本主义社会的后现代思潮,视为与中国较为落后的民族地区文化相左的洪水猛兽,也不要视之为救世福音,而是要辨其利弊,汲其精华,在后现代思潮中追寻本土化、民族化的文学批评话语,推进中国少数民族文学创作与研究。

总之,文学社会学方法与中国少数民族文学研究的适恰性是民族国家建立之后,少数民族政治、经济、文化等各方面的巨大变化在文学上的反映。既有历史的必然性又有明显的时代特征。在少数民族文学批评实践中,可以看到马克思主义辩证唯物主义和历史唯物主义作为研究话语哲学基础的重要性,又能看到学者对世界文学理论成果的合理借鉴,充分展示了中国少数民族文学社会学研究的成果,也启示我们不要满足于单一的文学批评模式,而要着力于少数民族文学创作和研究方法的多元、开拓、创新。

---

[1] 欧阳可惺:《经济开发与消费社会中的少数民族文学批评》,《新疆大学学报》(哲学·人文社会科学版)2008年第2期。
[2] 张永刚:《西南边疆少数民族文学与后现代文化的相容性》,《思想战线》2013年第1期。

三、少数民族文学文化学研究

文化几乎是一个无所不包的范畴。凡是人类活动及其产物,比如思维方式、行为模式、典章制度、风俗习惯等等,尽可囊括其中。关于文化,《大英百科全书》初步统计,世界上的正式出版物中就有160多种定义。狭义的文化范畴,则主要指人类创造的精神产品及其过程。文化是一个内涵比文学大得多的范畴,文学仅仅是文化大系统中的一个重要的子系统,文学研究中所指的文化,主要是指狭义的文化。20世纪80年代中期,在世界"文化热"的影响下,中国文学界兴起过一场由一批青年作家、评论家发起,文学界相当一部分人参与的文化寻根大讨论和写作。讨论波及各少数民族地区,文化寻根思潮也深深影响了少数民族作家的创作。讨论引发了文学界对文化(尤其是民族文化)与文学的关系的思考,出现了一种专门从文化角度来观察文学现象、探讨文学文化性质的研究方法,最终形成了文学的文化学研究。

在弄清文学与文化学研究之间的关系前,先来了解一下文化学研究方法。文化学研究是一种跨学科综合性的研究方法。它以集中综合的研究形态体现人类智慧的成果和伟大创造精神。把握文化学研究方法,突破过去孤立地单一学科研究的狭隘眼界,从总体上把握人类文化成果和发展趋势,这是任何其他学科都难以做到的。文化学研究兴起之初,有学者曾宏观地勾勒了中国文化学所探讨的几大题目。一是关于文化学的一般问题,包括文化的定义、结构、性质,文化与文明文化与科学技术的关系等等。二是探索区域性文化比较和传统与现代化文化的关系问题。立足现代化需要,在文化的分析比较中鉴别本民族区域文化的优劣。三是研究文化遗传和创新的关系。我们每一个人都生活在一定的文化场中,我们的思想、心理、行为都是这一文化场的产物。超越文化场是做不到的。他认为在目前的文化学研究中,分清中国传统与西方现代文化两种参照系,重视潜文化层次对人们心理文化结构和行为方式的研究,注意微观研究与宏观研究的系统结合,将微观与宏观的研究纳入一个有序的系统结构之中等几个方面,应该成为研究文化学发展的着重点。①对于文化学研究的对象、范围、意义等方面的这些认识在当时还是很有见地的。

正如前面所言,文学是文化系统中的一个重要元素。文学与文化的关系紧密而特别。文学与文化相互关系的效应往往决定文学发展的走向与水平。"就表现情况看,文学也会受具体历史事件或行政措施的影响;但就深层的意义看,文化的内在机制往往对文学有着更为深刻持久的作用。具体历史事件对文学的影响一般也都要经过特定文化的浸染,以彼此相互糅合的形式表现出来。马克思、恩格斯曾精辟地论述过文学发展与社会经济发展的不平衡现象,这种情况告诫我们不能对文学发展与经济发展关系作机械论的处理,应该避免表面现象的直接比附,而去深入追寻和发现文学发展的内在动力和深层原因。一个民族的文学是现实的、传统的、内部的、外来的诸多因素共同的合力作用造就的,文化学就是要求得关于这种合力的研究。从这个意义上说,文学文化学研究的地位提得再高都不为过。作为文学创作直接操作者的作家,作为文学现象感受对象的读者,无不置身于一定的文化环境,耳濡目染了种种特定的文化,在长期的潜移默化中被文化环境规定了其美学趣味与要求。或许有时会有不自觉意识的现象,但任何行为要求都不是凭空生出自天而降的,而是切切实实从文化土壤中假以日月生成的。把文学放在文化背景上考察,我们可以更深入地发现文学运动变化的内在规律,因势利导,促使文学事业健康顺利地发展。"②林兴宅等把文学文化学研究大致分为:全面鸟瞰、断代分析、艺术手法的文化学研究、作家与时代的文化研究四种类型。但他自己也承认,这种粗线条的描述,表面上看,文学的文化学研究似乎已相当完整,倘若深入考察,就会发现这仅仅是开了一个头,而且目前还拿不出一个宏观整体的传统文化研究参照系。但是无论怎样,文学的文化学研究随着更多研究者的加入和研究深广度的拓展,会逐步形成自己的特色,显示出其跨学科综合性的研究优势。文化学研究方法用于中国当代少数民族文学研究,似乎更能让我们看清在全球化突飞猛进大背景下,

---

① 任平:《当代中国文化学研究方法探讨》,《苏州大学学报》(哲学社会科学版)1986年第3期。
② 林兴宅、洪申我:《文学文化学研究的现状与对策》,《河北学刊》1994年第6期。

受到威胁和挑战的少数民族文学的困境和生机。

进入新世纪,有研究者开始对少数民族文学批评理论进行反思,提出要对中西批评理论资源进行吸收和整合,并寻求改革与创新之途。这时候,源自西方并带给西方人文社会科学新的研究范式的"话语"理论,也深刻影响了中国学术界相关领域的"话语转向"。"文化话语研究"就是在这样的背景下建立起来的。"文化话语研究是指一套以言语使用为核心的跨学科、跨文化、跨历史,既情系中华、又放眼世界的研究体系。采取文化话语研究的视角,最重要的是将话语看作文化现象。话语因浸淫于不同的文化圈而呈现出不同的特点,不仅是外在的表现形式,更重要的是内在于自身的文化传统、思维方式、精神世界,重视话语的文化性是文化话语研究范式的关键,也是与西方话语研究最根本的差异。"[1]这里的"话语",是人们在特定的语境(社会、历史、政治、文化)中运用语言及其他符号进行的社会实践和文化实践。作为一个重整体、系多元的概念,"话语"的(研究)范畴包括:交际主体(如听者、说者、作者、读者等)、内容/形式、(言语形成的)交往关系、媒介使用、目的/后果;这些成分都有特定的历史关系和文化关系。与文化学研究方法相较而言,它只是没有"文化学"内涵那么无边无际,对于文学研究来说,既包含文学所涉及的所有,又有较强的针对性,这样,对于文学内部、外部的研究就更加全面、深入一些。以文化话语的视角来看少数民族文学研究,其内涵特征更加清晰,比如:少数民族文学构成的多元、开放、动态、发展,少数民族文学与主流文学形成差异性、不对称性关系。其实,"文化话语"所关注的内容,仍然没有也不可能脱离"文化"内容,而且在以往的研究中都已经全部涉及,只是现在把它们统一在"文化话语研究"项下,描述更为方便,学理性更为清晰一些。

文化话语视域下的少数民族文学研究,既包括研究文本本身和产生这些文本的语境(包括社会、历史、文化语境),也包括研究由这些文本和语境引起的语用效果(如作品发行、获奖情况、读者反映/研究评论以及作品影响等);既要有少数民族文学话语的宏观把握(主体、主题、媒介、效果),也要有少数民族文学

---

[1] 施旭、陈珏:《文化话语研究与少数民族文学的新视野》,《民族文学研究》2013年第1期。

话语策略的微观分析。而且要力求把文本形式分析放在更为广阔的社会文化语境中进行。因为作为话语现象的少数民族文学不是孤立存在的,而是处于各民族文学的关系网络中。中国文学发展史中有一个或隐或显的现象,那就是少数民族文学与汉民族文学两者的变异、探索,汉民族的文学与少数民族文学的生成、发展有着千丝万缕的联系。从这个意义而言,少数民族文学与汉民族文学正好构成了"一体多元"的文化话语语境。这恰好是费孝通1987年提出的"中华民族多元一体格局"的理论体现,也呼应了朝戈金在多元文化格局中的中国少数民族文学思考:"如何把中华民族'多元一体'的文化观念和'中华多民族文学史观'的理念,与构建和谐社会结合起来,与中华民族的发展和伟大复兴结合起来,是摆在民族文学研究界面前的深具挑战意味的问题,它策动于文学文化层面,但最终应当对国家层面的文化政策制定和操作,发挥影响力。"[①]中国各少数民族文学的发展、进步,一方面会成为"多元一体"文化政策的良性结果,另一方面,又会反过来促进中华民族多元文化建设。多元文化构成的语境必将最终促使中国当代少数民族文学理论走向新的整合。

在多元文化格局中,集地域性、传统性、民族性于一体的民族文化与他民族文化共同跻身于一个文化空间里,之间的碰撞、竞争、交流、渗透不可避免。在这种环境下,本民族文化应该何去何从,未来文化的际遇又是怎样的,时代的命题让每个民族文化主体都必须作出判断和思考。作为民族文化展示的窗口,文学创作中的"文化自觉"自然成为包括民族文学在内的各种文学创作的精神追求和价值取向。有学者认为:"文化自觉是多元文化环境下文学创作者对于自身文化的自信及反省,只有具有相应的文化自觉才能使全球化环境下少数民族传统文化传承得到维系。"[②]具体来说,应主动宣扬民族价值标准,构建具有民族特色的审美理想,肯定民族文化的价值意义,主动探索民族文化的发展,要从多种途径使民族文学中的文化自觉意识得到强化,使文化自觉不仅成为少数民族作家必备的基本思想意识和践行的文学原则,而且还要以恰当的方式表达出

---

① 朝戈金:《多元文化格局中的中国少数民族文学》,《百色学院学报》2009年第2期。
② 蒋玉兰:《传统少数民族文学作品中的文化自觉与文化表达》,《贵州民族研究》2017年第8期。

来,比如鲜明的文化态度,清晰的文化观点,自觉的文化引导,自发的文化呈现等等。只有坚持了文化自觉,才能形成基本的文学文化基调,达成文学创作的文化目的。少数民族文化是少数民族文学存在的根本,民族文学是民族精神文化的一部分,也是民族文化的重要载体。如此看来,文化自觉对于一个少数民族作家的重要性是显而易见的。作为民族文化的重要表达方式,民族文学需要基于自身的文学表达和文学特有的力量来形塑民族文化,维护民族文化的独立发展。"文化全球化造成了民族文化的发展压力,也促成了民族文化的同化危机,民族文学是民族文化的组成部分和重要载体,面对全球化带来的文化危机,当代民族文学必须承担其促进民族文化认同、促进民族文化建设、加强民族文化传承等责任,并基于责任承担需要形成相应的文化策略,如加强文学的民族文化寻根、建构民族文化身份、突出民族文化色彩等,对以上文化责任进行切实履行。"[1]在全球少数族裔文化困境共时性语境中,中国少数民族文学主体的自省能力和自信意识即"文化自觉"就显得尤为重要了。

早在20世纪80年代,少数民族作家开始有意识地在本民族历史文化土壤中"掘进",就已经体现出一种文化的自觉意识。伴随着文化自觉意识的强化,文化价值取向的民族本位意识、道德本位意识交织在少数民族作家的创作主题意向之中。但当现代意识伴随西方文化纳入到少数民族作家文化视野之中时,过去强化的民族意识被一种更为广阔的世界文化不断地考问,最终在现代化进程中变异和发展。在这一痛苦的文化选择中,每一民族不得不审视、否定自己文化中的愚昧落后部分。特别是1985年以后,"一些少数民族优秀的青年作家如张承志、蔡测海、扎西达娃、江浩、白雪林等,以其新的探索试图摆脱本土或民族性的局限,在确认客观对象的同时注重精神世界的开掘,由外聚到内聚,超越世俗超越题材,追求深邃的哲理。在他们的小说创作中现实表象逐一经过提炼,上升为立体的象征的艺术境界。他们的作品同时也流露出远离现代文明的倾向,摒弃现代人的文化优越感,试图证实原始的创造力,肯定自然的、感性的生命美。作者从个人体验、感受出发,将自身视为人类的一员,要求生命的勾

---

[1] 刘超:《全球化语境下中国当代少数民族文学的文化策略》,《贵州民族研究》2017年第9期。

通；他们致力于发掘人的潜能，在中西文化乃至少数民族文化和汉族文化的统观之中为整个人类寻求一种新的创造力。这是一种世界的眼光，是二十世纪中国文学发展中的新因素的萌芽。这些作家已经超出了一般反传统小说的旧格局。一般反传统往往是指对一种旧传统的反抗和挑战，它必须引入另外的传统和价值准则，如现代中国引入西方价值和传统来反抗封闭的传统文化。这证明人类所面临的一系列全球性问题也开始介入少数民族作家的视野，从而表现了一种超越具体文化范畴及价值观念的普遍人类共同困惑的主题。"[①]尹虎彬以少数民族遭遇全球性问题这样开阔的文化视野，缜密的研究思路，走进少数民族文学的小说现场，盘点、梳理了从文化归属、文化危机到文化超越的演进路径，标示出了新时期少数民族文学文化研究的学术深度。

少数民族文学的本土历史文化资源和当代全球化语境的文化碰撞与整合，决定了其超越以往任何时代的复杂因素，会显示在当代文学的创作实践中，但无论如何，各个民族文化的根性特征不会瞬间消弭，把握住民族文化的根脉，关注它、阐释它，这应该是少数民族文学研究理论晋阶的关键。以前的少数民族文学研究并非没有注意到各民族文学的文化个性，只是大都限制在审美研究的框架之内，无形之中束缚了文化研究的深度。转换拓宽研究视野，以各民族文学的文化个性（民族性）为中心来展开深入而系统的研究，也许会获得更多的理论发现。因此，有学者认为，相对于中国少数民族文学所取得的辉煌成就而言，少数民族文学理论的建树就显得比较薄弱和滞后。少数民族文学与汉族文学既具有同一性，也有差异性（民族性），但对于民族文学理论建设而言，就应该立足于各民族文学的差异性即"民族性"，由此才能彰显民族文学理论的独特价值。但是少数民族文学研究从社会、历史、政治和审美角度进行的居多，从文化角度来观照的还是比较晚近的事，且强调得不够。因此，"要建设民族文学的理论体系，就应该大力倡导文化研究，这与民族文学的性质有关，也与现有的民族文学研究方法的局限性和文化研究方法的适用性有关。对民族文学所作的文

[①] 尹虎彬：《从文化的归属到文化的超越——新时期少数民族小说创作主题意向辨析》，《民族文学研究》1987年第6期。

化研究具有多重价值,也具有诸多具体的策略"。①只有把文化研究的方法引入民族文学研究,对其作一种文化的透视,在把握各民族文学根性的基础上,建构真正意义上的民族文学理论才有可能。

伴随着跨民族交往、跨语际对话的日益频繁,中国少数民族文化内部结构的深度震荡、改变,民族文化发展模式和传统文化形态的转型和进一步深化,少数民族文化正处在空前的裂变、异化、重塑的全新历史发展时期。多元文化语境下的多民族文学理论,也在积极尝试跨文化审视路径。有学者认为,"跨文化作为一种研究手段,不但能够变换视点,互为主客,避免各是其是、各非其非的弊病,而且能够将研究对象放置在更为宽泛的背景下,从整体性、综合性的角度来考察。……在平等对话的跨文化语境中,我们需要对各种文化背景下的诗学存同辨异,不仅要在互照互补、互辨互识中领略来自根源的独具特色的一面,而且更要在互渗互补、互释互摄的基础上,探求出一种更具广泛意义的、更具普遍性的文学的共同规律。跨文化应当是一种路径,世界文学的多元格局与互动机制决定了理论诗学的深化可以也必须在不同的诗学思想体系的对话与汇通之中展开"。"文学理论的跨文化研究追求的是审美与文化、内部与外部、自律与他律的结合,其目的是实现多民族文学理论的平等对话。"②跨文化研究方法为中国少数民族文学理论的当代研究拓展了视野,为中国文论的现代性建构提供了新平台。

早在这之前,有学者着眼于中华各民族文学关系研究深化的时候,就曾探讨过少数民族文学跨文化与多学科的可行性研究策略。因为中华各民族文学之间的交流、沟通以及优势互补,各民族文学已经具有跨文化的特征。以不同民族文学之间的交流与沟通为研究对象的民族文学关系研究,必然是跨文化的研究。"跨文化研究方法的运用,既是中华各民族文学关系研究区别于单个民族文学作家作品研究与单一族别文学史研究的显著特点,同时也是其内在要求。从研究对象的这一实际出发,中华各民族文学关系研究就应当进行跨文化的研

---

① 樊义红:《文化研究:通向一种民族文学理论建设的可能性》,《重庆三峡学院学报》2015年第6期。
② 李娟:《中国少数民族文学理论的跨文化研究》,《民族文学研究》2008年第4期。

究。所谓中华各民族文学关系的跨文化研究(跨即兼之意),是在多元文化的视野中来研究中华各民族文学关系,揭示中华各民族文学交流互动的图景,探求各民族文学关系的规律,寻求各民族文学的互识与互补,它有利于某一特定民族文学寻找文学参照,有利于还原中华各民族文学关系的图景,凸现出民族文学的自我特性,彰显你中有我、我中有你的品格,进而推动中华各民族文学关系的研究。"[1]论者以张承志、扎西达娃这些植根母族文化而又以多元文化价值为取向的作家创作为例,论证了他们创作中鲜明的跨文化特质。如果运用跨文化的阐释方法,就能很自然地显示不同民族文学的特质和价值。论者的理论追求就是试图为中国少数民族文学理论发展开拓突围与重构路径。

少数民族文学文化研究理论的探讨,吸引了很多学者的加入,他们也贡献了很多有意义的启发性理论思路。比如:罗庆春注意到在中华大文化圈的总变革要求和世界文化发展总趋势的驱动下,少数民族文学创作从审美方式、审美心理、审美情趣到精神旨归、美学品格上表现出已由"文化混血"导致"文学混血",使其文学的文化价值观、文化价值内涵和文化精神趋势逐步走向"混血"的现实。当代少数民族文学创作正在摆脱过去较单一的艺术表达方式、艺术结构形式和艺术思维模式。有的作家作品大胆借鉴和移植中西方优秀的文学理论方法和文学表现、艺术创造手法,甚至从艺术文化学、文化哲学等高度使自己的文学创作显示出更为广博的艺术视界和更厚重的精神内涵。基于创作上的这种现状,"中国当代少数民族文学批评应该强调对少数民族文学批评中的文化阐释批评及文化深层揭秘"。当代少数民族文学批评家,应该自觉地借鉴和引入多种文学批评方法,重视文学的文化价值、文化品格、文化心理结构、文化精神及宗教精神积淀的批评理论,对当代少数民族文学创作进行多维观照。"十分重视当代少数民族文学对各民族文化转型、文化变迁、文化再构的文化历史命运的体认与思考的精神现实;重视文学作为文化记忆的转述与文化前景的构拟的最为贴切的、可信甚至惟一的可能方式,在当代各少数民族文化建构中的重

---

[1] 罗宗宇:《观念与方法:民族文学关系研究的学理性阐释二题》,《西北第二民族学院学报》(哲学社会科学版)2008年第3期。

要地位。"①而邱运华在《"世界文学"概念的建立与跨民族文学研究中的文化站位问题》一文中关注的是中西文学交流中的文化站位问题:"跨民族文学研究的出现,带来了文化站位问题,而文化站位问题的核心就是文化话语的权力。不同的文化站位体现出不同的文化心态,而不同的文化心态必然表现为话语权力模式。"在现实性层面上,就是如何在全球化的文化语境中,解决各民族文学的独立性和开放性这个"悖论"。"事实上,这种文化的多元渗透现象不仅属于全球化的今天,在前现代历史发展阶段就业已存在,只不过,这种渗透在当时表现为一种渐进的、缓慢的和有序的过程,而在今天变得更加迅速、普遍和无序了,甚至可以说,这种渗透的无序变化已经成为民族文化生存的常态。"因此,不能一厢情愿地想象存在着所谓未受污染的纯粹的民族文化或民族文学。在当下谈论纯粹民族文化的话语权力是没有意义的。"站在'他者'民族文化的外面,给别人文化提出它自己提不出的新问题,于是,'他者'的文化在'我们'面前展现自己的新层面,这是一种新的文化景观;相应,'我的'文化也在'他者'的眼光里呈现'我'不能看到的新的意义层面,在世界的另一面焕发新的光彩。这种外位性眼光并非解除'他者'或'我的'文化的独立性,却丰富了彼此的文化体验。这样,全球化时代跨文化的世界文学研究,才是真正的世界文学研究,而不是文学世界的殖民。"②我们必须坚守一种清醒的抵抗"后殖民"的文化姿态。后来,骆郁廷把这个问题上升到国家层面,提出"提升国家文化话语权"论断,文化话语权是一个国家文化软实力的重要标志,"谁掌握了文化话语权,谁就能有效地维护自身的文化安全和国家安全,增强国家文化软实力,提升国家的综合实力和国际竞争力。谁丧失了文化话语权,谁就会削弱自己的文化软实力,损害国家的综合实力和国际竞争力,甚至危及本国的国家安全和国家利益"。③提高我国的文化软实力,把我国真正建设成为世界文化强国,应当立足于中国特色社会主义文化建设的实际,深刻认识和科学把握国家文化话语权,注重文化话语权

---

① 罗庆春:《转型中的构型——论中国少数民族文学批评当代转向》,《西南民族学院学报》(哲学社会科学版)2002年第8期。
② 邱运华:《"世界文学"概念的建立与跨民族文学研究中的文化站位问题》,《民族文学研究》2006年第4期。
③ 骆郁廷:《提升国家文化话语权》,《人民日报》2012年2月23日第7版。

的结构优化,发挥我国的文化话语权建设优势,提出增强我国文化话语权的科学思路与有效对策,借助文化传统、文化特色和文化优势,整合和开发利用文化资源,创新文化话语,只有这样才能不断增强我国的文化软实力和国际竞争力。

　　文学文化研究理论设想与路径成果还是颇为丰富的,实践层面的研究也有不小的收获。仅举几个代表性例子。首先,就少数民族地区的特色文化形态——宗教与文学关系的研究来说:林瑞艳曾对20世纪90年代少数民族作家作品宗教文化的研究著述进行梳理,研究宗教与少数民族文学关系、宗教的影响、理论成就,指出了这些研究存在的诸多问题,比如研究方法有限,宗教影响研究浅显,研究文体范围狭小,忽略了叙事学和美学研究等等。[①]宗教文化是影响我国少数民族文学的重要内容,宗教对文学的潜在的影响是少数民族作家无法回避的一个重要文化语境,所以,其影响研究还需深入,我们必须进入民族文学思维的内里对这一话题进行深层剖析。其次,从地域文化对文学的影响角度来看:白晓霞以多民族集中、杂居的西部立论,"广袤无垠的西部地区自古以来就是多民族杂居的地区,在新世纪里,这种多民族文化传承内化为一种相对稳定的基因,以一种或隐或显的方式存在于当代西部少数民族作家的作品中,作家们以自己特有的方式解读着这片土地的文化形态,表现出某种趋同的文化意识。这些文化意识表明当代西部少数民族作家试图在历史和现实、传统和现代、民族和人类之间找到一个最佳的结合点,这对于当今的文学生态建设有着重要价值"。[②]少数民族作家的困惑、无奈、挣扎与渴望,最终以集体性方式呈现出一种积极的文化姿态,体现出了当代西部少数民族作家,在向现代性迈进的过程中所作出的可贵努力。就是台湾地区的少数民族文学,也没有超出时代语境的"化约"。苏珊以台湾少数民族文化的当代变迁,展示了"文化原乡失落"的状况:"20世纪80年代以来的台湾少数民族书面文学已然是一种全新的文学,它是带着多重殖民伤痕的、伴随着80年代末台湾少数民族社会运动产生发展的产物,长期主流文化强势的政治、经济、教育和媒体的宰制和潜在影响,少数

---

① 林瑞艳:《20世纪90年代以来当代少数民族文学与宗教关系研究评析》,《民族文学研究》2013年第6期。
② 白晓霞:《西部少数民族文学中的文化意识》,《当代文坛》2009年第1期。

民族特有的历史、文化、语言甚至思维方式等主体特质渐告失落,母体文化的原乡早已不同往日,但少数民族文化的异质性和独特性又导致其无法很好地融入台湾主流文化的结构中,台湾少数民族带着'文化认同''族群归属'的困惑迷失,成为社会底层的边缘族群,当代台湾少数民族书面文学中对现实困境的抗争和抨击成为新的文学主题。"①再次,从具体作家作品的文化研究来看:黄伟林在以关纪新《老舍与满族文化》来谈少数民族文学研究问题时,高度肯定了该文少数民族文学研究典范的地位。认为《老舍与满族文化》建构了一个"文化—文学—文化"的论述模式,"这是一个从文化到文学、从外部到内部,最后从文学到文化、从自我认识到自我超越的理论构建,它既具有明显的创新性质,又符合少数民族文学研究的内在规律,在一定程度上,具有为少数民族文学研究提供方法论展示的意义"。②还有对阿来、张承志、乌热尔图等作家以及作品的文化解读,与各种文化学理论探讨一起,共同构成了中国少数民族文学文化研究的当代景象。

四、少数民族文学比较研究

比较文学这一术语的使用,始于19世纪初叶的欧洲。19世纪末,才作为一门独立的学科问世,在文学研究领域内具有较大的影响。所谓比较文学,就是一种跨国别、跨民族和跨语际的文学研究方法。它将比较的方法运用于文学研究,运用这种研究方法,既可以开阔狭隘的国家或民族视野,也可以借此认识本民族文学的特点及其在世界文学中的地位和作用。我国从近代开始就有康有为、梁启超、王国维这些先驱介绍引进比较文学,到了现代,鲁迅、闻一多、郭沫若、茅盾、钱锺书、朱光潜这些前辈,对中西文学比较,介绍比较文学理论也作出了重要贡献。

中国的比较文学研究发展之路是不平凡的,其中经历了停滞、复苏和繁荣

---

① 苏珊:《"文化原乡"的失落:台湾少数民族文学的当代变迁》,《延边教育学院学报》2019年第3期。
② 黄伟林:《潜入民族文化深水区,探究文学多样性——从关纪新〈老舍与满族文化〉谈少数民族文学研究问题》,《中国现代文学研究丛刊》2009年第3期。

几个阶段。1985年10月29日至11月2日举办的中国比较文学学会成立大会暨首届学术讨论会,被视为中国比较文学复苏的标志。在这次大会上,大家对比较文学的概念进行了热烈的讨论,不少人认为用"跨国别"来划定比较文学的研究范围,对于中国这样一个多民族国家来说有欠妥当。有人提出建立两个比较研究体系:国内比较研究体系——包括汉民族文学和其他民族文学的比较研究;中外比较文学研究体系——中国文学与世界各国文学的比较研究。也有人强调比较文学是两种不同体系的文学之间的比较研究,而不包括同一体系内部的文学比较研究。即使如此,比较文学是一个开放性结构,可以先展开研究再逐步形成学科的体系,是会议最后达成的共识。

比较文学理论中国化有其自身的复杂性。西方绝大多数国家即民族,民族即国家,因此他们对于比较文学是"跨国别"的范围界定就再正常不过了。比较文学必须是不同体系的文学之间的比较,处于同一体系的不同作家作品比较,只能叫作文学比较而非比较文学。不同民族文学之间的比较是不是属于比较文学范畴,这应该是西方比较文学理论传入东方之后遇到的复杂情况。基于此,杨荣在中国比较文学研究发展几十年后,仍赞同并主张在多民族国家内部,自成体系的不同民族文学之间的比较应纳入比较文学的范畴。他赞成在进行中国比较文学研究时应该涵盖(或可构建)两个研究体系:中国(包括汉族与少数民族)文学与外国文学的比较研究;汉族文学与自成体系的少数民族文学之间以及自成体系的各少数民族文学之间的比较研究。他认为比较文学的核心是通过跨文明、跨族际、跨文化、跨语言的对话与阐释来实践和实现人类人文文化交流与对话,当然就包含了相互的尊重、互补、互渗、互译,以及求同存异、共同进步的基本精神品格。因此,在多元文化语境的当下,无论是从观念还是实践层面,必须坚持民族文学研究与比较文学的联姻:"因为在中华众多少数民族中,我们有23个少数民族是跨国界的,如朝鲜族、蒙古族、维吾尔族、俄罗斯、哈萨克、乌孜别克、藏族、壮族、傣族、彝族、回族等。在比较文学视阈下进行民族文学研究,让比较文学与民族文学研究更好地联姻,是大有可为的。比如我们既可以进行中国国内各少数民族文学之间的比较研究,也可以将我国丰富多样的少数民族文学与国外的民族文学进行比较研究。"如此,可以拓宽民族文学研究的视野,更新民族文学研究的方法,从而提高民族文学理论及民族文学研究的学术质量。这样的研究及成果反过来又可以启发比较文学理论批评家提炼出新的理论、新的观点和新的方法。①他坚信多民族文学比较研究的理论探讨和实践,必定会为中国特色的比较文学建设与发展作出贡献,而且,多民族国家内部自成体系的民族文学之间的比较研究,或将被视为比较文学中国学派的理论主张。

中国少数民族的比较文学是中国比较文学的重要组成部分。它是在中国比较文学复兴后的大背景下产生并发展起来的。20世纪80年代中期,有学者撰文较为全面地介绍过比较文学的相关理论及其在少数民族文学研究中的应用。对于二战后在世界范围内获得发展的一种新的文学研究方法而言,影响研究与平行研究,被视为比较文学的两大支柱。法国学派倡导的影响研究强调对两种或多种文学间的联系和实际影响进行研究,重视渊源及传播媒介的探讨。而美国学派则重视、倡导平行研究。他们反对法国学派只注重文学间的历史接触及实在影响的作法,他们认为,只要有可比性,即使毫无实际影响的两种或多种文学之间,均可自由地进行比较。文学与其他学科诸如音乐、美术等亦属平行比较的范畴。②而俄苏学派以类型学为研究内容,同时还强调比较文学研究必须紧密联系社会历史背景和美学思潮来揭示不同国家文学的普遍规律和民族特色,较法、美学派有了长足的进步。③

中国少数民族比较文学的研究初期,季羡林先生对此进行过专门的研讨。他在20世纪90年代初出版的《比较文学与民间文学》中专门撰文《少数民族文学应纳入比较文学研究的轨道》,阐述自己关于少数民族比较文学的观点。文章指出,西方的比较文学强调在国与国之间进行,但对于中国和印度这样民族林立的大国来说,民族文学之间的差别不亚于国与国之间的文学。我们不但要

---

① 杨荣:《民族文学研究与比较文学联姻及意义》,《西华师范大学学报》(哲学社会科学版)2011年第6期。
② 郎樱:《比较文学及少数民族文学的比较研究》,《民族文学研究》1986年第1期。
③ 魏泉鸣:《论比较文学的方法在少数民族文学研究中的运用》,《西北民族学院学报》(哲学社会科学版)1987年第1期。

把我国少数民族的文学纳入比较文学的轨道,进行中国少数民族文学与外国文学的比较研究,而且我们还要在我国各民族之间进行比较文学的活动,这同样也是比较文学。在不同民族的文学之间进行比较研究,其意义,其难度,绝不亚于欧洲跨国界的比较研究。中国的比较文学应该显示出一个多民族大国的比较文学的特色。[1]即或是这样,至今仍有学者在探讨:中国少数民族文学之间的比较算不算比较文学研究?尽管有前辈学者的重视和倡导,不少人还是对少数民族文学与比较文学之间的关系问题抱有疑问。疑问的焦点在于:如果说中国少数民族文学与外国文学之间的比较属于比较文学研究,主要是由于它跨越了国别和语言,那么同一个国家内部各民族之间的文学比较如果属于比较文学研究的话,它的学理依据何在呢?疑问的存在表明学界对比较文学定义认识的含混,也反映出比较文学作为一门学科进入中国以后面临着不同于欧美世界的新问题。

张珂围绕比较文学的定义问题,通过对相关学理进行讨论和辨析,仍然试图厘清少数民族比较文学研究的立足点和合法性,以期能促进学界对此问题的再认识和深刻认识。而且,中国多民族文学研究必要性和重要性的日益凸显,使得此前对比较文学定义的描述有了进一步阐释的必要。20世纪80年代后,中国学者在界定比较文学的概念时,基本上延续和折中了法国和美国学者关于比较文学的认识。卢康华、孙景尧在其著作《比较文学导论》中认为,比较文学是超越国别和语言界限的文学研究,比较文学这门学科的特性正在于从国际性的角度观察文学现象,通过世界性的眼光与认识去研究文学。20世纪90年代末,国内学界对比较文学定义的认识又有新的表述。陈惇、刘象愚等首次用"四个跨越"(跨民族、跨语言、跨文化、跨学科)来定义比较文学,认为这更符合比较文学的实质,更能反映当时人们对比较文学的认识。不可否认,比较文学定义"四跨"的提法简洁明了地界定和传播了比较文学的重要理念,对于推动比较文学研究在国内的发展起到了重要作用。但是也应该看到,"四跨"的提法存在着

---

[1] 姑丽娜尔·吾甫力:《比较文学视野下的中国少数民族文学研究:回顾与瞻望》,《中国比较文学》2011年第2期。

语义上的重叠和含混,由于中国国情与现实的复杂性,随之而来产生了更多的混淆。

早在20世纪初,王向远在出版的《比较文学学科新论》中就曾尝试过重新界定:"比较文学是一种以寻求人类文学共通规律和民族特色为宗旨的文学研究。它是以世界文学的眼光,运用比较的方法,对各种文学关系进行的跨文化的研究。"他特别强调了比较文学应该有世界文学的眼光,并进一步阐明了比较文学与国别文学的关系。按照上述观点,一国内部的各民族文学之间的比较究竟算不算比较文学? 其条件是必须具备世界文学的眼光和跨文化的特征。他在此后出版的《中国比较文学百年史》当中也以相应的学术史成果印证了自己的这种观点。曹顺庆主编的《比较文学学》《比较文学教程》等著作则明确否认比较文学跨民族的说法,肯定和提出跨国、跨学科、跨文明的说法。他认为现代国家大多数都是多民族的,如果每个国家内部的上百种民族文学都是比较文学研究的范围,那么难免造成文学研究领域的混乱。而且也有悖于比较文学"世界胸怀""国际眼光"这一学科宗旨,所以还是要尊重比较文学学科实践,把一国内部的民族文学比较研究仍然作为国别文学范畴比较合适。比较文学跨越性研究的范围,首先应该是跨国研究,在跨国界的同时,不必同时跨越民族或语言。因此,中国境内的各个民族文学之间的比较研究不属于比较文学研究。曹的这种观点虽然仍有争议,但它体现出对比较文学学科历史的尊重,以及对其世界胸怀和国际眼光这一学科宗旨的强调。张珂在梳理了比较文学中国化复杂过程之后提出:要想实现少数民族文学研究与比较文学的有机结合,首先必须真正重视比较文学学科特性,即其所具备的世界文学眼光与视野,由此才能深入理解比较文学的精神实质。其次是更应强调比较文学"跨国"而非"跨民族"特征。这既是对比较文学学科历史和学科宗旨的坚守,也是基于对比较文学这一学科现代性特征的体认。再次就是"民族文学""少数民族文学"等概念在当代中国有其自身的规定性,我们应从中国的现实国情出发,重视中国少数民族比较文学的研究。[①]他认为,随着中国少数民族文学的艺术价值的不断提

---

① 张珂:《再谈比较文学的定义兼论少数民族比较文学》,《学术探索》2019年第3期。

高,与世界文学建立广泛联系越来越受研究者的重视。中国少数民族比较文学研究成为中国比较文学研究的一个重要生长点与价值点,体现出中国比较文学的话语特色,应该不是妄言。

中国少数民族文学比较研究理论探讨与争论至今都未停止过。在搁置争议展开研究实践,逐步形成学科体系的共识下,中国文学(包括少数民族文学)与外国文学的比较研究,汉族文学与少数民族文学之间以及各少数民族文学之间的比较研究也在不断深入和拓展新领域。1993年3月,中国少数民族比较文学研究会成立大会暨首届学术讨论会在中央民族学院召开。时任中国少数民族比较文学研究会副会长的李增林,在致辞中回顾了比较文学学科在世界及我国兴起和发展的历史,说明了成立中国少数民族比较文学研究会的缘起、宗旨和意义。他认为"研究会的宗旨是以马克思主义为指导,通过对中国少数民族文学的比较研究,以及中国少数民族文学与亚太文学文化及东西方文学的比较研究,开拓视野,探寻规律,发扬本民族文学的优良传统,提高民族的自尊心和自信心,吸取他民族所长,加速本民族文学的发展;同时不断扩展中国少数民族比较文学的研究领域,探索和建立少数民族比较文学的具有个性和特点的研究理论和研究方法,为建立具有中国特色的比较文学体系而贡献力量"。[①]会议还就中国少数民族比较文学的建设问题,少数民族比较文学的研究范围、目的、方法、理论研究与繁荣各民族文学创作的关系问题,各民族文化相互影响与接受的规律问题,中国少数民族比较文学研究的现状及走向问题进行了热烈的讨论。会后,越来越多的学者认识到,把中华民族文化推向世界文化舞台时,如果没有中国少数民族文学的加入,就不是完整的中国文学。因此,成立中国少数民族比较文学研究会具有特殊意义。

随后,庹修宏考察了中国少数民族文学丰富多彩的神话、史诗、戏剧,并与西方同类作品进行了比较研究,认为需要更多地将外国文学作品介绍给我国各民族读者,同时也将我国各民族文学推介到国外去,并将它们作科学的比较研究。这样不但可以了解各国人民的社会生活,而且他山之石,可以攻玉,我们可

[①] 陈晓红:《中国少数民族比较文学研究会成立大会暨首届学术研讨会综述》,《民族文学研究》1993年第2期。

以更好地吸取外国文学的优点,推动本民族文学的发展。"一个民族的文学,只有以其他民族文学为参照,才能真正辉映出来。我国各民族文学与外国文学比较研究是一项新颖而有意义的科研工作。正如季羡林教授曾经指出过的那样,我们不但要把我国少数民族文学纳入比较文学的轨道,而且还要在我国各民族之间进行比较文学活动,打破欧洲学术界认为只有国与国之间的文学才能比较的教条,创造出具有我国特色的比较文学。"①只是从少数民族比较文学研究会成立之日起到2000年,由于多种原因,几乎没有开展过任何活动,研究会成员作少数民族比较文学研究的也鲜见成果。而且,长期以来,在比较文学学界,出现了重国与国比较、轻民族与民族比较的现象。也就是说少数民族比较文学与中外比较文学虽然在同一平行线上,却又不在同一起跑线上。真正的少数民族文学比较研究成为热点是2000年以后的事。

新世纪伊始,当年研究会领导成员之一的林建华,不满意于少数民族文学比较研究现状,撰文强调应该开拓少数民族文学比较研究的新领域,"少数民族文学比较研究和中外文学比较研究分别是文学比较研究两翼中的一翼,二者是平行的,相辅相成,缺一不可,不应厚此薄彼。少数民族文学比较研究崇尚兼收并蓄、吸其长、避其短的'拿来主义'原则,将人类学理论引入少数民族文学比较研究,开拓中国少数民族文学比较研究的新领域"。②客观地说,自20世纪后期从港台地区开始的比较文学研究在中国文学领域全面复兴,为我国少数民族文学的研究开辟了新的领域,提供了新的方法,以少数民族文学为对象进行比较研究,几乎和比较文学在中国的迅速复兴是同时的。在多个民族共存的国家中以各少数民族文学为对象进行比较研究,是比较文学跨文化、跨民族、跨语言研究特点的具体体现。有研究者分析了各少数民族之间长期以来的分离聚合、交错杂居,少数民族文学与外国文学千丝万缕的联系,少数民族原始文学与宗教的不可分割,少数民族诗歌、神话、民间文学与音乐、舞蹈、造型艺术、说唱表演艺术等的浑然天成,以及饱含民族意识、民族情感、民族心理状态、审美观念的

---

① 庹修宏:《中国少数民族文学与外国文学比较》,《民族团结》1995年第9期。
② 徐杰舜、林建华:《开拓中国少数民族文学比较研究的新领域》,《广西民族学院学报》(哲学社会科学版)2000年第1期。

少数民族作家的汉文汉语作品等等状况,归纳总结了我国少数民族文学比较研究,大致包括各民族文学之间的比较研究,少数民族文学与宗教的比较研究,少数民族文学与艺术的比较研究,少数民族作家研究等几个范畴。[1]其论述大体勾画了少数民族文学已经开展的比较研究。

随着研究的不断展开,对少数民族文学比较研究的内涵发掘和空间开拓也在不断地推进。汤晓青尝试着从比较文学视角出发去研究中国各民族文学关系,结论证明:"中国各民族文学关系的研究,是跨民族、跨语言、跨文化、跨学科的文学研究,其研究对象、研究方法、研究理念都属于比较文学的范围。中国各个少数民族,相对主体民族而言,有人口少,居住分散等特点。这造成各个少数民族文学研究,无法离开与其他民族文学的比较研究,特别是与汉族文学的比较研究。"[2]她的观点揭示了少数民族文学比较研究方法运用的必然性,基本体现了作为学科的少数民族比较文学研究的构架思路。苏利海也曾谈道:"中华文化是一个以汉民族为主的多民族文化的聚合体,文学亦是如此,所以研究少数民族文学理应穿梭于汉族与少数民族不同的文学场域,互为映照,既要细致辨析其中的独立、分流,又要有统一、关联的整体意识,从而才能对传统文化的丰富性、复杂性、多面性有深刻的理解。"[3]他从历史上的满汉文化关系出发,认为满汉文化一直处于相融互补的态势之中,而两种异质文化间的碰撞更是激活、扩展了两大民族原有的生态场域,使之朝向更具活力、柔力、韧性的方向发展。他列举了清代词史,转变研究范式,即把从前以汉族文学为主体的单向性研究视角转换成满汉并立的平行视角,并以此来重新审度一些人所共知的清代词学现象,试图找到文学史背后潜藏的阐释空间的多维性。

严绍璗则深入探讨了少数民族文学比较研究与民族文学(国别文学)研究之间的天然亲缘性内涵和范畴,强调了运用比较研究方法的可能性和必要性,

---

[1] 吴雨平:《中国少数民族文学比较研究的范畴》,《常州师范专科学校学报》2003年第1期。
[2] 汤晓青:《比较文学视阈下的中国各民族文学关系研究》,《新疆大学学报》(哲学·人文社会科学版)2006年第1期。
[3] 苏利海:《少数民族文学研究:一种新的文学史视角——以清代满汉词学互动为例》,《民族文学研究》2009年第1期。

认为,"比较文学"本是从"民族文学"或者称作国别文学研究中分离出来的学术话语,经过学术的锤炼、提升,逐步完善着它的学理和实践,最终又重新返回到"民族文学"(国别文学)研究中,在这样古老的学术中开拓自己活动的空间,有助于开通"民族文学"与世界文化连接的通道。他还指出,比较文学提供了一种从"跨文化"的立场观察文学和文化的学术视角,"把比较文学做到民族文学的研究中,在民族文学的研究中拓展比较文学的空间"这样的学术构想,是基于我们深化对"比较文学"学理的认识,并在此认识基础上已经获得了在"一个文学文本"中展开"比较文学研究"的可行性事实。依据目前的学术认识和学术积累,"比较文学研究"至少可以在三个层面上进入"民族文学"的研究中,从而在突破民族主义思潮为"民族的文学"设置的所谓"统一性"和"单一性"、"稳定化"和"凝固化"的藩篱,克服由此而造成的某些研究者的心理障碍,并在努力"还原"文学的"真实"而达于"文学研究"的根本目的方面,发挥这一学科的应有之义。他说的三个层面即:第一,在"文学的发生学"层面上,可以揭示与世界文化的连接,从而使"民族文学"摆脱它虚假的所谓"单一性"繁殖的"文学孤儿"的不真实的身份,在人类文明的成果中表述自己生成的内在逻辑,从而确认自己是世界文化进程中具有生命力的成员。第二,在"文学的传播学"层面上,可以揭示"民族文学"与世界文化的连接,使其摆脱在世界文明的发展中"自我幽闭"的孤独境地,从而在人类文明的进程中显现它对世界文化的独特的作用和贡献。第三,在"文学的阐述学"层面上,可以揭示文明时代的任何"民族的文学",作为人类文明的共同瑰宝,在对它的"解读"层面上凝聚着人类共同的智慧,从而克服把"民族文学"作为"家传遗产"的"关门消费主义"和"独家把玩主义"。[1]他以无可辩驳的事实,阐述了文明时代的各民族文学,从本质上考量,并没有"纯粹的"民族文学,它们几乎都是融合了多元文化的"变异体"。也正因为如此,民族文学天生就具有与世界文化交融的生命力。民族文学一旦形成,它就成为全人类文明的共同瑰宝。世界性的对"民族文学"的解读,一定凝聚着人类的共同智慧。

---

[1] 严绍璗:《民族文学研究中的比较文学空间》,《中国比较文学》2005年第3期。

梳理具体的比较文学研究实践,可以发现区域性文学比较研究是少数民族文学比较研究的重要方面。比如,杨荣和徐其超通过对四川少数民族文学比较研究进行检视,认为四川民族文学理论批评与比较文学联姻的三十年是拓宽民族文学研究视野,更新民族文学研究方法,提高民族文学理论水平及民族文学史研究学术质量的三十年,也是比较文学从民族文学创作、理论及其历史发展积累的经验中提炼出新的理念、新的范畴、新的范式的三十年。四川比较文学界和四川少数民族文学理论批评界,在比较文学视域下,致力于以开放、多元的眼光来观照和探究少数民族文学。如徐其超教授多年来就主张,面对全球化语境的四川少数民族文学研究,应该明智地超越西方中心主义和文化孤立主义的偏见,客观、公正地将全球文化语境定格在多元共生,坚持多元文化共生的立场,高屋建瓴地对少数民族文学研究进行理论检讨、理论建树和理论概括。他和罗布江村等共同主编、主撰的《族群记忆与多元创造:新时期四川少数民族文学》就是运用比较文学理念和方法来研究四川当代少数民族文学的力作。论者对四川民族文学与比较文学联姻充满信心和期待,在比较文学视域下进行的民族文学研究,将以具体而翔实的成果,从多方面丰富中国比较文学的理论探讨、学科建设和研究成果。民族文学比较研究的理论探讨和研究实践,必定会为比较文学中国学派的建设与发展作出不容忽视的贡献,或许在国别文学之内的多民族文学比较研究将成为比较文学中国学派的一大特色。①

张直心全面考察了云南少数民族当代文学的成就。但在与外国文学的比较研究中,论者明显地感到:苗族作家李必雨缘于本质上对异域色彩、异族情调的浪漫倾向的激赏而追慕梅里美;白族作家景谊缘于俄罗斯民族中某个特殊部落的特异风情展现而接受肖洛霍夫;哈尼族作家存文学《绿光》中哑巴爷爷那个放大镜分明借自《百年孤独》;佤族作家董秀英酝酿已久的《摄魂之地》透露出对《百年孤独》的悉心借鉴;彝族作家纳张元的《走出寓言》是对马尔克斯的以某一"未来"作端点,再由"未来"回望"过去"这一时间语式的"拿来"。他具体分析了

---

① 杨荣、徐其超:《四川少数民族文学研究与比较文学联姻三十年》《西南民族大学学报》(人文社科版)2009第9期。

"新时期以降云南少数民族作家对梅里美、肖洛霍夫、艾特玛托夫、马尔克斯等作家作品不无独特的接受取向,揭示了接受者的少数民族立场、审美趣味,并阐释了接受主体与客体间潜在的亲和性"。①他认为与其说云南作家被动地饥不择食地接受了梅里美、肖洛霍夫、艾特玛托夫以及拉美魔幻现实主义作家的影响,不如说在这些作家的作品中发现了自己。正是这种潜在的亲和性使接受主体与客体能超越时空,一见如故。

黄玲一直致力于中越跨境民族文学的比较研究。中越两国的边疆地区生存着包括中国的壮、傣、苗、瑶、京等12个民族和越南的岱、侬、越、苗、赫蒙、哈尼、傣等26个民族。他们之间有着同根异枝、同源异流的文化传承。中越跨境民族之间频繁的民间文化交流,使其文学发展呈现多元共生的样态。中越跨境民族文学,是指生活在中越两国的跨境民族的文学叙事,作为一种边缘文化呈现出对中心文化与异文化的吸纳与创造的民间自觉,具有多元内涵。中越跨境民族文学的发展演变,凝聚了从原始生命信仰到现代民族意识的时间进程,两个国家政权和文化中心的边缘位置和交接的空间地带,具有民间、文人与国家三种话语共同参与和创作的叙事内涵。在跨境这一民间文化场域内,"对中越跨境民族文学在跨境传承中的变异创生进行比较研究与文化阐释,能够使当代人重返民族生存之真实的历史现场和文化语境,清晰把握中越民族文化发展演变的整体脉络,从而推进中越边境的民族文化生态建设,增强边境族群的凝聚与和谐"。②论者通过对中越跨境民族文学比较研究的问题、理论与方法的探讨,试图为中国多民族文学研究和中国与周边外域民族的文化交流提供一些研究思路的学术努力,丰富了中国比较文学研究的理论和实践。

在我国少数民族文学研究中,比较研究有着广泛运用,取得了一系列研究成果。但存在着的诸多不足也引起了一些研究者的反思。朱斌等撰文追问与之密切相关的三个根本问题:如何比较？比较什么？谁有资格比较？这种追问表明:对少数民族文学的比较研究,应该是一种"深度比较",这要求研究者必须

---

① 张直心:《云南少数民族文学与外国文学》,《云南社会科学》2001年第3期。
② 黄玲:《中越跨境民族文学比较研究的问题、理论与方法》,《百色学院学报》2012年第3期。

立足于"文学",且应具有"全球"胸襟和视野。论者从三个突出的方面,谈了少数民族文学比较研究的根本性缺陷。其一,在具体的比较中出现了毫无价值的肤浅比附倾向;其二,在具体的比较中存在跨出文学边界进行"越界"比较的倾向;其三,在具体的比较中出现了囿于狭隘民族情感或地域情结的不良倾向。之所以出现这些遗憾,根本原因或许在于我们对少数民族文学的比较研究,缺乏自觉而认真的理论探讨。我们多是对不同民族文学现象、作家作品和文学史进行具体比较,而很少进行少数民族文学比较研究方面的理论思考。因为缺乏对少数民族文学比较研究的理论探讨,所以,到目前为止,少数民族文学比较研究的一些根本问题都未曾得到认真而有效的思考,我们的比较研究因而往往显得随意、任性而混乱,也正因为如此,我国的少数民族文学比较研究成果实际上还极其有限。无论是少数民族文学的比较研究者,还是一般文学的比较研究者,都应该是超越国别界限、民族界限和文化界限的自由主体,任何比较研究者都应该以宏大的全球胸襟和世界文学理想,从根本上变革自己狭隘的民族意识和地方意识,尽量避免偏激的地方情结和民族情感。这样,他才能客观、公正地放眼全球语境中的各民族文学,才能高屋建瓴地进行各民族文学的比较研究,才能从根本上有效避免浅层次的、形貌上的、主观随意的异同比附,而将比较研究真正推向深入。[1]此种观点一定程度上描画了少数民族文学比较研究的现状,也许存在这样那样的遗漏,但反思本身对于其学术构建以及研究实践是难能可贵的。

五、少数民族文学传播学研究

先说媒介。王一川有这样的解释:媒介是指一种使双方发生关系的中介物。"按美国传播学家施拉姆(Wilbur Schramm)的见解,'媒介就是插入传播过程之中,用以扩大并延伸信息传送的工具。'在现代传播学里,媒介是指传播信息的物质实体及与之相应的媒介组织,如广播、电视、报纸、杂志和国际互联网等。

---

[1] 朱斌、张瑜:《对我国少数民族文学比较研究的反思》,《北方民族大学学报》(哲学社会科学版)2011年第2期。

文学媒介是文学的语言与意义得以传播的物质形态及渠道,包括口语、文字、印刷、电子和网络等类型。……从远古时代到今天,文学媒介经历了漫长的演化过程。单就中国文学发展的特殊历程而言,文学媒介主要经历了五个阶段:口语媒介、文字媒介、印刷媒介、大众媒介(机械印刷媒介和电子媒介)和网络媒介。"谈到媒介在文学中的作用,他认为是多方面而且复杂的:"媒介不只是文学的外在物质传输渠道,而且是文学本身的重要构成维度之一;它不仅具体地实现文学意义信息的物质传输,而且给予文学的意义及其修辞效果以微妙而又重要的影响。"① 媒介与世界、写作、文本、语言、读者等一道,共同构成文学活动的必不可少的组成部分。

传播,是决定人类社会生存与发展的根本方式之一。"传播学源起于第二次世界大战,是20世纪60年代初在美国形成的一门新兴学科,其研究对象是社会信息系统及其运行规律。研究内容主要包括人类社会中人的内在传播、人际传播,社会上各类组织内部、组织之间和组织与社会环境之间的传播与交流,以及大众传媒的广泛传播和后来形成的国际传播与全球传播。进入21世纪之后,文学传播学研究在国内逐渐兴盛,个体文学作品的传播研究、特定阶段文学的传播研究均有论著问世。与此同时,文学传播学的学科体系建构和学科理论体系建构也被一些学者所关注实施。文学传播学的研究已经开始向领域化和体系化发展。"② 信息时代,大众传播日益深刻地影响着人类社会以及人们的生活和行为方式,对于少数民族文学写作和文学事业的发展来说,受其制约和影响的方面也是越来越多。民族文学生态和价值取向受媒介传播的影响有了很大的改变,民族文学创作与发展面临着前所未有的挑战。就是在这样的语境下,一门具有边缘性、综合性、实用性的新兴学科,在文学与传播学相交的边缘地带发展起来。因其同时兼有文学与传播学的双重属性,并且在文学与传播学的复杂关系中逐步形成自身独特的规律,因此承担着文学和传播学独自不能解决的边缘问题研究。

---

① 王一川:《论媒介在文学中的作用》,《广东社会科学》2003年第3期。
② 曹萌:《21世纪以来国内文学传播学研究综述》,《广东第二师范学院学报》2015年第2期。

文学的传播有一个完整的过程,这个过程包括传播者、传播内容、传播媒介和受传者四个要素,以及信息的传达、接受和反馈三个重要环节。有了这个完整的流动过程,文学作品的价值才得以实现。"读者市场的因素进入文学活动中,作家的写作发生了根本性的改变,必须充分考虑到读者的阅读需求,一旦失去了读者市场,作家、作品就失去了生存的基础。那么读者市场如何产生?如何把握?媒介和传播者起了关键性的作用,媒介直接与受众发生联系,对其接受的品味、爱好、注意力等及其变化因素,不断进行收集、分析、整理,并且通过供给运作(有时是炒作)的方式来制造市场需求。同时,把读者市场信息反馈给作家,作家们又根据这些信息创作出新的作品,再由媒介推向读者市场。这是一个不断循环的双向运动过程.文学的生成机制、生存状态、影响方式、反馈原理、运行规则等都在这种结构功能关系中得到实现。在市场经济的环境中,在信息时代的背景下,它为我们考察文学及其变化,提供了一个新的视角和便于操作的方法。"[1]由于文学传播学研究方法的广泛使用,其在文学领域里的影响也越来越大。加上传播技术的不断更新,传播渠道的不断增多,网络世界不断的扩疆拓土,结果使网络写手、网络推手大行其道,作家财富排行榜、畅销书排行榜应运而生等等。"媒体的主动性加强了,媒体的选择在有形与无形间影响着文学作品的生产。但媒体的选择仍然是有层次性的,大量的畅销书满足着广大社会群众的审美趣味、也能够获得较好的经济效益,但这类书籍的出版并不意味着对杰出文学作品的拒绝,并不意味着媒体就将这些畅销书当作最优秀的文学作品。也就是说,商业价值与审美价值并不处于尖锐对立的情势中,文学及其价值还是有着相对统一的标准的。"[2]依此看来,文学传播学研究并非简单的文学与传播学相加,而是吸收和运用传播学的理论,以新的视角审视文学传播现象,考察文学传播过程,讨论文学传播的规律,推动文学发展的一种与时俱进的新思路。其中涉及的诸多的现实问题,对于少数民族文学研究来说,显得尤为复杂,而这也正是需要我们去积极面对和探讨的。

---

[1] 谢鼎新:《当代文学的传播学视角观照》,《现代传播》2001年第2期。
[2] 王富仁:《传播学与中国现代文学研究》,《读书》2004年第5期。

少数民族文学的传播研究,与少数民族文学理论批评的跨语际、跨文化交流密切相关。其传播研究范围涉及少数民族文学的族内传播、少数民族与他民族之间的族际传播、少数民族与域外国家的跨国传播,研究对象至少包括少数民族民间口头文学和作家文学。其当代传播研究从20世纪90年代随着西方传播理论的引入就已经开始了。具体的研究状况比较复杂。中国少数民族文学传播,很多时候就是一种跨语际传播研究的问题。语言障碍表现为传播过程的根本问题。比如在国内,少数民族母语文学一直参与建构中国文学,但由于语言传播的障碍,加上其他一些因素,就造成了当代少数民族母语文学在当代文学中的实际在场而在中国文学史的书写上的实际不在场现象。而这种现象对于少数民族自古以来流传下来的口头文学的现代传承、传播来说,情况就更为复杂,它并不像"作品—媒介—受众"那样简单。比如语际内的互动传播问题。研究最多、表现最为突出的就是《阿诗玛》和《格萨尔》的互动传播研究上。"自20世纪50年代汉文版《阿诗玛》搜集、整理、出版以来,古彝文《阿诗玛》文本的研究,在学术界就被逐渐忽略了。现存的毕摩用古彝文书写的《阿诗玛》文本共有8个,这些书写文本的保存者、翻译者、记录者、搜集地区、搜集时间、故事架构都有差异。而彝族文字自身的特点、毕摩间的世代书写和传承、毕摩对阿诗玛的加工创作,都是造成古彝文《阿诗玛》文本差异的原因。这种差异传播,从古彝文《阿诗玛》中的阿诗玛形象看,塑造了一个多元的阿诗玛文化形象;从文化传播系统看,塑造了书写文化时代特有的文化传播系统;从阿诗玛文化的发展形态看,塑造了书写文化中的阿诗玛文化,并在差异中体现了彝文与口语的互动传播特点。"[1]我国少数民族口头文学传承过程中的这种现象并非彝族所有,历史上各民族政治、经济、文化频繁交流,结果出现这种情况也不足为怪,藏族的《格萨尔》与蒙古族的《格斯尔》两部史诗的"同源分流"关系[2]即印证了这一点。因此,所论的问题对于浩如烟海的少数民族口头文学的传播,对于各民族的交往、影响、融合来说是具有启示意义的。口头文学的母语记写与口头传承所呈

---

[1] 巴胜超:《语际书写与民族文化的互动传播——以古彝文〈阿诗玛〉为例》,《云南社会科学》2011年第4期。
[2] 高博:《蒙古族的〈格斯尔〉与藏族的〈格萨尔〉的关系》,《青海民族研究》(社会科学版)2000年第3期。

现的文化传播系统有很大差异，文化持有者身份所塑造的文化形态也各不相同。"原生口语文化"在书写文本中，会演化成为一种"次生口语文化"，因此有必要对书写文化保持警觉，因为书面文化"消耗"着它的口语先驱，如果不仔细监控，它甚至可以摧毁"口头记忆"。

鉴于传统和民间的少数民族文学通常是以活态的口头文本形式存在的问题，有学者提出在各民族口头文学的传播过程中，借用民族志的研究方法，以尽可能地保护、还原"原生口语文化"。在这之中，翻译便成了文学传播的举足轻重的环节。从本质上来看，翻译实际是一种跨文化的信息传播活动，在语言符号的转化过程中，其中的文化信息也得到了扩散传播。因此，口头文学的传播、传承和保护途径完全可以凭借翻译实现。但是无论是民译汉还是汉译外，其二度翻译的特殊性不可避免地会出现意义的流失或增加。比如说唱艺人的声音、演唱、讲述中的手势、面部表情、身体动作，以及听众反应、对史诗讲述总体情景的描述等因素，在翻译文本中无法保留和传达，难以达到在外语译本中传播少数民族文学的语言特点、思维方式、艺术审美特性等文化特征，展现中国少数民族文学文化独特魅力的目的。因此，对书面翻译文本中所缺失的与语境和文化密切相关的思考，就成为我们构建口头文学传播理论的起点。至于到底是沿用传统对等为取向的文学文本翻译策略，还是充分考虑少数民族口头文学中潜隐的综合性文化特质，借鉴民族志诗学（Ethnopoetics）、口头程式、表演等相关理论和方法于少数民族文学对外译介研究中，不难作出正确的选择。"少数民族文学的叙事载体从'母语书写'到'汉语书写'，再到'外语翻译'，正进入一个跨语言、跨国别、跨文化的发展空间。越是民族的才是世界的。翻译无疑是少数民族文学走向世界的重要桥梁。民族志翻译通过强调在翻译中采取直译，并尽可能多地提供民族志背景信息便于译语读者理解，在跨越差异的同时更注重展示差异，这一点特别适合少数民族文化差异性的表达诉求和少数民族民间口头文学文本的传承需要，对于少数民族文学和文化走向世界具有特别的意义。"[1]论者

---

[1] 段峰：《民族志翻译与少数民族文学对外译介——以羌族文学为例》，《西华大学学报》（哲学社会科学版）2014年第2期。

以羌族古代神话、史诗、民间歌谣的译介、传播研究为论,探讨了民族志翻译在语际传播中的重要作用。相同视野下的民族口头文学译介和传播研究在多个民族中都有展开。

王治国在中华典籍翻译的大背景下,以《格萨尔》英译为具体对象展开个案研究,将其置身于民族志书写和跨文化阐释的视域之中,从现代译论的高度,对这部民族史诗翻译过程中的具体问题进行翻译学意义上的理论解释和阐发。虽是立足于翻译学理论,但其论证逻辑给少数民族口头文学在传播领域的启发也是非常明显的:"'民族文学走向世界文学,指的是民族文学达到世界文学的先进水平,让世界多数人接受、喜欢,甚至学习。文学的交流,则是实现这一目标的主要手段'。而实现文学交流的主要手段便是翻译。将在中华多民族文学史书写中占据重要一环的活形态史诗《格萨尔》翻译介绍出去,这对于世界史诗版图的重写,对于中华多民族文学翻译史的书写具有重要意义。"[1]他一方面对《格萨尔》的多向译介和传播进行历时与共时性比较;另一方面又借鉴民族志诗学理论,为其他民族口头文学翻译的可行性策略和方法提供参考,也为《格萨尔》及其他口头文学的域外传播提供了跨学科的研究思路。他在另一篇关于《苗族史诗》的研究文章中,不单从英译考虑,而是以苗、汉、英三语平行对照形式,辅以大量民族志背景知识的通解,为弥补文本整理翻译与生态语境再现之间的隔阂,进行了一次异语传播的尝试:"《苗族史诗》以口传文本的形式在苗族跨地域、跨方言的文化共同体内传播。史诗承载着苗族远古历史的文化记忆,其中所包含的民俗事象铸就了苗族独特的文化世界。苗汉英三语对照、民族志深度翻译、置换补偿为史诗民俗事象翻译提供了可能途径与可行策略。只有将口承人、接受者和具体说唱场景构成的生态文化环境三者同时呈现和保存,活态史诗才能从文化标本的保护过渡到文化现实的动态传播。"[2]实际上,在现代社会中,借助于数字媒介、数字化的综合文本,将史诗或其他口头文学表演中的开场白、旁白及观众反应等生态场景、氛围,以音频、视频、图像等数字科技的形

---

[1] 王治国:《民族志视野中的〈格萨尔〉史诗英译研究》,《西北民族大学学报》(哲学社会科学版)2010年第5期。
[2] 王治国:《〈苗族史诗〉中民俗事象翻译的民族志阐释》,《民俗研究》2017年第1期。

式传播,应该是学界共同关注的重要学术话题。

相对于上述两位的研究,王军的建议有效性更强:"民族志诗学与民族志实践,对少数民族典籍外译具有重要的启示。少数民族典籍外译最具操作性的途径是由懂汉语和外语的译者与既懂汉语又懂少数民族语言的人合作,以汉语为中介语进行翻译,并把充实的民族志背景信息融入其中。"[①]翻译的本质是传播,少数民族文学族际与跨国翻译,实际就是民族文学中的文化信息在他语境中的传播过程。因此,明确翻译目的,尽可能地保证他语境中的文化信息真实丰富,顾及受众的文化差异,才能保证民族文化与他文化交流和沟通的顺畅。

当代少数民族作家文学的传播研究,相对于口头文学的传播研究,少了许多翻译之外必须顾及的活态环境因素,翻译本身的地位、作用显然更为突出一些。"在中国文化'走出去'战略中,民族文学的对外译介是民族文化传播的重要部分。少数民族文学作品通常以少数民族社会文化作为写作背景和题材,展现了中国少数民族人民的特有的生活方式、风俗习惯、民族性格和社会风貌等。少数民族文化是我国文化的重要组成部分,传播少数民族文化不仅是全面展现我国文化悠久性多样性的需要,也是推介我国特色文化的有效工具。因而,民族文学作品的译介必须体现民族特色,真实地再现作家的写作意图和原作的文化特色。但是,由于少数民族文化巨大的异质性,在目的语文化中普遍存在文化空缺现象。在中国文化在世界文化体系中仍属于边缘地位的情况下,不少传播者采用了适应西方话语体系的传播策略,省略、变通、曲解文化的情况比比皆是,从而剥夺了外国受众了解中国民族文化的机会,不适应时代的要求。尽管当前文化传播的形式向图像、视频、电竞产品演变,文学作品的传播仍是深层了解文化和思想的可靠来源,也是其他媒介赖以衍生的母本和基石。作好文学作品的对外翻译和传播,是我国文化传播的迫切需要。"[②]论者以阿来的《尘埃落定》的英译本为例,强调在民族文学的国际传播中注重文化的传递。尽量避免文化传播上的亏损和扭曲,有效地传播民族文化。

---

① 王军:《民族志翻译——少数民族典籍外译的有效途径》,《贵州民族研究》2014年第11期。
② 蒋霞:《民族文学国际传播中的文化传递——以〈尘埃落定〉英译本为例》,《民族学刊》2017年第6期。

彝族学者、诗人阿库乌雾的《凯欧蒂神迹——阿库乌雾旅美诗歌选》也是一部进入少数民族文学传播研究视野的特别个案。诗集是第一部以汉英双语对照、并置排版的方式从彝族视野来描写美国印第安文化的诗集。而中国译者文培红和美国译者马克·本德尔的合作,中国的民族出版社和美国俄亥俄州立大学全美东亚语文资源中心联合出版本身,对于文学传播研究来说是具有象征意义的。《凯欧蒂神迹——阿库乌雾旅美诗歌选》诗集的出版表明,少数民族作家跨语际文化书写,在少数民族诗歌与世界文学对话途中迈出了坚实的一步,在世界文学互译中具有独特价值与意义。阿库乌雾,"他以一名'彝人之子'的身份,为彝族诗歌经母语创作与汉语创作后进而通过英语翻译步入世界文学殿堂进行了积极的探索,其诗歌创作历经母语文化、第二母语文化,徜徉于母语叙事、汉语叙事与英语叙事的文学世界,一定意义上成为了'世界之子'。作为阿库乌雾民族志诗歌的最新成果,《凯欧蒂神迹》诗集以汉英双语对照形式,辅以大量民族志背景知识的通解,体现出合作翻译、深度翻译和民族志翻译的特点,对彝族文化的跨语际传播进行了民族志翻译尝试,值得民族文学研究界和翻译界继续给予相应的重视和开展应有的评价研究。"[1]《凯欧蒂神迹——阿库乌雾旅美诗歌选》的写作、翻译和出版,启示当代中国少数民族文学对外翻译与传播中,需要更多中外译者的合作,需要更多能够透彻理解他者文化、熟悉跨语际书写的翻译,使更多的"民族之子"进入跨语际传播实践中,最终蜕变为"世界之子"。

少数民族文学传播研究从20世纪90年代开始,已有了一定的学术基础和理论建构,但是,从我国各少数民族文学传播研究的现实情况来看,各地区发展是不平衡的。有的地区民族文学传播研究已较深入,有的地区研究则显迟缓。比如东北,在这片土地上生活着满、蒙古、朝鲜、锡伯、鄂温克、俄罗斯、鄂伦春、赫哲等少数民族,漫长的历史演进过程中,各民族都有了自己的文学,无论古代还是现代,该地区少数民族的文学成就在全国范围内并不逊色。可若文学传播

---

[1] 王治国:《彝族诗歌的跨语际书写与民族志翻译——以阿库乌雾〈凯欧蒂神迹〉为例》,《燕山大学学报》(哲学社会科学版)2019年第5期。

学研究缺席,就会对该地区的民族文学汇入国家或者世界文学潮流产生一定的制约。正像曹萌分析的,我国的传播学研究已完成从介绍、消化西方传播学向探讨、建立自己传播学的嬗变,并拓展出许多传播学分支领域,但文学传播研究,以及其中的东北少数民族文学传播研究成果还极少见到。在此背景下进行东北少数民族文学传播研究,"研究上述民族文学在其发生、发展和繁荣过程中所体现出的传播现象、传播媒介和传播过程,以及与该民族群落文学传播密切相关的源文学信息、文学传播媒介、文学传播方式及其嬗变、文学传播思想、文学传播类型、文学传播特征,还包括推动和影响东北少数民族文学传播的主要载体和重要因素等"。[①]这样的研究构架,既可首创东北少数民族文学传播研究领域,为文学传播学的创建和拓展奠定基础,又可突破中国少数民族传统文学研究模式,探索出新的研究途径。

  杨光宗把视野投向了以武陵山脉为中心的湘鄂渝黔边境及邻近地区。这里生活着土家族、苗族、侗族等30多个少数民族,是我国内陆跨省交界地区面积最大、人口最多的少数民族聚居区,是国家西部大开发和中部崛起战略交汇地带。他提出必须在这里建构传播少数民族文化新媒体平台,以快速、广泛地传播少数民族文化,深度挖掘、开发和利用少数民族文化,利用新媒体这种新型"存储器"存储少数民族文化,促进少数民族文化的保存和传承发展。因为在以网络媒体、手机媒体等为代表的新媒体快速发展和应用的时代,其文化存在形态、功能和传播渠道都发生了史无前例的变化。这里十分丰富和珍贵的民族文化资源,在全球化和新媒体时代的冲击下,正在经历着民族文化嬗变的考验。与此同时,新媒体技术的发展给该地区民族文化的传播也带来了机遇,为武陵山少数民族区域的民族文化的传播提供了崭新的平台。他结合武陵民族地区的新媒体发展及应用状况,分析和解读新媒体对少数民族文化传播的意义以及存在的问题,对建构传播少数民族文化的新媒体平台提出了一些具有可行性的建议。[②]只有优化传播环境,改善基础设施,提高传播者和受众素质,扩大有效

---

① 曹萌:《东北少数民族文学传播研究的意义与构架》,《沈阳师范大学学报》(社会科学版)2012年第5期。
② 杨光宗、龙亚莉:《建构传播少数民族文化新媒体平台的思考——以武陵民族地区为例》,《中南民族大学学报》(人文社会科学版)2012年第4期。

传播范围,提高信息整合能力,拓宽使用多种媒介,消除因语言交流形成的"异质性"障碍,实现不同文化背景下的人民、民族、国家之间的相互理解与相互认同,才能更有利于实现民族文化的跨文化的有效传播。

王玉则主要分析了汉族文学在新疆少数民族地区的跨语际传播。她肯定了半个多世纪以来,当代文学许多优秀的作品在新疆的跨语际传播,为增强国家认同,促进各民族文化、文学的交流、融合和发展所起到的作用,分析了当代文学在新疆跨语际传播的"民译汉"、"汉译民"以及各民族母语作品之间的"互译"的方式,认为有必要重新认识当代文学在新疆的跨语际传播的现状与意义,分析存在的问题,探索可能的出路,促进各民族文化、文学的交流与交融,以期实现中国文化、文学在中亚地区的广泛传播与影响。"新疆的维吾尔族、哈萨克族、柯尔克孜族等民族在语言、文化、宗教信仰和生活习俗方面与中亚国家有很大的相似性,其中语言的亲缘性特别值得重视。中亚五国的语言文字在20世纪40年代改用斯拉夫字母(俄语字母)。中国的维吾尔语、哈萨克语、柯尔克孜语言仍然沿用阿拉伯字母,但与中亚地区的哈萨克斯坦、吉尔吉斯斯坦、乌兹别克斯坦等国家使用的一些语言相比,在语音、词汇、语法的相似性仍然很高。有些语言之间,如维吾尔语与乌孜别克语,相似度高达70%以上。当代文学通过维吾尔语、哈萨克语、柯尔克孜语译本转译与间接传播,是一条便捷的途径,将极大改善中国文学在中亚地区文化传播的不利处境。"①王玉的立足点虽然是当代文学(汉语文学)在新疆少数民族地区跨语际传播的问题与出路,可从另外一个角度看,"一带一路"背景下的新疆,处于与中亚地区的文化和经贸交流的前沿阵地,具有地理位置、民族文化和语言的优势,因此,她不仅强调了新疆是当代文学走向中亚地区的传播通道和桥梁,也必然启发少数民族文学传播研究者,增强对新疆各少数民族文学的中亚传播所具有的地理、文化、语言优势的认知。

任何一个民族的文学在其漫长的发展过程中,不仅要继承和发扬本民族优秀文学传统,同时也要吸取异域文学的精华来丰富和发展本民族的文学。民族

---

① 王玉:《文化认同与中亚影响——当代文学在新疆跨语际传播的问题与出路》,《石河子大学学报》(哲学社会科学版)2018年第1期。

之间的长期交流使得一个民族的文学,无论其民族传统文化怎样深厚,总是要通过种种渠道和方式,直接或间接地与其他民族文学产生多种多样的关联。对于一个民族的文学传播来说,当然要重视本民族文学"走出去",也不要忽视他民族文学的"引进来"。北方蒙古族学者巴·苏和就曾论述过蒙古族文学发展过程中的外来影响。他通过研究发现,从古代起,蒙古族在翻译出版印度等国家和汉族等民族的文学作品的同时,也把一些经典著作吸收为本民族的文学作品。这就是蒙古族历代文学迅速发展繁荣的重要原因之一。模仿、借用、移植外来文学的现象是蒙古文学中外来影响的主要表现之一。印度、西藏的世俗文学经常随着佛学著作和经文注释传入蒙古,因此蒙古文学早期受印度、西藏文化影响较深。到了清代,受到中原文化和汉族文学影响,出现模仿汉族通俗历史演义作品,由此迎来了蒙古文学发展的高峰期。另外,蒙古文学体裁的多样化,也是一方面不断继承革新本民族固有传统体裁,另一方面积极地有选择地吸收外来文学体裁的结果。[①]一个不拒绝他民族文学成功经验的民族,用积极的态度去对待他民族的文学成果,并将他民族那些优秀成果吸收到自己民族之中,以此推动本民族文学的发展繁荣,这是被每个民族的文学发展史充分证明了的普遍性规律。

南方的四川学者徐其超从吉狄马加、阿来、意西泽仁、栗原小荻等四川少数民族作家的文学成就和播送与接受、输入与输出的关系实例,说明了文学传播过程中的共振、互鉴的现象。四川少数民族文学,特别是新时期的四川少数民族文学,虽然主产在大盆地周边的崇山峻岭,却也外销,也输出,不仅出川,还出国,与世界交流,与世界对话。"与全国共振,四川新时期少数民族文学学习、借鉴外国文化形成热潮,是社会发展大趋势的反映,是四川少数民族文学实现自我超越的需要,是改革开放时代提供的机缘。四川少数民族文学对外国文化的接受也呈全方位摄取、价位取向带多元性和20世纪文化新潮大量引进的态势,但有自己的特点,那就是对'爆炸'的拉丁美洲文学和'崛起'的非洲文学的优先、重点选择。通过取精用宏的学习、思考,四川少数民族作家现代文化精神升

[①] 巴·苏和:《论蒙古族文学中的外来文学影响》,《民族文学研究》1996年第3期。

华、现代民族文化意识觉醒、现代文学观念不断加深、现代文学表现方法频频使用,已超越传统,跨向现代。"①正确地处理学习、引进过程中的种种矛盾关系,如"拿来"与识别、适应与认同、借鉴与创造,这正是四川少数民族文学接受外国文化所积累的基本经验。

在所有的少数民族文学传播研究中,研究内容、范围、方法、意义随着对传播理论的认识的加深也在逐步深化,也有学者关注少数民族文学传播的现实问题。长期从事少数民族文学研究的李晓峰,就试图破解多民族母语文学跨语际传播的困境与新路:"在中国统一的多民族国家内部,当各少数民族母语文学以'不在场的在场'的方式存在,当'中国文学史'书写完全漠视了少数民族母语文学自在生命和空间,当文化洼地效应导致的单边译入尚未得到相关机构全面重视和纠正时,我们也注意到少数民族母语文学世界正在悄然发生的重大变化:许多少数民族不仅意识到母语文学书写对民族文化存在的重要意义,不仅将母语文学作为民族文化生命的载体,而且还将母语文学作为民族文化的生命现场,一方面主动获得并行使其母语文学书写在国家文学公共空间的传播,另一方面借助世界多元文化主义思潮以及少数族裔母语运动营造的多元文化语境,直接将自己的原生母语文学输出到世界其他文化区域,为自己的母语文学争取到世界性传播的话语权力,从而也将各民族母语文学的自觉纳入到世界性的民族意识和民族文化觉醒的语境之中。这些倾向,标志着当代母语文学跨语际、跨文化传播的新路。"②他列举了彝族双语诗人、学者阿库乌雾,以自己母语书写的亲历和其他民族母语文学的问题,将自我生命主体作为媒介,以纸质文本(诗集)、口头文本(声音)同时出场的方式,在世界多元文化的文学语境中,确立彝族母语文学在场。他以强烈而积极的"用母语与世界诗坛对话"的传播意识,用母语诗歌在世界诗坛的隆重出场,反拨了母语诗歌在"中国诗坛"的不在场。还有蒙古族母语作家满都麦,不满足于"母语书写—母语出版—汉译母语—汉译

---

① 徐其超:《从传统跨向现代——四川新时期少数民族文学与外国文化》,《西南民族学院学报》(哲学社会科学版)1999年第3期。
② 李晓峰:《多民族母语文学跨语际传播的困境与新路》,《云南民族大学学报》(哲学社会科学版)2010年第2期。

出版"这一传统模式,主动建构了"母语书写—汉译—母语与汉译本同时发表"的模式,以其小说对草原生态这一世界性主题的独特思考,在中国当代文坛产生了强烈反响,实现了母语书写跨语际、跨文化传播。还有维吾尔族的麦买提明·吾守尔、穆罕默德·伊明,朝鲜族的金勋、李相钰,蒙古族的力格登,哈萨克族的哈丽黛·比拉勒、库尔班阿里,乌孜别克族的泰来提·纳斯尔等一大批母语作家,他们自觉的跨语际、跨文化传播意识,穿越汉语直接进入世界文学语境。更多的作家作品自觉地通过汉译进入中国文学公共空间的传播行为的出现,已经证明中国当代少数民族母语文学价值在场的自觉行为,对认识中国当代文学的真实面貌,并使多民族母语文学进入中国文学具有重要意义。

当今社会生活的复杂性在一定程度上超出了人们的想象,人类的想象力因此而遭受到最为严峻的挑战。在实体的现实世界体制严谨、体系完备的背景下,网络社会自然而然成为任想象驰骋的与现实世界所平行的"第二世界"。网络的出现,缩短了民族地区与文化发达地区的时空距离,也改变了民族文学创作和传播的生存空间。基于网络的传播方式将人与世界的关系最大限度地拉近。巨大而无形的网络为新生一代少数民族作家超越地域的文化想象,进入更加广阔的话语环境之中提供了便利。网络文学在网络社会已经相当健全的情况下,扮演着反映网络社情和改革传播方式的重要角色。无论是远离家乡,还是身处偏远,少数民族作家也在亲历一场人与时空关系的重新塑造。网络的普及,给少数民族作家发出独特声音提供了契机,网络传播无疑也给少数民族作家展现自己民族文化提供了最好的机遇。"更重要的是,大量研究少数民族创作的理论批评文章纷纷进入网络,对民族文学创作现状、创作中值得关注的问题,以及发展方向等等进行批评和总结,为民族创作的整体考察提供了理论依据。尽管这些理论评论文章多数首发于传统媒体,但由于网络的转贴,迅速扩大了影响,引起了关注。……新世纪以来,和经济社会发展一样,中国文学也面临走向世界的问题,其中关于'如何提升中国少数民族文学价值',或者说'如何让中国的多民族文学产生世界影响',应当是一个重要课题。民族文学作为这一时期处于成长期的新兴文学形态,给中国当代文学走向世界提供了崭新的元素。

在新的历史时期,各民族悠久的文化传统将借助网络空间的加速交流和相互借鉴,汇成新的文化洪流,建构起中华民族'知识—情感'共同体。"①通过网络平台传播民族文化,极大地提高了民族文化传播的易得性。而且可以跨越时空,扩大民族文化的传播面和辐射面。基于网络愈见发达背景下的民族网站(论坛)的陆续建立和建设,官方与民间文学传播话语的互补,形成了互动频繁的民族文学传播场。显而易见的是,利用网络来传播少数民族文学是网络时代的必然选择。从马季对当今社会网络建立和普及给少数民族文学传播带来的影响的考察,可以看出他对少数民族文学的网络传播充满信心。

总之,已有的从各个不同角度、不同区域、不同媒介等方面,对少数民族文学传播进行的理论和实践研究,积累的学术资源对于少数民族文学传播学研究继续向纵深开拓具有很大启发性。目前少数民族文学传播研究还存在许多问题。多数研究还停留在简单地套用某些传播学理论,表面地说明文学现象,鲜见真正从传播学视角深入研究文学问题,从基础理论着手,宏观把握文学传播的基本理论,发现文学独特传播规律的有新意的文章。实证研究方法也理应被借鉴到文学传播的研究中,成为风气,从而改变目前思辨、定性的研究占绝对优势的局面。另外,作为中华文学重要组成部分的少数民族文学,在传播过程中由于传播者和读者的文化差异、民族意识等因素,而导致作品常常被"误读"等问题,都必须得到重视和解决。我们有必要正视理论和实践上的少数民族文学传播研究与深入、系统的体系建构之间的不小距离,在信息时代的文化融合过程中,继续关注少数民族文学写作和传播策略。

六、少数民族女性主义文学研究

关于"女性文学",目前学界有三种意义:一指所有女性作者的创作;二指男女作者运用女性题材、表现女性的文学作品;三指女性表达主体意识、性别意识的创作。"显然,用女性主义指称女作者的创作及作品更为可取,而上述关于'女

---

① 马季:《中国少数民族文学与网络传播》,《长江丛刊》2014年第9期。

性文学'的第三种定义则可用女性写作或女性书写来指称。'女性写作'不同于'女性文学',后者通常意味着所有女性作者的创作及其作品;前者具有特定的内涵,指具有女性意识,表达女性独特的体验并以此颠覆男权机制的文学作品。用'女性写作'置换'女性文学','标识着对女性创作作品及女性写作行为的特殊关注,旨在发现未死方生中的女性文化的浮现与困境,发现女作家作品中时隐时现的女性视点与立场的流露,寻找女性写作者在男权文化及其文本中或显露或刻蚀出的女性印痕,发掘女性体验在有意无意间撕裂男权文化的华衣美服的时刻或瞬间。'"①这段文字不但说明了女性写作之于女性文学的内涵区别,也指出了研究"女性写作"的内容和意义。在这个意义上来说,国内的女性写作在20世纪90年代中期已经形成高潮,但是少数民族的女性写作仍然很少进入主流批评的视野,即便是少数民族女性作家中相当多的人具备了明确的女性意识,自觉地从性别的角度展现本民族女性的生存现状和精神欲求。

中国女性文学的"女性主义",从一开始就有它特定的本土文化气质。中国文学的女性主义主要体现在中国女性作家所创造的、从自我的生命体验出发、自觉维护女性尊严、抒写女性的自我意识、关心现实女性问题、追求独立人格、体现女性自审意识的文学作品中。从20世纪八九十年代开始,中国女性写作实践拓展了男女平等的社会角色书写,带着对女性生活的各方面的深层体悟,把笔墨伸向女性内心深处,开始从对"女性"这一性别特征的关注,走向自省和自审之路。"中国的女性写作是在没有类似西方女权运动的情况下,女性作家处于自我的性别意识和关注弱势群体的责任感,依据中国现存的女性问题自觉地走向女性文学创作,从而为中国女性主义文学批评的兴起奠定了基础。它和西方女性主义理论的深刻影响一起构成了中国女性主义文学批评的两个主要的思维来源。"②中国女性主义文学批评就这样伴随着中国女性文学的发展,尤其是具有女性主义意识的文学作品的诞生而发展了起来。它将一种新的视角——性别视角带入文学批评的实践中。

---

① 李天福:《双重束缚下的边缘写作——少数民族文学女性主义研究的几个论域》,《贵州民族研究》2013年第4期。
② 李兰英:《从女性写作到中国女性主义文学批评》,《名作欣赏》2012年第2期。

当代中国少数民族女性文学发展的轨迹,从关注民族发展到关注女性自身的发展,在对自身的观照中,基于独特的女性生命体验,进行深度的人性探析,使当代少数民族女性文学在其发展历程中,突破了单一性的束缚,进入了丰富、深邃的审美空间。"自20世纪80年代以来,中国少数民族女性文学的内在发展轨迹、特点以及主题内容等方面都有了历史性的变化。少数民族女性作家更加侧重于对本民族文化的体认与寻找,以民间素朴的话语方式逼近女性生存的历史与现实,强调原始状态的风景与现代都市景观的多重呈现。无论是民间本土的叙事抒写、多种民族文化的沟通抒写,与融入了主流文学的写作,都着力于对女性生存、民族的历史与现实进行反思。在民间叙事的基础上,以激越的姿态回应了民族文化的脉动,凸现了女性自我身份意识与民族意识。"[1]田泥认为中国转型期少数民族女作家以各种文学样式反映了民族发展的事实,并记录了少数民族女性生存的状态。与此类似的诸多中国当代少数民族女性文学创作想象、理想、现实,还需要我们一一地去分析与判断。

随后的黄晓娟对于少数民族女性文学发展状况的梳理更为明晰:20世纪50至60年代中期,在为数不多的第一代少数民族女作家的创作中,主题思想、艺术风格方面,对于民间文学的自觉传承,和逐渐由民间文学向着作家文学创作转化的演变轨迹清晰可见。浓郁的民族特色、强烈的时代气息,以及日渐成熟的文学审美品质,是这一时期少数民族女作家鲜明的创作个性。20世纪70年代末至80年代的少数民族女性文学,在继承"五四"女性文学的传统和借鉴西方女性主义文学的创作中,呈现重建个人自主性的努力,着意抒写曾经被遗忘的女性内在感觉,不断在女性由"社会自我"向"生命自我"的道路上回归,女性意识有了新的追问和发展。女性写作逐渐由社会思想解放而转向自我解放,女性的经验日益浮出历史地表。而20世纪90年代以来,在借鉴西方女性主义理论的同时,中国的女性主义文学在本土化的过程当中呈现出更为丰富的精神追求。从对女性外部世界的观察和剖析到女性自身心理的审视、对女性成长经历的反思和对女性身体的书写,都在更高层次上展示女性作为人的价值的全面

---

[1] 田泥:《谁在边缘地吟唱?——转型期中国当代少数民族女性写作》,《民族文学研究》2005年第2期。

实现。个人意识的觉醒和女性话语的突破性建构使该时期的女性文学呈现出多元、丰富的发展势态。新世纪以来的少数民族女性文学更是绚烂多姿。在女作家的自身文化构成中,民族文化的外在表象与民族文化的精神内核交相存在。在传统文化、民族文化与现代文明的碰撞中,少数民族女性文学日渐呈现出鲜明的、独立的文化自觉意识和文化自信,从而极大地丰富了新世纪以来的多民族文学。[①]论者的分析和归纳,应该是以少数民族文学女性主义批评较为扎实的事实为基础。

中国进入20世纪80年代以后,女性文学批评汲取西方女性主义批评的营养,从整个当代文学批评中逐渐独立出来,女性主义文学批判成为中国当代文化学术研究的重要内容。中国的女性主义文学批判一开始主要针对男权主义进行研究,指出父权文化的罪恶性以及对女性严重的伤害性,批判父权文化的罪恶本质,伸张女性人权,最后进行文学批判。到了20世纪80年代中后期,中国女性主义文学批判发展到"性别诗学"阶段,在借鉴西方女性主义文学批判的基础上,中国女性主义文学批判理论的发展,逐步摒弃了男性文化或女性文化的偏激,开始具备了审视自身局限性以及偏激性的辨别力,逐步构建了中国式的女性主义文学批判理论。到了21世纪初期,女性主义的偏激阶段正式结束。女性主义文学批判研究者们针对西方女性主义批评在中国的具体应用过程中产生的问题,开始着眼于中国本土文化和国情,呼吁建立自己的女性文学批评理论和话语体系,进行女性文学批评学科化建设。女性主义开始关注本土民族文化,开始以文化的视角去观察和研究女性主义文学批判,最终破解了将一切问题归为男性文化的根本问题。从性别的视野研究文学,重视女性文学文本,关注、重视女作家独特的性别创作体验、性别创作特质,从女性主义文学批评过渡到"性别诗学",可谓新时期女性主义文学批评探索的重点与取得的业绩。

20世纪80年代以来,女性主义开始与后殖民主义进行交流、对话,形成了一个全新的阐释空间,即后殖民女性主义文化理论。将性别问题与种族问题联结的后殖民女性主义批评(Post-colonial Feminist Criticism),成为后殖民批评理

[①] 黄晓娟:《当代少数民族女性文学发展概论》,《广西民族师范学院学报》2013年第4期。

论的重要组成部分。至90年代,这种批评已极大地改变了女性主义批评的面貌。正如有的学者所论,后殖民女性主义批评又称"第三世界女性主义批评"(Third World Feminist Criticism),其理论的兴起极大地丰富了文学文化阐释的空间,暴露了以西方白人中产阶级女性为主的女性主义在种族、阶级论述上的盲点,开拓了女性主义的思考空间;而且也丰富和发展了整个后殖民理论,使理论界开始关注和正视第三世界女性的真实存在状况、应有的权利及女性自身的复杂性。[1]靳锐对该理论的内涵以及"后殖民"与"女性主义"结合的合法性做了更加深入的阐释:"后殖民女性主义是指在殖民主义统治结束后,曾经遭受过各种形式殖民统治的女性为揭露和反抗殖民罪恶而进行的文学创作、学术研究及其成果,后殖民主义与女性主义的结合并非偶然,他们进行'联姻'的合法性基础首先源于两者拥有较为相似的历史和文化背景;其次,女性主义与后殖民主义结合社会现实语境,突破纯形式的文本研究,将历史、文化、社会、政治等诸多因素融入文学批评;再次,后殖民主义与女性主义都诞生于标举差异、解构传统、反抗主流价值的文化语境中,都是以边缘和弱势姿态出现的少数话语,它们都属于以后现代主义为代表的后学的一部分,因此,后殖民主义与女性主义对传统的'男／女''东/西方''第一世界妇女／第三世界妇女'等二元对立系统进行解构,是强劲的后学在特定领域的发展和延伸,也为重建文化的'他者'进行了有益的探索。"[2]论者认为后殖民主义文学创作,就是女性作家从自身性别出发,以阶级、种族、性别纳入整体性思考和言说,从不同角度表现边缘女性群体在多重压迫下的痛苦,以及为底层女性维权,帮助她们发出自己的声音而寻求的反抗策略。如果把斯皮瓦克在20世纪80年代初发表的《在国际框架里的法国女性主义》看作这一理论流派的滥觞,经过多年的发展,学者们已经在后殖民主义与女性主义之间开拓出一个新的理论空间,借用霍米·芭芭的术语,就是一个"第三度空间"。罗钢等学者也有相似的论述:"后殖民女性主义揭露父权制和殖民主义话语把第三世界妇女建构为它者,使她们在历史上受到双重的压

---

[1] 肖丽华:《性别、民族与身份:后殖民女性主义概念之辨》,《现代语文》2012年第4期。
[2] 靳锐:《后殖民女性主义文化理论概述》,《文艺生活》2013年第3期。

制、掩盖和擦抹;她们坚持差异性的原则,批判资本主义对当代世界的同质化,包括西方女性主义表现出的这种同质化倾向;她们把种族和性别两种视角结合起来,集中地提出了第三世界妇女作为一个文化群体的特殊性问题。"[1]他们从理论建设与批评实践两个方面对后殖民女性主义作了一些初步的介绍和探讨。而且还认为,自从20世纪80年代以来,在西方女性主义思潮影响下,如何从中国女性特殊的历史和现实境遇中生发出一种特殊的文化诉求,后殖民女性主义或许可以为我们提供有意义的借鉴。

肖丽华在后殖民女性主义国/族与性别的问题上阐述了自己的原则:"第三世界妇女不只拥有性别化的身体,她们的身体还受到种族化的双重铭刻,但是如果我们以更动态的立场看待这场冲突,就会意识到女性从事女性主义并不意味着要与自己的国/族主义作战,反过来也一样,支持国/族主义,支持民族解放,并不意味着一定要放弃自己的性别追求与性别权利。殖民批判和种族批判一直是后殖民女性主义的重要议题,男性不必然是女性的敌人,反而是需要携手共进的同志,尤其是在有些深受跨国企业迫害的第三世界国家,方能彻底解决这些国家妇女都面临的问题。"[2]她认为后殖民女性主义将性别的视角渗入民族议题的讨论中,在民族、国家、阶级和性别的动态关系中去讨论第三世界女性的问题,是一种有益的理论跨界。这样使我们对国/族主义的某些论述保持清晰的批判。比如:公私话语的设置导致了女性身份的暧昧不明;置身于性别利益之上的国/族话语对女性的暴力;为抵抗西方殖民或争夺对女性的控制而提倡某种落后的传统;等等。刘俐俐则从我国当代少数民族文学在发展中遇到的前所未有的文学本身和文化的现实问题出发,考察后殖民语境中民族文学理论与实践等诸方面因素,思考少数民族文学发展方向和批评策略。比如关注民族和民主的双重诉求及其策略;关注民族文学边缘地位与当代文学发展中的意义及其策略。她强调:"少数民族作家的创作无论沉默抑或发出自己的声音,对我们

---

[1] 罗钢、裴亚莉:《种族、性别与文本的政治——后殖民女性主义的理论与批评实践》,《北京师范大学学报》(人文社会科学版)2000年第1期。
[2] 肖丽华:《性别、民族与权力:后殖民女性主义文学批评中的"国/族"论》,《温州大学学报》(社会科学版)2013年第6期。

都是有意义的参照。特别是循后殖民文化理论的思路,我们可以充分了解少数民族作家的沉默,及其边缘性的意义。首先,他们的边缘性和沉默是一种批评力量,无声抨击颓败的现实和文学现状。文学批评应当自觉关注文学的沉默现象,变换角度,体验边缘,发现问题。其次,是激发文学激情和艺术想象的无形力量。边缘引起复杂的心理体验,在沉默之下必然有尚未纳入话语主流的情感流动,有可酿成文学的审美情思,有艺术想象所需要的力量。此外,也是文学批评从整体来观照文学的一种制衡力量,即文学永远是不均衡发展的,文学的价值选择和审美追求永远是多样的。少数民族文学的边缘而能让我们的文学批评考察中心,因他们的沉默而能让我们的文学批评作出反思。"[1]而后殖民女性主义双重边缘身份特征,促使他们必须不断开拓新的文学批评领域。因此,诸如族群、性别、权力三维或多维批评空间,就有效拓宽了传统批评视野,打破了类似于东西方在全球文化中"边缘—中心"的不合理关系格局,以边缘者的立场对文化霸权加以解构,由此进入了全新的少数民族女性文学批判空间。

不过,也有论者认为,后殖民主义理论的逻辑起点是经济发展的不平衡及其内部指向的生产关系的压迫性。其所运用的具体环境是有一定条件的,即在批判和阐释东方—西方、第一—第三世界是具普遍有效性的,但这并不等同于该理论适用于任何一种具体条件下的情况,尤其是在经济基础和生产关系截然不同的社会中。"'后殖民主义理论'在本质上是不适用于我国少数民族文学批评的,如果非要说从其理论产生的出发点去考虑,那么这也仅在于它加深了我们对西方文化霸权和资本主义利欲本质的认识,从而提醒我们要时刻保持警惕;而其在方法论上的意义则是要让我们站在比较视野的前提下对问题进行思考。总体而言,我们既要看到全球化的趋势,但又不能盲目认同全球化,尤其要避免在抽象的全球化的口号下丧失自我。"[2]此类观点虽具有一定警示意义,但是其推论的逻辑起点却又恰好反证了后殖民主义理论对于中国少数民族文学批评的适应性。

---

[1] 刘俐俐:《后殖民主义语境中的当代民族文学问题思考》,《南开学报》2000年第1期。
[2] 蓝国华:《谈"后殖民主义"理论与少数民族文学批评》,《中州大学学报》2009年第5期。

少数民族女性文学研究方法,除了上述介绍的后殖民女性主义研究方法之外,具有跨学科性质的生态女性主义文学研究方法也得到了创造性运用。

生态女性主义(ecofeminism)这一名词是由法国女学者弗朗索瓦·德·奥波妮(Francoise d'Eaubonne)于20世纪70年代在其著作《女性或死亡》中首次提出的。弗朗索瓦·德·奥波妮把生态思想和女权思想结合在一起,认为自然与女性之间存在天然联系。其基本观点是,自然与女性是人类生存和发展的本源,但在男权社会中,自然和女性都是被压迫的对象。生态女性主义者认为生态危机和性别压迫是人类社会危机的根本原因,解决生态危机和性别压迫就是生态女性主义的根本目的。生态女性主义是一种理论话语,其前提是父权制社会对妇女的压迫和对自然界主宰之间的联系。

生态女性主义文学批评是在目前环境日益恶化、生态危机日益加深的特殊语境下,借助长期以来世界女权主义运动的历史潮流,在女性主义文学批评的基础上兴起的一股新的文艺思潮。陈茂林认为在生态女性文学批评的理论视野内,自然环境和女性生命的天然联系主要表现在以下几个方面:第一,大地的造化功能与女性的孕育功能惊人地相似;第二,自然和女性在男权社会中遭受统治和压迫的观念基础是一致的;第三,自然和女性受压迫的根源是一致的;第四,剖析、揭露和抨击了父权制社会炮制的统治自然和女性的逻辑。"生态女性主义文学批评以女权主义运动为背景,从自然、环境、性别的多重视角进行文学研究,对现代社会中的自然压迫和性别压迫进行文化反思和批判,从而唤醒人们的生态意识和男女平等意识。生态女性主义批评的开放性和交叉性为文学研究注入了生机和活力,其文学实践将帮助人们改造自然观和妇女观,最终实现现代社会的可持续发展。"生态女性主义的批评方法包括以下几个方面:首先,从自然和女性的双重视角进行文学研究,寻找文学作品中自然和女性的错位,考察自然和女性在文学作品中的"他者""边缘""失语"地位,唤起人们对自然和女性的理解和尊重,唤醒人们的生态保护意识和男女平等意识。其次,重读文学经典。生态女性主义批评通过恢复自然文学和女性文学传统,重新评价文学经典,挖掘曾经被埋没或受冷落的作家及其作品,肯定、赞扬这些作品中蕴含的生态意识、生态智慧和女性意识,分析、批判其中体现的物种歧视或性别歧视,以便在此基础上重新书写文学史,重新建构文学经典。再者,重新审视人类文化。生态女性主义批评从环境视角和性别视角重新审视文学作品,质疑和解构西方思想中普遍存在的文化—自然、男人—女人的二元对立,重新审视人类文化,进行文化反思和文化批判。最后,建构交叉互动的多元化文学批评理念。生态女性主义批评是生态批评和女性主义批评的交叉,生态批评是生态学(主要是生态学的原则)和文学批评的交叉,是建立在生态哲学和生态伦理学基础之上的一种批评,而女性主义批评则是建立在女权主义理论基础之上的批评。①这种观点,基本上就是对1996年美国生态批评家格洛特·费尔蒂主编的《生态批评读本》导言中概括的女性生态批评发展三个阶段内容的阐发(发掘女性主义文学的主题与作品;追溯女性主义文学传统,发掘其内涵;考察包括经典文本在内的生态女性文学的内在结构)。曾繁仁则觉得当代生态女性主义文学批评内涵虽已较丰富,但仍应有一些新的内容。比如:借鉴生态文学对"人类中心主义"的批判有力地批判男性中心主义;发掘文学作品与其他作品中有关大地母亲形象的丰富内容;描写与阐释妇女特有的生存场所;重新评价女性文学与女性作家;鼓励广大女性积极参与生态女性文学创作,参与其他生态运动,真正成为保护女性权益、保护地球、保护孩子的主力。②

相较于上述的生态女性主义文学批评理论研究,刘大先则对兼具生态美学和女性主义两大优长的少数民族生态女性主义文学批评的适恰性做了有益的探讨。他认为生态女性主义意义证诸我国少数民族文学创作实际,有意味深长的发现:一是男性的充分社会化及男性原则的片面发展,导致了男性自身自然本性的异化,而女性社会化程度的缺失,则使她们得以保持更多的自然天性以及与自然万物的亲和关系。与男性作家凭借精神和理性创作不同,女性是用自己的身体来感知和写作的。女性从自身生命深处体察生命及其存在,比男性更能感受到弱小者的无助和悲哀以及人生的荒凉渺小。女性的历史处境同少数

---

① 陈茂林:《生态女性主义文学批评概述》,《齐鲁学刊》2006年第4期。
② 曾繁仁:《生态女性主义与生态女性文学批评》,《艺术百家》2009年第5期。

民族的历史处境也不无相似之处,而这些正好与更具生命感、自然感和感性色彩的文学创作是相通的。二是生态女性主义将关注女性的生存和自然的状态平行,其生态意识促使我们对文明进程、历史传统、政治生态、经济生态、文化生态以及思维方式、民族心态与生活习俗都做全面的观照,是倡导人类和大自然和谐相处的先进生态文化理念。而少数民族文学作为中华民族文学整体的一个部分长期以来并没有得到应有的重视,从维护文化生态的平衡来说,也是应当注意的。①他还原了"生态"与"性别"演绎为生态女性主义文学批评理论的逻辑,同时也指出了该理论在实际运用中可能出现或已经出现的整体性视角的缺陷,具有一定的参考价值。也有学者关注到该理论涉及的两个维度在细节上的非统一性,即女性主义视角与生态视角产生于不同的语境,前者产生于人类社会中男性与女性的对立,而后者的基本理念则来自现象学思维方式。"生态女性主义批评坚守着生态与女性主义两个维度,但这两个维度之间存在着不可调和的悖论。生态是一个整体概念,而女性主义却存在着区分。生态学的隐喻性思维是一种同情,而女性主义则指向批判。女性主义强化弱者的解放诉求,而生态将自然的整体作为其追求的终极目标。"②生态女性主义批评的悖论来自生态理念与女性主义批评理念之间的矛盾。生态女性主义批评必须更加深刻地理解生态的核心概念,强化整体性思维、强化家园意识和对话意识,才有助于克服生态女性主义批评的悖论。

对于少数民族女性文学的生态女性主义研究和后殖民女性主义研究,其成果主要体现在理论引进和中国化建构上,在女性文学批评实践上,杨易的《蒙古族女作家额鲁特·珊丹小说的生态女性主义解读——以〈遥远的额济纳〉为例》[《赤峰学院学报》(汉文哲学社会科学版)2020年第1期]、李红霞的《生态女性主义视角下的女性形象研究——以朱玛拜小说为例》[《边疆经济与文化》2016年第10期)]、张岚的《论迟子建作品的生态女性主义意蕴》[《浙江海洋大学学报》(人文科学版)2017年第5期]、曾艳的《萨娜小说〈多布库尔河〉的生态女性

---

① 刘大先:《边缘的崛起——族裔批评、生态女性主义、口头诗学对于少数民族文学研究的意义》,《民族文学》2006年第4期。
② 孙丽君:《生态女性主义批评的困境与出路》,《外国文学评论》2011年第2期。

主义解读》(《鄂州大学学报》2018年第2期)、赵丽丽的《东方女性形象的"被建构"——严歌苓小说〈少女小渔〉的后殖民女性主义解读》(《湖北开放职业学院学报》2019年第11期)等即是为数不多的成果。可是,始于世纪之交的少数民族女性文学勃然兴起可以说是一个无法忽视的文学现象。"少数民族女作家身置多重边缘命运,她们在书写时无一例外地有着浓厚的女性主义气质,即使在叙写宏大背景、民族历史与家族命运时也概莫能外。欲望、情感始终占据着她们作品的主要部分,她们较少用外在的意识形态规划约束自己的情绪与思维,透射出具有女人个体对于历史、命运、爱情的体验、感悟、意绪和理解。这是一种区别于男性刚性话语的柔性话语,偏重于感性、肉身、经验和个体。他们既有对于女性身份与宗教、民族文化心理的胶合,也有民间叙事与民族记忆的默契;既有现代社会文化冲击下少数民族女性的生活写实,也有坚持女人立场的永恒价值追求。"[①]蓬勃葳蕤的少数民族女性文学,以其姿态各异的表述展示了新世纪少数民族女性的生存情感状态和整体创作风貌。女性写作的繁荣、批评理论的中国化成就与后殖民女性主义、生态女性主义文学批评实践的不协调,是否预示着少数民族女性文学批评仍具有阔大的学术空间呢?

七、少数民族文学人类学研究

在中国当代学术语境中,跨文化视野和跨学科交叉研究方法已经成为推动学术发展的必然要求。少数民族文学批评的"知识空间"和研究方法常用的那一套批评话语越来越逼仄,少数民族文学作品似乎沦为验证某些理论方法正确性的少数民族案例。脱离研究话语的惯性思维,打破学科限制,借鉴其他学科的理论与方法,才能不断开启新的研究话语空间。"正是在这种情况下,人类学进入了少数民族文学研究的视野,人类学强调他族的、原始的、异族的学科性质和研究兴趣,以及其在阐释对象时并不解构对象的特点(与后现代主义的理论话语相区别),与少数民族文学研究强调少数民族独立性和特异性的内在需要

---

① 刘大先:《从差异性到再融合:后社会主义时代的各民族文学》,《南方文坛》2013年第3期。

立场一致。人类学终究是与他者打交道的学问,它的研究路径在于将他者对象化,并赋予意义,而少数民族文学批评也因其研究对象不言而喻的边缘地位、弱势群体的他者属性(相对于汉民族文学而言),使得自身也具备了他性特征。这一点恰恰是汉族文学批评所不具备的特点,因而得以成为少数民族文学批评的独特话语资源,进而得以被形塑为少数民族文学批评的独特品格。在研究特性的他性特点上,少数民族文学批评与人类学达成一致,从而能够与汉族文学批评明显地区分开来。人类学正是解决少数民族文学研究窘境首选的理论范式。"[1]需要指明的是,此处的少数民族文学人类学更多地指向人类学视野下的少数民族文学,即少数民族文学的人类学,而非少数民族文学视野下的人类学。本文中所论及的少数民族文学人类学批评也是指少数民族文学的人类学批评。少数民族文学人类学批评通过设定一个"少数民族文学人类学"的客体,为自身划分出一种新的杂交的理论领域,这使得少数民族文学人类学批评更接近于一种在广阔的文化视野中对文学文本的研究分析。

　　人类学于19世纪初期兴起,到了19世纪后期,不断发展并迅速成为一门显学。A.L.克鲁伯、布朗尼斯罗·马林诺夫斯基等著名人类学学者在20世纪初期就一再宣称:20世纪进入了人类学的时代,人类学将为人文社会科学研究提供基础。新世纪之初,张直心汲取国内外文学人类学批评的已有成果,化用人类学的理论方法,借助民俗学、民族学等学科的视角与材料,对云南少数民族小说进行深入细致的文学考古或文化诠释工作。他不无感性地写道:"神话结构、原型、思维、语法的运用,使云南少数民族小说平添了涵盖性与升腾力,逸出了不无逼仄的个人经验世界,向那无始无终、无边无际的诗性灵境提升。远古的回声、史前的幻想以及那埋在心灵深处的种族记忆,蓦然被唤醒。正是借重于这一深不见底的'空筐',使云南少数民族作家得以安置如此充分的人类性。"要具体、深入地诠释云南少数民族作家的作品,首先应该经由神话、仪式或民间故事切入,借人类学的烛光照亮民间传说、口承文学与书面创作之间的那片幽暗地

---

[1] 王敏:《论少数民族文学人类学批评生成的外部诱因与内在基础》,《新疆大学学报》(哲学·人文社会科学版) 2010年第4期。

带,运用人类学的视野、方法、知识发现和破译文本中的密码,同时,"我意中的文学人类学批评还应是一种兼具人类学观念与审美观念的研究方法。它不仅着力揭示神话、仪式、民间故事等前文学范畴是如何给文学注入活力的;不仅有意窥探作家创作的本文下潜藏着什么样的文化无意识;同时也悉心关注这些神话原型、文化意蕴是怎样通过审美形式、艺术手段、语言形象而呈示的"。[①]论者认为这样不仅可以弥补当代少数民族文学研究的方法论缺失,甚至可能增强已有文学人类学批评的深厚度与坚实度。现在来看,这种理念在当时是正确且有见地的。

　　按照人类学的基本观点,民族性与人类性探求存在内在的关联,对于人类学家来说,个人只有作为种族或者社会群体的成员才具有意义,人类学就是依据种族类型来划分文化形式的。王轻鸿立足于少数民族文学,从逻辑起点、操作方式、最终归宿三个方面阐释了人类学批评方法对于少数民族文学批评范式的拓展。"现代人类学对于20世纪以来的人文社会科学研究产生了重大的影响,民族性与人类性探求有着内在的关联,对于现代人类学思想方法的借鉴、整合、转化,有助于民族文学研究视野的拓展。就民族文学研究的逻辑起点而言,要以具体的民族文学为终极存在,恢复还原民族文学的原始风貌,建立独特的范畴体系和理论体系;就民族文学研究的操作方式而言,要以异民族的文学作为参照的对象寻找差异性,通过对话来发掘民族文学的独特魅力,不断反省自我民族文学的不足,实现民族文学新的建构;就民族文学研究的最后归宿而言,要探讨民族文学中所包含的人的自由自觉,突出民族文学的审美特征。"[②]借鉴人类学研究方法,在一个更为宏阔的背景中考察少数民族文学,在这里,论者也注意到了审美性作为文学的基本特征,在文学人类学批评的理论建构和实际操作中存在的缺失问题。怎样解决这个问题,韦勒克《批评的诸种概念》,盖格尔的《艺术的意味》,费孝通的《更高层次的文化走向》等许多著述中都有答案。"在小说、戏剧或诗歌中仅仅得到了人类学材料还不足以使我们分辨其艺术上的优

[①] 张直心:《少数民族文本的文学人类学诠释》,《民族文学研究》2001年第4期。
[②] 王轻鸿:《民族文学批评的人类学范式》,《民族文学研究》2007年第3期。

劣。借助人类学方法,我们可以确证跳过月亮的母牛是一种图腾象征,但这些方法并不能教会我们如何把诗歌与事实区别开来。我们可以断言,人类学观念的运用只有与某种着眼于艺术作品中的美学价值的方法相结合,才能有助于扩大艺术经验。""如果一个人对艺术缺乏敏感或无动于衷,那么任何方法或方法的综合都无济于事。"①少数民族文学人类学批评突出了文学独特的审美地位和作用,以更加主动的姿态发掘文本中的人和人的本质力量,文学的审美性与文化的人类性关联,就成了一个比传统文学批评方法内涵更丰富、更多元、更开阔的方法。

王敏也曾较为全面地提炼出了少数民族文学人类学批评具有的跨界性、多元视角性、对话性、整体辩证性和弱化少数民族性等几大特征,她认为所有这些特征"都是在呼吁一种主体间性的批评态度。号召将少数民族文学作品置于人类性与少数民族性互为主体的对话和交流中加以阐释,而非一方消解掉另一方,一方吞没掉另一方。少数民族文学人类学批评的价值便在阐释人类性与民族性之间"。"少数民族文学人类学批评的本质特征就在于它的这种主体间性,在于其批评观念中人类性与民族性互为主体,互相调和,彼此渗透后对文学性的共识上。"②她认为,少数民族文学研究走到今天仍然存在许多缺失和不足。比如过于强调民族性而使少数民族文学研究陷入褊狭的民族视野,置文学的本质属性于不顾,导致少数民族文学创作偏离了世界文学的一致轨道,出现研究视角单一,研究方法上的不适应、生搬硬套等等问题。人类学方法介入少数民族文学研究,在研究观念和实践层面具有重要的意义:可以促进少数民族文学研究对民族性的纠偏;促进少数民族文学研究的实践化;促进文学生态多样化和各民族文学和谐化;促进少数民族文学研究多样化。会为少数民族文学研究注入新的活力,开辟新的研究空间,它所具备的反思性也能实现对少数民族文学研究传统观念的超越。

在当下语境中,文学人类学借助跨学科的方法论优势,还对少数民族文学的民族志功能进行深度开掘,并将少数民族文学提升至一个新的高度。民族志

---

① 周宪、罗务恒、戴耘编:《当代西方艺术文化学》,北京大学出版社1988年版第293页。
② 王敏:《论少数民族文学人类学批评的特点和意义》,《中南民族大学学报》(人文社会科学版)2011年第6期。

是英文"Ethnography"的意译,词源出自希腊文"ethnos"(民族)和"graphein"(记述)。"作为人类学研究和表述的经典范式,'民族志'的基本含义是指对异民族的社会、文化现象的记叙。它包含两大要素:一是在风格上的异域情调或新异感,二是它表征着一个有着内在一致性的精神(或民族精神)的群体(族群)。因此,民族志的本质是为提供人类学研究所需而对某一人类群体的活态文化进行文本化存储。将少数民族文学类比为亟待开掘的'文化宝库',恰恰说明,民族文学根植于某一民族(或族群)的文化土壤之中,以极具本民族浓郁风格和审美取向的表达方式来书写自己的传统,从而将本民族的社会历史、文化现象、精神世界和历史记忆存储于多样化的文学文本之中。在本体论意义上,民族文学与人类学民族志有着鲜明的一致性。"[①] 同样的问题,李长中则从民族志写作与人口较少民族书面文学身份叙事的角度进行了阐述。"多元文化间的冲突或竞争渐趋激烈,人口较少民族的文化及身份意识远较其他民族更为凸显。出于一种身份重建的需要,当代人口较少民族书面文学往往通过民族志书写方式来建构'想象的共同体'。这一书写行为的潜在逻辑是:通过彰显民族文化的在场来唤醒自我民族的族群记忆,强调自我民族存在的合法性。"[②] 也就是说,人口较少民族书面文学民族志写作并非一种叙述技巧的选择,而是基于自我民族文化心理和现实处境双重视域融合后的必然选择。少数民族创作主体在以民族志写作方式呈现本民族文化真实样态时,背负着强烈的价值关怀。还有论者从民族志书写实践角度,对少数民族文学研究方法进行了深入的开掘。比如,傅钱余注意到了当代少数民族小说文本中的一个不容忽视的"记录"——仪式。若仅仅将少数民族文学作品中的仪式书写当成其一种文化饰品,不但难以真正地理解文学文本,还会忽略民族文学作品中的艺术特性。无论是阿来的《尘埃落定》中的行刑、祭祀,还是霍达《穆斯林的葬礼》中的礼拜、朝圣,无论是张承志《心灵史》中的宗教仪式,还是叶梅系列小说中土家族的跳丧、舍巴日,许多作品中都不难找到相关民族仪式的描写。而以仪式为研究基点,借鉴人类学的理论与方

---

① 李菲:《民族文学与民族志——文学人类学批评视域下的少数民族文学》,《民族文学研究》2009年第3期。
② 李长中:《民族志写作与人口较少民族书面文学的身份叙事》,《社会科学家》2014年第2期。

法,不但可以增加少数民族文学批评的深度,同时也能在总结、归纳、反思的基础上形成民族文学理论成果。①他的论述,从一个侧面证明了文学人类学民族志方法研究的积极价值。

在当代少数民族文学研究中,文学人类学民族志方法的运用已经深植于该研究领域的历史脉络当中,形成了一种批评与表述传统。在当下语境中,少数民族文学借助文学人类学等跨学科的方法论优势,对少数民族文学进行深度开掘,并将其地位与意义提升至一个新的高度。在由各民族文学构成的中国文学整体格局中,文学人类学注重将少数民族文学视为"我写我"的文化书写范式,从文化相对主义立场去充分认识各民族文化与地方性知识的重要价值,进而从理论与实践的双重维度推动"中华多民族文学史观"的建构。

与文学人类学研究方法紧密相关的另外一种方法就是民族志诗学。民族志诗学兴起于20世纪中后期,是美国民俗学重要的理论流派之一。"在口头程式理论和讲述民族志(ethnography of speaking)的影响下,美国一些有人类学、语言学兴趣的诗人与一些对诗歌颇有研究的人类学家和语言学家之间产生了共识,强调要将讲述、经颂、歌唱的声音还原给谚语、谜语、挽歌、赞美诗、寓言、公开演说及叙事等口头表达文化。丹尼斯·特德洛克(Dennis Tedlock)和杰诺姆·鲁森伯格(Jerome Rothenberg)联手创办的《黄金时代:民族志诗学》(*Alcheringa: Ethnopoetics*)在1970年面世,成为该学派崛起的标志。先后加盟的还有戴维·安亭(David Antin)、斯坦利·戴尔蒙德(Stanley Diamond),加里·辛德尔(Gary Snyder)和纳撒尼尔·塔恩(Nathaniel Tarn)等人。在后来的30年间,经由许多研究者、特别是戴尔·海默斯(Dell Hymes)和巴瑞·托尔肯(J.Barre Toelken)等人的努力,该学派作为口头艺术研究的旗舰取得了核心的地位,'民族志诗学'已成为标准术语出现在口头传统的前沿性学术研究中。"②民族志诗学是跨学科建构起来的一套阐释框架,民族志诗学的提出,体现了口传文学的再发现对传统文学文本概念的挑战和更新。"它主要关注以口耳之间的方式进行的交流,比如用说

---

① 傅钱余:《民族文学研究的人类学方法探赜———以"仪式"为研究基点》,《太原大学学报》2012年第3期。
② 巴莫曲布嫫、朝戈金:《民族志诗学(Ethnopoetics)》,《民间文化论坛》2004年第6期。

话、吟诵、歌唱的方式而呈现的谚语、谜语、咒语、预言、公众宣言以及各种叙事。它的核心思想是要把文本置于其自身的文化语境中加以考察,并认为世界范围内的每一特定文化都有各自独特的诗歌,这种诗歌有着独自的结构和美学上的特点。它强调应该充分尊重和欣赏不同文化所独有的诗歌特点,并致力于对这些特点的揭示和发掘。"就其理论主张、思想基础等而言,"其主要的学术追求,不仅仅是为了分析和阐释口头文本,而且也在于使它们能够经由文字的转写和翻译之后仍然能直接展示和把握口头表演的艺术性,即在书面写定的口头文本中完整地再现文本所具有的表演特性"。[①]换句话说,民族志学者们试图恢复被窜改的那些土著民族诗歌的原貌,解决在将口头诗歌书面转写时难以忠实于诗歌原有的意思,不可避免地会丢掉一些东西的问题。不仅要关注诗歌词语(文本),也要关注表演时的情景性语境(situational context),比如声音、语气、停顿、重复、韵律以及本土数字模式、句法结构等等。民族志诗学是在与表演理论相关的思潮影响下兴起的,但促使其产生的直接动力,与20世纪60年代末70年代初一批学者力图纠正欧洲中心主义与书写传统对于非西方的、口头传统所存在的偏见有关。"倡导民族志诗学的主要目的就是希望把简化为文本的僵化的文学还原为具体传播情境中丰富而多彩的活的文学。"[②]发现和描述从口传到书写的文学变异以及由此产生的信息缺失、传达变形、阐释误读和效果断裂。这种方法,既极大地拓展了书写对口传的表现力,也为深入认识口传乃至所有文学传统的内在特征提供了一个崭新的视角。

有学者对中国少数民族诗歌进行了文学人类学考察。"在西方20世纪初的民族志理论、20世纪70年代的民族志诗学理论及20世纪末的文学人类学转向研究的综合影响下,民族志书写和民族志诗学话语理论越来越普遍地被用于概观中国少数民族诗歌的创作和文本特征。从'文化书写'层面看,民族志关于远方异地某个民族、地方的田野调查及文化'深描',民族志诗学对部落的、口头的诗歌进行翻译实验及诗性构建,与少数民族诗人'浸润'于本土、本民族、本文化

---

① 杨利慧:《民族志诗学的理论与实践》,《北京师范大学学报》(社会科学版)2004年第6期。
② 叶舒宪:《口传文化与书写文化——"民族志诗学"与人类学的表现危机》,《广东社会科学》2001年第5期。

的民族诗歌创作与转译有着本质的重叠和共通性。考察民族志书写和民族志诗学理论与少数民族诗歌创作及文本的'嵌合'关联,对消减当前学术界对少数民族诗歌创作和文本经验性、感性的民族志和民族志诗学观念,构筑现代汉语诗歌中少数民族诗歌作为一种'文化书写'的诗学特征具有重要意义。"[1]论者对民族志视域下少数民族诗歌的"文化书写"进行了考察,认为民族志工作者极力渴求的最佳工作条件和状态,对于少数民族诗人来说是与生俱来的。因为他们不仅具有某个少数民族的身份,而且大多生活于某个特定的少数民族地区。年复一年的各种民俗节庆、仪式,亲近、融合、"浸泡"式耳濡目染的本民族文化,不仅形塑着他们关于民族的情感、精神及价值认同,更以语言和潜意识形式影响其诗歌创作的习惯和禀性,构成在诗歌创作中对民族文化的"深描"。而且,少数民族诗人将本民族的风俗、仪式、制度、文化等转化为情感、精神、价值等方面的诗歌创作,与民族志关于"异地"某个民族的"地方性知识"有着本质的相通性,在很大程度上也吻合民族志田野调查"住在土著人中间"的要求与全面、系统观察某个民族或地方社会结构和价值的诉求。以民族志诗学理论视角,对中国少数民族诗歌的创作及文本特征进行观照与定位,既能够生成少数民族诗歌的价值图谱,建构其本体性批评话语体系,也能够呈现少数民族诗歌在各自发展历程中的诗学特性及深厚文化内蕴。

20世纪80年代以来,少数民族作家的创作表现出明显的民族志诗学特征。民族志诗学所关注的边缘民族和异质特性,促进了中国少数民族文学的蓬勃发展。在所有少数民族文学创作文本中,深厚的历史追忆和进退失据的文化焦虑,成就了少数民族文学的独特审美和多元价值。但是,民族志诗学中的民俗叙事在新的消费语境中却沦为市场炒作的消费符码。少数民族作家却选择用汉语写作本身、为了迎合大众的隐秘心理,不惜对传统民俗进行变形性描写,则纯粹是传统文化话语向消费逻辑权力的"缴械"和"屈服"。有学者较早就注意到了新时期少数民族文学传播与作品中的民族志诗学之间的这种复杂互动关

---

[1] 董迎春、覃才:《民族志书写与民族志诗学——中国少数民族诗歌的文学人类学考察》,《北方民族大学学报》(哲学社会科学版)2019年第4期。

系,以及少数民族作家在言说立场和文化表达上的悖论处境。①

少数民族诗歌具有民族志书写的民族文化"深描"及诗性,许多学者在这块园地里做过深耕。侗族著名诗人苗延秀对侗族古楼、侗族元宵坐夜对歌习俗的描述(《元宵夜曲》);回族作家张承志对民族历史的深情体认(《心灵史》);白族诗人何永飞对云南滇西神灵的生死相依(《滇西,灵魂的道场》);土家族作家李传锋对自己故土的诗意眷恋(《最后一只白虎》),苗族作家沈从文对本土文化(比如碾坊)的深度细描(《三三》);少数民族作家诗人的民族志书写显示出的文本与田野的互文性,以及写作和表达方面的自由和多种可能性都被一一揭示出来。藏族学者丹珍草曾这样评价阿来的长篇文化散文《大地的阶梯》,她认为《大地的阶梯》是作者对川西北嘉绒藏区本土文化的"人类学笔记"或"笔记式的田野报告",是对地方性知识和地域文化的描述和探索。"作者借助历史文献与考古资料,用文学的笔调叙述和表达了嘉绒藏区的地理空间、历史文化、民族宗教和社会人生,对世纪之交社会剧变、文化转型等纷乱现象背后的宗教、族群和生态等价值观冲突的历史与现实给予现代性的反思,具有现代民族志诗学写作特征。"②这样的评价无疑是十分恰当的。《大地的阶梯》就是要通过对人们颇为陌生的川西北嘉绒藏区的人类学诗学细致描绘,传达出一种观念,即现代性文化与流行观念如果在边缘文化地带得到过度的强化,或许会扼杀本来应有的蓬勃生机和发展的无限潜力,更为广阔的世界,或许可以通过传达差异性丰富经验的民族志诗学写作而被间接召唤出来。

耿占春对吉狄马加的长诗《我,雪豹……》所蕴含的意义进行了深度解读。他认为,在思想方式和话语方式上,吉狄马加一直致力于现代性经验与民族志诗学的整合,雪豹并非只是一种诗学或神话学的事物,同其他生命一样,也有大地上短暂的生命过程。因此雪豹的言说既包含着一种民族诗学的意味,也体现出一种生态伦理的奥义。在此意义上,吉狄马加诗歌中有关宇宙秩序的想象、新的地方性、民族志诗学与生态伦理精神的表述亦并非一种孤立的幻想,而是

---

① 李翠芳:《民族志诗学与新时期少数民族文学书写》,《广西民族研究》2012年第4期。
② 丹珍草:《阿来的民族志诗学写作——以〈大地的阶梯〉为例》,《民族文学研究》2010年第1期。

深切地呼应着一种新的时代精神。"吉狄马加的民族诗学与生态诗的融合及其生态伦理思想置于当代生态学所描述的危机情势之中,揭示出民族诗学在生态的、社会的和政治的等方面的意义,以及自然的、精神的和神话学的意义。"这一生态精神不仅体现在长诗《我,雪豹……》,也体现在吉狄马加全部诗作中。"吉狄马加的诗歌写作既触及现代社会创痛性的经验,又携带着诗人——毕摩的治愈性的声音能量;《我,雪豹……》具有民族诗学与生态伦理的双重含义,其民族志诗学链接了古老的民族神话与史诗传统,同时又深深植根于当代'革命性'的生态精神及生态伦理精神之中。"[1]同样是彝族诗人,阿库乌雾的诗歌更多地关注彝族社会文化生态环境的巨大变化,作为一个拥有民族记忆、拥有毕摩的神圣知识,掌握着"绝学"或"圣学"的文化保管人,诗歌当中多了一份对自己母语文化薪火传承的忧虑。耿占春注意到诗人对文化"混血"既怀着充分的理解也怀着极其矛盾的情感,他对诗人的作品进行了广义民族志诗学探讨:"阿库乌雾一方面从文化史角度进入认知性的思考,又从个人偶然境遇的隐秘感知加以抵抗性的表达。可以说,他一边充满信心地探索这个混血的时代,描述着它花样翻新的融合与创新方式,一边感受并表达着一种由于语言、文化的混血所带来的'危机四伏的生命伦理'。"他认为,诗人理解自己民族的方式是独特的,诗人常常通过一些圣物、符号和器物,一些物质化的符号,解读出它们从神话诗学、宗教社会学的精神向度朝着族群的意识形态化衰落的寓言化进程。可是,"阿库乌雾并非一个幻想着原始、乡野和自然之美的浪漫主义者,他不仅以神话诗学的叙事看待民族文化传统,亦从宗教社会学的角度如是分析族群信仰中所包含着的古老的苦难事实与认识论上的谬误。通过阿库乌雾的指引,我们会看到,一部民族志的书写将与多少物种、多少事物神秘地联系着。一部民族志、一部信仰的历史叙事就是一部关于人们对世界万物的观察、解释与叙事,一部民族志就是一部这个民族的神话叙事学、历史语言学和宗教社会学。反过来,一个民族聚居区的植物志与生物史,也映射着这个民族的神话、历史与社会叙

---

[1] 耿占春:《吉狄马加的民族志诗学与生态伦理——读长诗〈我,雪豹……〉》,《青海社会科学》2015年第1期。

事"。①在全球化价值危机的时代,诗人"抢救"与"哀悼"的民族志诗性寓言言说中包含着一种启迪:"差异性"并非民族志诗学的唯一价值,耐心寻求与时代的相容共通,把目光投向更为广泛的人类命运共同体,才能发现并正确解读年代久远的母语文化所包含的微弱的救赎性的信息。这或许才是阿库乌雾的民族志诗学写作中最为迷人的部分。

综上所述,基于20世纪初的民族志理论、20世纪70年代的民族志诗学理论及20世纪末的文学人类学研究转向,少数民族文学跨学科研究方法的运用,促使少数民族文学创作焕发出新活力,为少数民族文学研究开辟了新领地。而文学人类学、民族志诗学等方法的介入,对口头文学的再发现,能给以往的书面文学研究带来新的反观之镜,促使理论界反思少数民族口头文学与书面文学研究、文学与人类学之间的双向互动关系,给传统文学研究带来又一次反观自身的有益启迪。

八、少数民族文学生态美学研究

20世纪中期以来,以科学和技术的现代化为追求目标的世界各国的经济活动造成的生态危机日益严重,经济无限增长引起的生态危机,对人类生存造成了严重威胁。反思、批判工业文明,倡导绿色生态的人类文明新形态,则是人类可以选择的保护地球环境唯一之路。社会经济的转型必然要求包括美学在内的文化也随之转型,以适应生态文明的要求。在这样的语境下,以生态整体的持续共存为目标,以不同的话语和理论视野、独特的伦理向度和表述策略,建构了生态美学这一理论观念,最终指向一种人与自然和谐共处的理想。

曾繁仁指出:"生态美学是20世纪90年代中期,在世界范围内由工业文明到生态文明转型和各种生态理论不断发展的情况下,由中国学者提出的一种崭新的美学观念。它以人与自然的生态审美关系为基本出发点,包含了人与自然、社会以及人自身的生态审美关系,是一种包含着生态维度的当代存在论审

---

① 耿占春:《在混血中寻求美德——论阿库乌雾的民族志诗学》,《当代文坛》2013年第3期。

美观。实际上,它是美学学科在当代的新发展、新延伸和新超越。"①这一论断,既是对广义上的生态美学含义的阐述,也表明这是一种打破人类中心主义,倡导人与自然和社会平衡、和谐的处于生态审美状态的崭新生态存在论美学观。由于生态美学的哲学基础由传统的认识论转变为实践哲学,由人类中心主义过渡到生态整体主义,因此,引起了以人的"诗意的栖居"为哲学旨归,以家园意识为核心范畴的行为美学模式的现代转变,突破了传统美学的外在形式之美的规定性。

生态美学的产生对于生态学和美学的积极意义自不必说,值得注意的是,论者在稍早时候,也曾分析过生态美学之于文学批评、文学创作的关系和意义:"生态美学的实际应用派生出文学的生态批评,进一步丰富了文学批评的视角。""在生态美学的影响与引导下,必然极大促进生态文学的发展,从而拓展文学创作的题材、观念和内容。"②这里提到的"生态批评"就是在生态主义特别是生态整体主义思想下,探讨文学与自然之关系的理论。它既揭示了文学所反映出来的生态危机的思想文化根源,也在探索文学的生态审美及艺术表现;而"生态文学",既包含以人与自然关系为题材的文学,也包含按照系统整体、生态平衡观念来进行创作,题材不限于人与自然关系的文学。它对当前人类精神世界的发展和社会发展的讨论深度远远超过了其他文学写作,内含的地球意识、人类意识以及文化意义体现了文学对人生终极目标的追寻。李洁考察了1987—2004年中国生态批评的17年,"生态批评是新世纪文论界的一大显学,它把文学批评放在地球生态圈这一大语境下,以独特的生态批评视角和对全人类生存前景的终极关怀而充满生机和活力"。她从其兴起、理论及实践的发展等三方面,对生态批评研究进行了反思式系统梳理和整体性的分析评述,肯定了生态批评的多声调为我们昭示了中国文艺学与时俱进的前景,指出了生态批评存在的问题。认为生态批评为中国人文学科提供了一个与西方学术接轨的良好机遇。"因为在这一思潮中研究的客体是全人类需要共同应对的,它是决定全人类

---

① 曾繁仁:《当代生态文明视野中的生态美学观》,《文学评论》2005年第4期。
② 曾繁仁:《生态美学:后现代语境下崭新的生态存在论美学观》,《陕西师范大学学报》(哲学社会科学版)2002年第3期。

未来出路的问题。实实在在的环境问题压迫着所有国家所有学科的学者,尤其是发展中国家。再加上中国文化中隐含着天人合一、和而不同等深刻的生态思想财富,这和西方生态批评对二元论的解构企图不谋而合,中国学界完全可以藉此来参与国际学术争鸣。"[1]毋庸置疑,她对中国生态批评兴起的机理和理论前景分析是全面且切合实际的。

少数民族文学研究中生态批评的实践主要是从20世纪90年代中期开始的。中国各少数民族在与自然生态环境交往的漫漫历程中,一直在用它特有的生态观、文化观和宇宙观,调适人与自然生态之间的关系、寻求人与自然和谐共存的生态家园。多样化的自然生态环境、多样化的生存智慧和经济形态中形成了丰富多彩的民族生态文化。无论是在少数民族歌谣、史诗、口头文学中还是在现代作家的创作中,都可以考察到各民族如何与自然环境共生、和谐发展,以及丰富的主体实践是如何形塑的。王植在综览当代民族文学生态批评史后认为:"生态批评在中国少数民族文学批评中的理论实践经历了觉醒、理论自觉两个阶段。经过二十多年的发展,生态批评已经成为民族文学研究的重要方法,既深化了民族文学研究的层次,也为转型期当代中国多民族的文化传统、现状与未来提供了新的理解视角,使之更有力地与其他文学形式展开对话。"他觉得,"民族文学在生态意识觉醒以及生态批评初步运用于研究实践的时期,总体上虽然是'以对象证理论',但也不限于对作品生态意识的分析,而是牵涉到民族的历史、民族记忆以及民族文艺生存环境的研究。具体路径是挖掘作品背后的生态和环境脉络,以及与其他政治、历史、文化脉络的关联,是一种'外部性'的生态批评。作品的范畴也不限于作家创作,传统口传文学与民间文学也包括在内。在方法上往往直接运用生态批评思想去解读作品内部生态意识与伦理如何呈现、达到怎样的深广度,或许可以称为'内部性'的批评。虽然讨论的面向还未广泛展开,讨论的民族也不多,但已经很明显地呈现出生态批评跨学科的特征"。随着生态文明建设的推进,"在民族文学研究中,生态批评讨论问题的深度、研究对象的宽度、视角与方法的创新度,与之前相比已然不可同日而

---

[1] 李洁:《生态批评在中国:17年发展综述》,《兰州大学学报》(社会科学版)2005年第6期。

语。生态批评已开始走向自觉阶段,展现出对理论更加深入的理解,对自身境况更透辟、精准的掌握与思索;同时愈加深刻地呈现出跨学科、跨理论的特征,在概念的有效性层面可以说已经从'以对象证理论'发展到'对象与理论的共振、互照'"。[①]论者通过对二十多年少数民族文学研究中生态批评实践状况的梳理与考察发现,在近十余年间,有更多民族的文学、民族生态资源受到生态批评的关注与开掘,且更深刻地关联着民俗学、人类学、符号学等跨学科品格。这一切都展现出少数民族文学之于生态批评的独特意义,极大地丰富了生态批评在中国的本土化理论样态。

崔荣从中国少数民族作家的生态之思这个视角考察了新时期少数民族作家文学的价值。"生态之思是新时期中国少数民族作家的思想中轴和总体指向,他们的创作赋予自然以主体性,有情观照其他物种,以生态异化现象批判现实的鄙陋与贪婪。少数民族作家的生态之思返归天人合一的文化根脉,铸就人与自然同源共生的生命哲学维度,寻求人类社会与自然环境的和谐发展。少数民族作家的生态书写具有强烈的神异色彩,具备非凡的审美品格,并为现实主义写作赋予浪漫主义的诗意和现代主义的奇崛,实现了现实主义内涵的审美增生。这正是新时期以来少数民族作家的创作对历史和文学的贡献,他们以生态之思表述历史、文化的真实,也以生态之思承载民族的、地域的文化特异,更以生态之思激扬文学当有之深厚情感与飞腾想象力,极大地开拓了生态写作的深度和广度。少数民族作家从自然出发的生态之思,正引领他们创造具有苍穹般浩瀚气度的文学世界。"[②]他以阿来、乌热尔图、张承志、满都麦、叶广芩、郭雪波、李传锋等二十多位少数民族作家诗人的创作事实,从自然关怀、现实批判、文化省察三个方面论述了生态之思的主要呈现向度。他认为:在少数民族作家创造的文学世界中,生态之思使人在宇宙间的中心位置和曾有的虚妄高傲被打破,其现实批判性既指向可见、直观的环境恶化问题,同时也深入到人心异变、灵魂扭曲等无形但有质层面。而少数民族作家的生态之思与其文化省察是相辅相

---

① 王桢:《方法与问题:当代民族文学生态批评史述》,《内蒙古社会科学》(汉文版)2018年第3期。
② 崔荣:《生态之思:新时期中国少数民族作家文学价值论》,《齐鲁学刊》2020年第1期。

成的,由生态之思激发的文化省察,也让身处多重文化选择中的少数民族作家,对自身文化的主体地位与意义价值,有了更清醒的认识和认同,并从各自民族的文化规约、古老风俗律例中,提炼出节制与敬畏的生命意识和自然态度,从而在创作中有效地调节人与自身、人与自然的关系。

生态文学是以生态整体主义为思想基础,以生态系统整体利益为最高价值,考察和表现自然与人的关系,探寻生态危机的社会根源的文学,并非生态环境与文学的简单叠加。现实性和批判性是它最主要的特征。当代少数民族作家的写作,很多作品融合了多民族的异质文化因素,试图在人与自然的对话中找回失落的道德与传统,在批评人类中心主义的同时,呼唤和谐的生态理想,独具中国多民族生态文化特色。王静对新时期以来的少数民族作家生态写作的现状和表达的生态思想进行了剖析。她首先对在生态视域下的当代少数民族文学创作成绩进行了检视:新时期以来,少数民族文学在民族分布、作家数量和作品质量方面有了长足的发展,尤其在生态写作方面,更是取得了令人瞩目的成绩。在一个时期,弥补了自然审美视角在文学作品中的缺席,以生态为背景涉及民族命运、生存、狩猎、死亡、战争、人的批判等主题,出现了像阿来、张承志、乌热尔图等有广泛生态意义影响的作家作品。而且与汉族作家比较,少数民族作家在生态写作方面的探索形式多样,更具有美学意义和现实意义。其次,通过乌热尔图的小说《丛林幽幽》、郭雪波的《大漠狼孩》、李传锋的《毛栗球》、叶广芩《老虎大福》、关仁山的《苦雪》、阿来《大地的阶梯》,还有张承志等作家具有生态文学意义的自觉文学创作,描述了当代民族作家创作的种种生态表现。最后,在阐述回归自然对作家创作的启示和意义时,她认为:"从关注人到关注自然与人的关系是中国社会的发展给文学创作带来的必然变化。以自然和文化的衰落为例,是自然的衰落导致了文化的衰落还是文化的衰落导致了自然的衰落?也许在自然生态与文化中没有明确的逻辑因果关系,它们是相辅相成的。无论谁是因,谁是果,它都为作家的创作提供了开阔的思路和视野。"[①]自然,她也关注到少数民族作家生态写作仍有许多不足,甚至整个中国当代文学

---

① 王静:《人与自然:当代少数民族文学生态创作概述》,《河南大学学报》(社会科学版)2006年第1期。

都缺少一种像梭罗那样"只有在荒野中才能保护这个世界"的振聋发聩的声音,但生态写作启发我们关注和重视人与自然的关系失调、生态危机日益凸显以及少数民族文化生态衰败等问题。从这个角度上说,生态写作实践有其不平凡的意义。

李长中考察了学界对本土生态写作的研究现状,认为"由于缺失民族文学维度、特别是人口较少民族文学维度,在实际研究中时常把人口较少民族生态写作直接等同于人口较多民族的生态写作,甚至等同于一般性生态写作,没有意识到它们是'人口较少民族'的生态写作,这就很可能削弱'少数民族文学'概念的学理性和学科性,对'少数民族文学'内部多民族、多区域文学的非规约性或异质性现象产生一种深层的束缚和遮蔽"。他分析了人口较少民族作家生态写作,以家园重构哀悼被现代性所淹没的本族群文化传统为价值取向,以相对保守封闭的生态伦理和文化心态,与外来文化的冲击或干预形成的心理预防机制为题材范式,以民间话语资源作为"民族特色"的象征性符码,成为其生态写作建构自我认同根基导致的愈加明显的文体混杂的文本形态等方面出现的不同面相。然后探索了人口较少民族生态写作的审美迷津:一是人口较少民族文学还处于道德化、情绪化宣泄阶段,还难以潜入生命本体和博大的宇宙空间而缺乏形而上思考;二是人口较少民族的生态写作把一般意义上的"人类—生态"问题置换为"现代—传统"问题,把通过反思现代性追求人与自然和谐,置换为通过书写历史以达到"身份重建",甚至单纯以本民族的文化属性和固有的文化标尺去评估和抵御他者的干扰,表现出一种"原质主义"和"反智主义"倾向,以及"消解文学性""抵制纯文学"甚至成为某些人口较少民族生态写作的主导倾向,这种倾向很可能制约人口较少民族生态写作的现代性进程及融入世界文学的步伐。[1]论者抓住了其因人口较少、生存地域相对封闭、文化存续能力脆弱等更易受全球化冲击,而形成与其他生态写作判然有别的文本特征,把少数民族文学生态写作研究引向了深入。

---

[1] 李长中:《"生态写作"的不同面相——以人口较少民族文学生态书写为例》,《中南民族大学学报》(人文社会科学版)2011年第6期。

孟高旺则针对上文提到的少数民族文学创作的"原质主义"和"反智主义",致使少数民族文学创作长久地停滞在"原乡"之旅和精神哀伤的相互呼应中的生态困局,提出了少数民族文学创作的自然生态与精神生态重构的主张:"随着我国民族地区社会经济的发展,少数民族地方产业生态化趋势明显,然而以神灵崇拜为中心的宗法基础致使民族文学创作无法突破生态表达的传统模式,难以反映当代社会科学和经济手段对人和自然关系的全新调节,长期在自然生态的'原质主义'和精神生态的'反智主义'倾向之间徘徊不前,对此现代少数民族文学创作务必要从对土地和集体的依赖中转向对少数民族个体创造的认同,基于自然生态与精神生态的重构,促使现代少数民族文学创作的生态追求具备民族与国家、人与共同体等关系维度上的和谐根基。"而现代少数民族作家的文学创作,要从民族生态的传统审美经验中走出来,将少数民族文学创作中自然生态审美的"神圣领地"打破,从自然生态和精神生态两方面来反映民族变迁,表达年青一代的生态选择;现代少数民族文学生态批评也要立足和归属于个体性的精神生态价值,探讨少数民族群体或个体精神生态的大裂变,打开年青一代与传统乡土文明的对话之门,使少数民族文学创作的自然生态与精神生态得以重构。①

以上只是对少数民族文学生态批评理论和生态写作研究代表性成果作的一个整体性梳理,在实际研究中,学界或以地区范围着眼或从族别角度切入展开区域性研究和个案研究,都有很大的收获。

少数民族生态审美文化是一个不断运动、变化、发展的历史性概念,它在原本的生态环境与日常生活的土壤中萌发着生命力。正是由于现实的日常生活扩大了审美文化的研究领域,少数民族生态审美文化才能够摆脱现代美学的困境,研究的重心从艺术转移到日常生活、生态环境与应用实践,其哲学基础由传统的人文主义与科学主义扩展到生态主义,最终走向一条通往人与环境的和谐美的道路。全球化语境中的鄂伦春族文学研究即为鄂伦春族日常生活审美化研究,鄂伦春族生态文化的审美价值产生在生活审美经验中。鄂伦春人心目中

---

① 孟高旺:《少数民族文学创作的自然生态与精神生态重构》,《贵州民族研究》2016年第3期。

深厚的万物有灵论体现出一种"大"自然、"小"人类的生态审美观。"在鄂伦春族日常生活中,讲故事被当成一种宇宙活动的仪式,宇宙万物借此被赋予了健康的生命力,宇宙中的一切都依赖于故事的讲述,它不仅仅是鄂伦春族文化艺术现象,同时又是具有生活意义与生存价值的过程。人类关注日常生活审美的现实意义,就是对生命的关注,少数民族生态审美文化理论建构与研究方法由此进入学术研究视域。"[1]鄂伦春族的文学个案研究,体现了全球化视域下少数民族生态审美文化建构的努力。而"从自然审美到生态审美,从人与自然的'共通性'到'共融性',生态审美是自然审美'润化生命'功能的升华,更倾向于人与自然生态的'共生''共存''共荣'。青藏高原民族文化基因中与生俱来的'与自然和谐共处、永被恩泽'生态观,'欲取先予、永续利用'发展观,让'生态意识'深深的植入藏族文学之中。生态文学作为现代生态哲学与文学相结合的艺术形式,具备'整体化、动态化'属性。基于生态审美视域对康巴藏族生态文学作品的'生态观'进行梳理,可探求传统生态理念与当代生态文化在康巴藏族文学作品中的演绎脉络。"[2]

生态文化意识与生态文学书写也是许多民族和地区作家创作与研究的一个重要向度。新时期蒙古族作家的生态书写力图通过对自然神性重塑,重新恢复大自然的魔力、威力和魅力,确定自然万物的价值、尊严与生命意义,从而修正人类对待自然的错误态度,在现代语境中重新唤醒人与自然和谐共处的生态意识,最终在人与自然、传统与现代、征服与顺从、文明与野性等多重矛盾对峙中求得和解,达到自然万物共生共存的生态平衡。[3]而关注生态不仅仅是关注环境问题,更需要关注人类的文化危机和精神危机,重新审视人类中心主义价值观的片面性。如果从生态视野切入新时期三位满族作家——关仁山、叶广芩和胡冬林的生态小说创作,则可以感受到作家们分别对河北平原、西北黄土高原以及东北长白山原始森林生态环境的忧虑与思考和对民族生态危机的反思

---

[1] 王丙珍:《全球化视域下少数民族生态审美文化的建构——以鄂伦春族文学为个案》,《前沿》2013年第7期。
[2] 李德虎:《基于生态审美体验视角对康巴藏族生态文学研究》,《贵州民族研究》2014年第8期。
[3] 郭秀琴:《自然神性的重塑——新时期蒙古族作家小说创作的生态救赎之途》,《齐鲁学刊》2020年第1期。

与批判。①对于少数民族文学创作实践,值得一提的还有贵州少数民族作家的生态文学创作集约式的"井喷",在新世纪堪称一道独特的文学风景。在生态危机愈演愈烈的今天,贵州少数民族作家"绿意"盎然的生态文学创作,不仅呼应了时代的召唤,也是对本民族"经验"的执着与坚守。无论是自然的复魅和神话的回归,还是自然景观的魅力彰显,进而展现诗意栖居的美好家园,都充分体现了其独特的审美价值。②另外,贵州少数民族诗人的生态意识,也是具有超前性的。"他们创作的生态诗歌体现了生态整体观的建构、对自然生命的敬畏、对工业与城市文明的批判、回归自然的向往。在诗学策略上,将自然的审美维度鲜明地凸显出来,营造出灵动的审美意境,具有独特的审美价值。"③尽管许多诗歌还存在一些艺术瓶颈,理论界对生态诗歌的研究也严重滞后,整体上却预示了贵州文学发展的方向。

除了以上各种不同层面、范围、角度的生态文学研究之外,新世纪以来,有学者已经注意到有必要厘清"生态文学"与"文学生态"之间的关系。文学生态是文学理论研究中提出的一个新概念,是把文学作为主体,关注文学生长、发展与繁荣的内外部环境的一个理论体系。"一提到文学生态,很多人立刻就会联想到关于生态的文学创作,即'生态文学'。实际上,这是两种不同的概念。生态文学是一种反映生态环境与人类社会发展关系的文学……而文学生态则是关注文学自身发展的规律和影响因素,是一个综合的体系。它包含了主流意识形态、民间意识形态、自然环境、社会发展、历史文化、创作主体与客体、受众等一系列要素,这种种要素之间构成了一种复杂的对话关系。文学生态是把文学视为一个生态系统,即从相互制衡、衍生循环的'文学生态链'的角度来考察与判断文学作品、文学史、文学理论,以及作家生存与创作、读者接受与批评等的一种理论体系。"对此,论者以土族的文学生态为例作了阐述:"土族在漫长的历史发展过程中,与河湟地带的诸民族有着不间断的文化交流和融合,从羌族文化、

---

① 代娜新:《当代满族生态作家浅论》,《辽东学院学报》(社会科学版)2017年第5期。
② 谢廷秋:《论贵州少数民族生态文学创作的审美价值》,《贵州民族大学学报》(哲学社会科学版)2013年第6期。
③ 谢廷秋:《贵州少数民族生态诗歌论》,《贵州社会科学》2013年第12期。

吐谷浑文化、藏族文化,到汉族文化都对土族文化形态的形成有着重要的影响。这种多层次、多元复合的土族文化特征对民族文化心理影响很大,形成了独特的文学心理结构,这种结构在土族文学作品中也多有展示。""由于当前政治、社会、经济及文化诸方面的影响,文学生态已经进入了一个全新的转型期。各种通俗文学、快餐文学日渐占领大众市场,民族文学被挤兑和冷落到角落里。在这样的现实状况下,土族文学面对不同文化之间的碰撞和对话,处于一种非常微妙的局面。这个飞速发展的时代,给少数民族作家和民族文学带来了不少机遇,但与此同时,社会转型期的生态变迁也改变了文学的现实语境,从而让文学的生存与发展面临着各种危机,土族文学的未来也不可避免地面临着更多的困难和挑战。"[①]这种辩证性分析,无论对于土族文学、其他民族文学还是中国文学,无疑是有益而且必要的。市场经济的兴起和网络高科技媒体手段的发展,给少数民族文学的生存与发展带来了巨大挑战,民族文学只有放置在整个文化系统中去考察,分析文学生态系统中的种种影响因素,调动生态系统内各要素的积极作用,才能营造良好的文学发展生态,激发民族文学发展的活力。但无论是文学生态还是生态文学,正像回族女作家叶多多充满感性的话语所示:少数民族文学应该表达生生不息、蓬勃丰沛的生命气象,少数民族文学应该表达生命的欢歌,少数民族文学应该表达对多元文化的尊重,少数民族文学应该表达对自然的敬重,少数民族文学应该表达健康的美学导向。少数民族文学应该有更宽广的表达,而所有的敬畏与努力,都将化为璀璨的精神钻石,凝结在永恒的地方。[②]这也许就是中国少数民族生态文学以及生态批评的内在生命力与可以期待的未来。

前面的扫描分析,让我们可以大致了解当代少数民族文学研究在方法上的基本面貌:七十多年来,少数民族文学研究早已突破观念的束缚,走出单向度的研究定式,研究方法呈现出横向学科互补、多媒体介质运用与跨文化交流融合

[①] 邢海燕:《文学生态观与当代土族文学生态研究》,《青海民族大学学报》(社会科学版)2013年第1期。
[②] 叶多多:《时代呼唤生态的民族文学——从云南生活阅历看少数民族文学的生态意识与生命气象》,《中国艺术报》2013年12月13日第3版。

的态势。在已有的研究方法中,中西方许多的理论方法都进入了少数民族文学研究者的视野。除了上面提到的以外,还有潜意识、原型批评、接受美学、形式主义批评、文学地理学和空间理论、系统论等等。实际上,少数民族文学批评实践的展开,远比已经提到的这些还要丰富得多。下面择其二三稍作描述。

文学地理学批评,简称地理批评,是一种运用文学地理学的理论和方法,以文本分析为主,兼顾文本创作与传播的地理环境的文学批评实践。文学地理学批评与后现代主义的空间批评有某些相似之处。文学地理学批评也要对文本进行空间分析,但二者有着本质的区别。文学地理学的"空间"是具体的地理空间,后现代主义的"空间"是一种普遍的哲学空间。波确德·维斯特伏在《地理批评:真实与虚构的空间》一书中指出:地理批评的研究对象是文学文本如何对地理空间进行想象和建构,探讨文学虚构空间如何对真实空间进行重构、再现和超越,揭示这一过程对认知和改造世界所带来的启示和意义。[①]当今学术界把文学地理学批评称为空间批评,是因为进行文本批评的时候,从文本的审美空间入手,进入作家创作的地理空间,深入到作家的精神空间,最后进入读者的接受空间。整个过程都属于空间批评。李长中论及经济、政治、文化等方面相对落后的少数民族,不断以时间来消除因各个空间的独特性而导致的丧失文化母体的危险,对这些的书写,决定了民族文学批评价值取向及理论视域的多元性和独特性:"空间理论成为当代民族文学批评的必要视域。在空间理论看来,文本空间不是僵死的容器和不变的形式,而是一种随着文化历史语境的变化而改变着外观和意义的'复杂关联域',蕴含着一种文化视野,是空间而不是时间形塑着民族身份和文化认同。空间理论强调文学和空间都是参与社会的指意过程,即文本在地点与空间的连接处彰显意义的建构过程。在多元一体的现代社会,民族生存空间更多地与他者空间处于混杂之中,少数民族文学往往会通过空间而非时间描述潜移默化地强化自身的文化和身份认同。当代少数民族文学要更多地关注民族文本中的空间而非时间问题,因为具体的空间形态总是与

---

① 参见颜红菲:《开辟文学理论研究的新空间——西方文学地理学研究述评》,《武汉大学学报》(人文科学版)2014年第6期。

特定价值、符号、意义相对应。空间对于文学研究的意义不仅在于作家就某个地点作如何描述,更在于文学自身的特质如何能够被社会空间所结构。重视空间理论在民族文学批评中的积极作用,可以更深入关照民族文本的书写特质与价值倾向,为批评提供更为宏阔的研究视角。"①他认为少数民族文学与外部文学对话,甘居边缘,在差异性对比中,才能发现被遮蔽的文本蕴意。显然,无论对少数民族文学作家和研究者来说,还是对接受者来说,这里面还有一个审视的空间。最具代表性的还有梁庭望的著名的"板块理论"。他对各民族之间关系形成的文化发展的动力系统,从文化地理学角度进行了研究。指出中华文化是由中原旱地农业文化圈、北方森林草原狩猎游牧文化圈、西南高原农牧文化圈、江南稻作文化圈构成的,以中原旱地农业文化圈的汉族文化为中华文化的主体。这种分析从方法论上来说,对于少数民族文学地理学研究是高屋建瓴的。运用文学地理学和空间理论的视角和方法,对少数民族文学中空间叙事的内容,空间叙事的话语特点,空间的裂变、转型、建构及其审美价值进行系统深入分析,有利于拓展少数民族文学的研究思路。

另外,20世纪80年代,在学术界如饥似渴地吸收西方理论研究话语的时候,覃代伦考察了弗洛伊德"潜意识"理论、荣格的"集体无意识"与"原型"理论对中国少数民族文学的适用性。"荣格的'集体无意识'理论与'原型'理论,为我们研究民族作家的深层意识提供了一定的理论依据。在民族作家身上,集体无意识尤其显著,因为,集体无意识是自某个民族或种族诞生以来,在意识深层长期积淀形成的一种文化类型式的观念形态,不管他自觉与不自觉,他的创作都受到集体无意识的有力约束。在少数民族作家身上,同样存在着先祖在创作神话、传说、史诗与创世纪时就已诞生并一直顺向延伸的集体无意识,只不过这种集体无意识还没有引起作家本人或研究家的注意罢了"。②他还从民族文学作品人物论视角转移的角度,以《苗族古歌》里发现苗族老作家沈从文《月下小景》与《龙朱》的文学原型等为例,阐发了原型批评,启发了我们研究不同民族文学

---

① 李长中:《当代民族文学批评的价值取向与理论视域》,《北方民族大学学报》(哲学社会科学版)2010年第2期。
② 覃代伦:《论民族文学研究视角的变更》,《中央民族学院学报》1988年第5期。

作品中塑造的人物形象时的源流思考。刘亚虎则以苗、瑶、畲等民族的族源神话或神话史诗中的盘瓠形象的改变,从接受美学的角度,强调读者作为接受活动中的主体方面(作品被称为客体方面),在这个过程中起着主动的、积极的甚至是决定性的作用。①

还有,形式主义批评也在少数民族文学研究中被运用。俄国形式主义批评、英美新批评以及法国结构主义批评均属于形式主义的批评谱系,它们专注于对文学形式即文学性或本体性的研究,因此又称为本体批评、语言批评,在20世纪西方文学批评的演变和发展中具有重要的意义。自从作为一种批评方法引入中国之后,陌生化、结构—肌质、语境理论以及诗歌批评中常用的含混、张力、反讽、隐喻等术语,都在少数民族文学研究中被无一例外地使用过。尹晓琳从语言学价值方面研究过少数民族文学。她认为:文学与语言是相辅相成的,透过文学作品可以看到语言在发展过程中的变迁,透过各民族的文学作品也会看到其语言上的亲属关系、演变与差异。她认为:在同一个语言系统内,不同民族也会有不同的语言表达模式。因此,不同民族的民歌,其语音系统上的音节结构、单音节与多音节的比例、声调的有无、轻重音的不同、元音长短松紧之别、元音辅音之多寡等,都会影响诗歌语言在格律风格上的表现。各民族在长期的诗歌创作和吟唱实践中,诸如同为壮侗语族侗水语支的水族和侗族,前者的调律与八个声调的调值极有关联;而侗族用韵以"正韵偶句末尾,勾韵奇偶挂钩,内韵同句相近,通篇句句相扣"的正韵、勾韵、内韵三种押韵形式为主。可见,不同的民族依据自身的语言规律会有不同的表现方式,体现在文学上便会尤为明显。②论者从同一语言系统内不同民族语言表达上的差异性在作品中的不同表现,肯定了语言要素对于一个民族文学创作的重要意义。云南学者张永刚从语言方式上讨论了西南边疆少数民族文学的主体性追求。他期待少数民族作家通过汉语写作重建民族文学,获得真正的话语权利,最终形成有意味的少数民族文学语言方式,使民族身份意识和文化认同变成具体文学现实,最大限度地

---

① 刘亚虎:《少数民族文学研究空间的拓展》,《百色学院学报》2008年第5期。
② 尹晓琳:《论少数民族文学研究的语言学价值》,《沈阳师范大学学报》(社会科学版)2011年第2期。

提升少数民族文学品位。西南边疆少数民族作家把本民族语言中鲜活的词汇、语法以及由此连带着的陌生化的民族思维运用到汉语言说中,在一些特殊文本中又运用神话叙事技巧表达民族生活和民族文化内容,形成独特的文学语言方式,这一方面增强了民族文学的表达效果,传达出特有的民族气氛和民族气质,另一方面也使逐渐格式化的汉语增强了新的表现力。这种有意味的民族文学语言,不仅可以体现少数民族作家身份和文化认同感受,还夹杂着少数民族感觉与言说习惯,形成一种具有丰富的民族审美情趣的文学语言。西南边疆少数民族作家大多采用汉语创作,本民族的文化精髓往往通过这样的富有特色的语言走进读者的心灵。至于当代少数民族文学结构主义叙事学批评研究,则主要集中在对少数民族"民族民间文学"的研究上。对民间故事叙事类型化现象的探究与概括、对叙事话语的研究、对叙事主题的研究与探讨是其主要类型。"类型""主题""叙事"这些概念的民族文学批评出现最为频繁。[①]宋占海以《民族文学研究》自创刊以来收录的有关运用结构主义叙事学批评方法的文章为研究对象,对中国当代少数民族文学评论中的结构主义叙事学批评实践状况进行梳理,其结论是厚实而有说服力的。

少数民族文学批评研究理论是一个开放的体系,它需要不断地吸收、开拓、否定、创新。所以对中国当代少数民族文学研究者来说,潜入文学现场,更多地尝试跨文化、跨语际、跨学科的方法来审视和研究作家作品即文学现象,促进中国少数民族文学事业的繁荣,应该是未来学者们努力的方向。

[①] 宋占海、龚道臻:《结构主义叙事学与民族文学批评研究——以〈民族文学研究〉为视点》,《开封教育学院学报》2013年第6期。

后记

　　2002年8月,我辞掉工作,到西南民族大学攻读中国现当代文学硕士研究生学位。我住的学生宿舍楼下,每到下午六七点钟的时候,就有一位身材瘦削、脊背略驼的藏族老教授拄着拐杖,边走边唱,高亢辽远的藏族民歌中总是透露出一种神秘和苍凉。中年离家,辞职求学,老者唱的时候多次都有黄昏夕阳的应景,每听一次,我心里就多一次莫名的忧伤。这种感觉,一直伴随着我后来的生活。

　　求学,碰到了我的恩师,一个诗人兼学者身份,亦可称罗庆春也可名阿库乌雾的教授。他授少数民族文学,写少数民族先锋诗歌,以彝族母语"在场"的方式吟诵"招魂"。老师的多次唱诵之后,那位生活在都市的藏族老教授穿越时空的歌声,使我终于有了"疼痛"。2019年暑假,蓄谋已久的一趟"新藏线"骑行成行,我就是想知道自己心里面那种感觉为什么总是纠缠不清。

　　想起父亲在世的最后几年寒假,我与父亲的促膝夜谈。几乎每次,他都提到很久很久以前,张姓三兄弟骑马来到现在的湖北巴东野三关镇白玉垭,人疲马乏,其中一匹马用蹄子在一块石头上刨了几下,一汪清泉便从石缝里涌了出来,从此不再干涸,马蹄印永远留在石头上。这个地方也因此有了名字"马刨水"。兄弟中的其他两人继续向西入川,这匹马的主人便留在当地开枝散叶。那便是我们的落业祖公,最后长眠于镇西离名叫"十八步"往上不远处的一个形如"腾蛇赶龟"的福地。

　　藏族老人的咏唱,阿库乌雾老师的"招魂",父亲的关于家族的讲述,加上年岁的增长,我渐渐省得人的有些意识同血脉一样是与生俱来的。难怪十几岁的时候，听妈妈和生产队几个大叔大婶在一个叫石园子湾里薅草时唱无字山歌时的感觉，到现在记忆犹新。

我是土家族。之前是汉族。1984年成立恩施土家族苗族自治州的时候被确认的。身份问题，常常困扰着我。我多次穿越时空，神游民族语言之所，无处寻根的尴尬使我灵魂一直漂泊无定。身份确认，缘于祖母的土家族姓氏。我的际遇，实际上也是许多族裔的子民在长期社会历史发展中无法逃避的文化宿命。这个时候，每一个民族往往应该考虑的是，碰撞之后，哪些文化需要坚守，哪些文化可以融合。也正因为有如此复杂的观念要去辨析，而且已经有许多人在国家的主导下仍然在持续推动，少数民族文学写作若由此切入，且孜孜以求，便能传达民族的独特心理，构筑民族文学的审美空间，抵达本民族的精神领地；少数民族文学研究若能立足于语境不断变化的民族文学的民族性特征，无论运用跨文化、跨语际还是跨学科的研究方法，都可以确认和开拓少数民族文学的独特的认知和审美空间，激发少数民族文学自审、自省与自信，突破束缚，弥补缺陷，以独有的芬芳绽放于中国文学的百花园，最终走向对话、交融的世界文学。

本人的少数民族身份，促使我试图较为系统地考察一下中国少数民族文学研究70多年来的理论建构和批评话语框架与成果，从中发现研究的不足，为少数民族文学研究尽一点儿微薄之力。只因生性愚钝，学识浅陋，加上资料浩繁，力有不逮，错漏之处，恳请各位方家指教。

拙著的付梓，要感谢重庆人文科技学院对科研工作的大力支持；感谢文学与新闻传播学院的领导、同事和同学们从各个方面给予的鼓励和帮助。特别是西南大学出版社钟小族编辑和工作人员，在整个出版过程中表现出的强烈责任感和过硬专业素质，给人留下深刻的印象，在此深致谢意！

作者
2022年5月20日于重庆人文科技学院六艺庄